Halo Summer

ASCHEN*kindel*

Das wahre Märchen

Drachenmond Verlag GmbH
Auf der Weide 6
50354 Hürth
http: www.drachenmond.de
E-Mail: info@drachenmond.de
Lektorat: Jutta Schumann
Korrektorat: Waltraud Ries
Satz & Layout: Astrid Behrendt
Umschlagdesign: Halo Summer
Bildmaterial: © AboutLife – Fotolia.com, Taydoo.com

Druck: Booksfactory

ISBN 978-3-95991-777-3

Kapitel 1

Ich bin nicht lieb. Vielleicht hätte ich bescheidener und demütiger auftreten müssen, damit mir das Schicksal eine Fee zuteilt, die sich als Segen für mein ärmliches Leben erweist, aber nein, ich musste diese Niete ziehen und vermutlich habe ich es nicht besser verdient. Hier steht sie nun, meine gute Fee, und heult, weil ich ihr Geschenk zurückgewiesen habe: eine Einladung zum Ball, vom Kronprinzen höchstpersönlich.

Habe ich es versäumt, ihr zu erzählen, dass mich dieser lächerliche Kronprinz nicht interessiert? Dass ich, als mein Vater noch lebte und wir zu den reichsten und angesehensten Familien des Landes gehörten, zum achten Geburtstag des Kronprinzen eingeladen war? Und dass er geweint hat, weil der Zuckerguss auf seiner Torte nicht blau, sondern gelb war?

Ich bin fertig mit diesem Waschlappen, seit genau diesem Tag. Und ich werde nicht auf den Ball gehen, auf dem er sich eine Braut aussucht. Genauso könnte ich um Mitternacht in den Verbotenen Wald gehen und hoffen, dass ich von einem Vampir dazu auserwählt werde, ausgesaugt zu werden. Nein danke. Ich möchte das nicht. Tut mir leid, gute Fee.

»Aber ich sehe es vor mir!«, stößt meine Fee unter Tränen hervor. »Du wirst die Krone tragen!«

»Verwünsch mich gefälligst nicht! Warum sollte ich mir so ein schweres, ungemütliches Ding auf den Kopf setzen wollen? Das stört beim Reiten, beim Fliegen und sogar beim Laufen, wenn wir schon dabei sind. Ich glaube, nichts kann man mit einer Krone normal tun!«

»Laufen kannst du vielleicht ohne eine Krone«, sagt meine Fee, »aber wie möchtest du reiten oder gar fliegen? Wenn ich mich richtig erinnere, wurden die Pferde deines Vaters verkauft und dein Flugwurm wegen Bissigkeit beschlagnahmt.«

»Aufgrund einer Verleumdung meiner Stiefmutter!«

»Er hat sie gebissen.«

»Zu Recht.«

»Was die Beamten, die den Fall prüfen, nicht interessieren wird«, erklärt meine gute Fee. »Ein Flugwurm darf nicht beißen, sonst ist er ein Risiko für die Öffentlichkeit.«

»Das Thema hatten wir doch schon oft genug«, sage ich müde.

Es macht mich immer ganz kribbelig, wenn sie von meinem Flugwurm anfängt. Er war ein prächtiger Lindwurm-Verwandter mit kleinen goldenen Flügeln. Papa hatte ihn mir von einer Reise mitgebracht, als ich fünf war. Ich nannte ihn Löwenherz. Nicht, weil er das Herz eines Löwen besessen hätte, sondern weil er scheu und ängstlich war (ein Hasenherz also), aber rund um den Kopf eine goldene Mähne hatte. Sechs Jahre alt war ich, als ich das erste Mal mit ihm ausgeflogen bin. Ich bin auf diesem Tier groß geworden und nun weiß ich nicht mal, wo es ist und wie es ihm geht. Dank meiner Stiefmutter!

»Wärst du die Verlobte des Kronprinzen, dann könntest du dir deinen Flugwurm zurückholen«, sagt meine Fee, der ich so viel Listigkeit gar nicht zugetraut hätte. »Die Beamten drücken bestimmt ein Auge zu, wenn sie es mit einem Herzenswunsch ihrer zukünftigen Königin zu tun haben!«

»Von der Seite aus habe ich es noch gar nicht betrachtet«, überlege ich laut. »Ich könnte so tun, als wollte ich diesen Armleuchter wirklich heiraten, hole mir meinen Flugwurm zurück, lasse mich großzügig beschenken und schleiche mich dann kurz vor der Hochzeit über die Grenze ins Kinyptische Kaiserreich, wo ich für immer frei und unabhängig leben werde. Gute Idee!«

»Nein, so habe ich mir das nicht vorgestellt!«, widerspricht meine gute Fee. »Du wirst schon sehen, er ist ein liebenswerter, bildhübscher Junge. Abgesehen davon handelt es sich hier um eine Ball-Einladung *ohne* Heiratsgarantie. Du wirst nicht die Einzige sein, die ihn erobern möchte.«

»Gibt es dort auch etwas zu essen?«

»Nein.«

»Gar nichts? Kein Buffet mit teuren Köstlichkeiten? Was ist mit Adamast-Brause aus Kristallkelchen?«

»Perlwein vielleicht. Nicht unbedingt die billigste Sorte, aber du musst bedenken, es kommen alle ledigen jungen Frauen des Königreiches und dem Reich geht es nicht gut. Der Kaiser verlangt zu viele Abgaben vom König, unser Land kämpft ums Überleben. Da kann der König nicht Hunderten von Gästen Adamast-Brause spendieren!«

»Moment mal ... sagtest du gerade, es kommen *alle* ledigen jungen Frauen des Königreichs?«

»Ja. Er möchte jede Einzelne von ihnen kennenlernen und schreckt nicht davor zurück, ein einfaches Mädchen zu ehelichen. Ist das nicht romantisch?«

»Und du besitzt die Dreistigkeit, mir diese kitschige, geschmacklose Einladungskarte als riesengroße Errungenschaft zu präsentieren? Obwohl das Ding *jeder* bekommt?«

»Jede – nicht jeder. Obwohl der Königsrat sehr aufgeschlossen ist und der Vorschlag eingebracht wurde, man möge doch aus Gründen der Gleichberechtigung und als Zeichen der Toleranz auch alle ledigen Jünglinge dieses Reiches einladen. Doch am Ende fiel die Entscheidung, dass man sich auf die Mädchen beschränkt. Aus Kostengründen und um den Kronprinzen nicht in ein falsches Licht zu rücken.«

»Wieso falsches Licht? Er würde in meiner Achtung sehr steigen, wenn er sich einen Jüngling als Braut aussuchen würde! Das wäre mutig. Aber das wird er sich niemals trauen, weil ihm sonst ein scharfer Wind ins Gesicht bläst, der seine Frisur zerstört.«

»Und weil er einen Thronfolger braucht. In diesen Zeiten, in denen wir täglich befürchten müssen, dass uns das Kinyptische Kaiserreich annektiert und zu einer seiner Provinzen erklärt, sollte die Nachfolge gesichert sein, sonst können wir gleich einpacken.«

»Das wird ja immer besser! Ich soll also nicht nur heiraten, sondern mich auch gleich schwängern lassen?«

»Kind!«

»Ich bin kein Kind mehr. Ich bin siebzehn und damit magisch volljährig!«

»Nach den alten Regeln.«

»Die für mich uneingeschränkt gelten. Ich habe nicht für die neuen Gesetze gestimmt.«

»Weil du noch nicht volljährig bist.«

»Nach den alten Regeln schon.«

»Aber die haben sie vor einem Jahr abgeschafft«, sagt meine gute Fee hörbar ungeduldig. »Außerdem lenkst du vom Thema ab. Also, meine Liebe: Ich habe diese Einladung beim Postboten abgefangen, noch bevor sie deine Stiefmutter in die Hände bekommen konnte. Dann habe ich sie in weiser Voraussicht mit einem feuerfesten Zauber imprägniert und den Brief anschließend zu den anderen Einladungen in den Briefkasten zurückgeschmuggelt, wo ihn deine Stiefmutter gefunden hat!«

Sie sieht mich schrecklich triumphierend an. Als ob das eine Meisterleistung gewesen wäre!

»Ich verstehe«, sage ich. »Sie hat ihn verbrannt, du hast ihn aus der Asche geangelt – natürlich unversehrt – um ihn mir jetzt zu übergeben.«

»So einfach war das nicht! Ich musste ja auch noch die Illusion erzeugen, dass er wirklich verbrennt!«

»Und du denkst, ich könnte mich am Tag des Balls einfach so davonschleichen? In einem Ballkleid, das ich nicht habe, und mit einer Kutsche, die ich nicht habe, um meine mühsam erkämpfte Einladung am Eingang des Schlosses abzugeben und mir meinen Prinzen abzuholen?«

»Ja.«

»Ja?«, wiederhole ich ungläubig.

»Wir kriegen das schon irgendwie hin. Vertrau mir!«

»Wenn es wenigstens was zu essen gäbe …«

»Betrachte es mal von einer ganz anderen Seite. Möchtest du etwa, dass eine deiner Stiefschwestern einmal Königin wird?«

»Jede von beiden hätte den Prinzen verdient.«

»Aber Königin?«

Meine Fee sagt es heiser und in den höchsten Tönen. Natürlich hat sie recht, das wäre eine Katastrophe. Man stelle sich nur die Kinder vor: heulende, bösartige Kreaturen mit viel zu großen, pickligen Nasen und karottenfarbenen Korkenzieher-Löckchen. So was will kein Untertan.

»Sind wir uns also einig?«, fragt sie hoffnungsvoll.

Irgendwo muss ich doch ein Herz besitzen. Etwas, das in der Brust herumhämmert, wenn ich wütend bin, und das wehtut, wenn meine Fee unglücklich ist. Bestimmt flucht sie manchmal, ganz heimlich, dass sie ausgerechnet mich betreuen muss. »Wenigstens bist du hübsch!«, hat sie am allerersten Tag unserer Zusammenarbeit verkündet, nachdem wir uns furchtbar angebrüllt hatten und ich lauthals zu dem Schluss gekommen war, dass ich gut und gerne auf eine Fee wie sie verzichten könne. Warum hatten wir uns noch mal gestritten? Ach ja – weil sie wollte, dass ich mir vor dem Essen die Hände wasche. Da sie schwarz seien.

Na klar waren sie schwarz gewesen, schließlich lässt mich meine Stiefmutter gerne stundenlang die Kamine im ganzen Haus putzen. Und wenn ich dann müde und zerschunden in mein Turmzimmer hinaufsteige, in dem es zieht und in das es reinregnet und das ich mir mit Ratten, Spinnen, Tauben und Fledermäusen teile, dann werde ich das gammlige Stück Brot mit hartem Käse, das meine ganze Abendmahlzeit darstellt, ja wohl noch mit dreckigen Händen anfassen dürfen.

Ich habe damals gewonnen, sie lief heulend und ohne jeden Erfolg aus dem Zimmer. Vorher sagte sie diesen denkwürdigen Satz: »Wenigstens bist du hübsch!« Und da wurde mir zum ersten Mal klar, dass da etwas dran sein könnte. Vorher hatte ich mir noch nie Gedanken über mein Aussehen gemacht. Ich war eben ich. Aber seit diesem Tag hoffe ich schon irgendwie, dass ich tatsächlich hübsch bin. Ich habe ja sonst nichts vorzuweisen.

Das war vor vier Jahren gewesen, kurz nach meinem dreizehnten Geburtstag. Denn zum dreizehnten Geburtstag bekommen die Mädchen in unserem Land eine gute Fee zugewiesen – keine richtige, echte Fee, sondern eine magisch begabte Frau, die sich den Titel »Fee« auf einer Akademie verdient hat. Von meiner war ich maßlos enttäuscht. Ich verdächtigte meine Stiefmutter, dieses verzagte, engstirnige Exemplar für mich ausgesucht zu haben, doch meine Fee schwor Stein und Bein, dass sie von einer unabhängigen Kommission zu meiner Wohltäterin bestimmt worden war.

Mittlerweile weiß ich, dass meine Fee hundsmiserable Zeugnisse auf der Feen-Akademie bekommen hat und ihr das Auswahlgremium rein gar nichts zutraute. Fast wäre sie leer ausgegangen, so ganz ohne Mündel, doch dann haben sie mich ausgegraben: Claerie Farnflee, eine Nachzüglerin, deren Stiefmutter die Formulare nicht ausgefüllt und eingereicht hatte, da sie von dem Feen-Brauch überhaupt nichts hält und auch bei ihren eigenen Töchtern jegliche Feen-Betreuung kategorisch abgelehnt hat.

Ein Beamter in der Königsstadt bemerkte den Fehler, füllte die Formulare nachträglich aus und übersandte sie dem Auswahlgremium. Tja, so haben wir uns gefunden, meine gute Fee und ich. Was für eine glückliche Fügung!

»Du sorgst für Kleid, Transport und all das Zeug, das man sonst noch so braucht für einen Ball?«, frage ich. »Schaffst du das?«

»Ich werde tun, was ich kann.«

»Na gut«, sage ich großzügig. »Dann meinetwegen.«

Meine Fee rückt den spitzen Hut zurecht, den sie stets auf dem Kopf trägt und den sie mittels Magie mit einem bläulichen Schimmer ausgestattet hat, damit sie wie eine echte Fee aussieht (was sie aber nicht tut).

»Du bist schon ein komisches Mündel«, kann sie sich nicht verkneifen zu sagen. »Jedes andere Mädchen in deiner Situation wäre überglücklich, auf einen Ball gehen zu dürfen. Noch dazu auf einen, bei dem es sich verlieben und damit seinem Elend entkommen könnte.«

»Wozu denn entkommen? Mir geht es gut!«

Meine Fee hebt die Augenbrauen, blickt sich einmal kritisch in meinem heruntergekommenen Turmzimmer um und schreitet zur Tür.

»Überdenke diese Einschätzung«, sagt sie zu mir. »Denn sie ist unzutreffend.«

»Danke für den Tipp.«

Sie öffnet die Tür, was sie einige Anstrengung kostet, denn die Scharniere sind verrostet und verbogen und deswegen schleift die Tür über den Boden und klemmt wie verrückt.

»Ich komme dann am Tag des Balls – so gegen Spätnachmittag. Oder denkst du, du brauchst mich vorher noch mal?«

»Nein. Tag des Balls ist in Ordnung.«

»Gut.«

Sie nickt dreimal, wie um den Termin per Kopfbewegung in eine unsichtbare Granittafel in ihrem Hirn einzugravieren, und macht sich an das mühevolle Werk, die Tür hinter sich zuzuziehen.

»Geisterwünsche, mein Kind«, ruft sie zum Abschied, auf die traditionelle Weise.

»Geisterdank, gute Fee«, erwidere ich brav, ebenso traditionell, um ihr keinen weiteren Kummer zu bereiten.

Die Tür knallt schließlich zu. Man muss sehr viel Kraft aufwenden, um sie zu schließen, doch im letzten Moment geht es dann immer viel zu schnell, so als wollten einem die vertrackten Scharniere eins auswischen. Dann fliegt einem die Tür mit ihrem Höllengewicht gegen die Nase und haut einen fast um. Was ich mir schon blaue Flecken deswegen geholt habe! Aber ich höre keinen Schmerzensschrei, nur das sanfte, hastige Tippeln von Feenfüßen auf der Treppe. Sie ist froh, mir entkommen zu sein!

KAPITEL 2

Es ist kaum auszuhalten. Seit diese dämlichen Einladungen bei uns eingetrudelt sind, spielen meine Stiefmutter und meine falschen Schwestern verrückt. Sie wittern Ruhm, Ehre und Reichtum – also lauter Annehmlichkeiten, die sie seit dem Tod meines Vaters schmerzlich vermissen mussten. Meine Stiefmutter konnte ja nicht ahnen, dass der reiche, angesehene Kaufmann, dem sie aus einem fernen Land hierher nach Amberling gefolgt war, ein risikoreiches Spiel spielte. Wann immer er von seinen Reisen zurückkam, schwer bepackt mit exotischen Waren, bezahlte er seine Schulden, lebte ein paar Monate lang in Saus und Braus und brach erneut auf. Wenn seine Schiffe den Hafen verließen, war er wieder bis zur Halskrause verschuldet, dachte sich aber nichts dabei, weil er glaubte, er werde mit vollen Händen zurückkehren.

Leider täuschte er sich. Kurz nach meinem zwölften Geburtstag flatterte eine knappe Nachricht in unser Haus, die uns darüber aufklärte, dass die Flotte meines Vaters von Piraten angegriffen und zerstört worden war. Die wenigen Männer, die überlebten und Monate später nach Amberling zurückkehrten, versicherten meiner Stiefmutter, dass mein Vater heldenhaft gekämpft, doch schließlich von einem zwei Meter großen, einäugigen Glatzkopf einen Säbel mitten durch die Brust gestoßen bekommen habe.

Meine Stiefmutter interessierte das herzlich wenig. Sie hatte einen reichen Mann geheiratet, diese Eigenschaft hatte ihn ausgezeichnet.

Doch um all die Schulden zu tilgen, die sich bei diversen Geldverleihern angehäuft hatten, musste sie nun sämtliche Ländereien, Geschäftshäuser, Läden, Kutschen, Pferde und Boote verkaufen. Alles, was blieb, war der prächtige Herrensitz außerhalb der Stadt und die monatlichen Einnahmen aus einem Anteil an einer Mine irgendwo in Fischlapp, in der magikalisches Magnesit gefördert wurde.

Die Diener, Zofen, Köche, Küchenhilfen, Gärtner, Kutscher und Stalljungen wurden alle entlassen und meine Kleider, meinen Schmuck und die wertvollen Möbel, Lampen und Teppiche aus aller Welt, die mein Zimmer in ein Traumreich verwandelt hatten, ließ meine Mutter vom exklusivsten Antiquitätenhändler der Stadt versteigern. Was sie damit verdiente, steckte sie in die Schulausbildung ihrer beiden Töchter Etzi und Kanickla. Ich dagegen musste die Schule verlassen.

»Du kannst zu Hause lernen, deine Schwestern werden dich jederzeit unterstützen, wenn du sie schön artig darum bittest.«

Diese Aussage enthielt gleich drei unlösbare Widersprüche. Erstens musste meiner Stiefmutter klar sein, dass ich niemals willens sein würde, einen anderen Menschen schön artig um etwas zu bitten, schon gar nicht ihre unausstehlichen Töchter. Zweitens war ich schon damals wesentlich gebildeter als meine unsagbar faulen Stiefschwestern, an die das Schulgeld für die teuerste Schule Amberlings verschwendet war. Und drittens war ich zu diesem Zeitpunkt schon längst in das marode Turmzimmer verfrachtet und zum Dienstmädchen degradiert worden, das von morgens früh bis abends spät schuften musste, um das Nötigste in Haus und Garten zu erledigen. Wann hätte ich da lernen sollen?

Ja, mein Schicksal erfuhr mit dem Tod meines Vaters eine durchaus ungerechte Wendung, aber außer mir interessierte das niemanden. Was auch daran lag, dass sich mein Vater im Laufe seines kurzen, feierfreudigen Lebens nicht viele Freunde, dafür aber umso mehr

Feinde gemacht hatte. Gerade diejenigen Menschen, die sich vielleicht meiner hätten annehmen können – der Orden der Wohltätigen Weichen Seelen, der Mutterherz-Verein, die Armen-Schatulle oder die Bürgerinitiative Brot-statt-Kuchen – waren auf meinen Vater gar nicht gut zu sprechen, denn er hatte nie etwas gespendet und keinen Anlass ausgelassen, die unermüdlich Barmherzigen in der Öffentlichkeit durch den Kakao zu ziehen.

Ich gebe es zu, mein Vater war in dieser Beziehung kein Held gewesen. Nun, da seine Witwe weniger reich war als zuvor und das Kind aus der ersten Ehe ihres Mannes ein klein wenig vernachlässigte, fühlte sich keiner dazu verpflichtet, mir zu Hilfe zu eilen. Ich hatte ja etwas zu essen und ein Dach über dem Kopf. In Amberling gibt es viele Kinder, die das nicht von sich behaupten können. Wie viele Fünfzehn- und Sechzehnjährige fahren als bessere Bootssklaven auf das Meer hinaus und lassen sich ausbeuten, nur um irgendwie zu überleben? Mir ist klar, dass ich es dagegen noch gut habe.

Bleibt noch die Frage, warum ich nicht rebelliert habe? Warum habe ich mich nicht schreiend und wütend gewehrt, habe um mich geschlagen, meine Schwestern gekratzt und getreten und meiner Stiefmutter den Spaß an meinen Diensten verdorben, indem ich ihr bestes Abendkleid mit einem entzückenden Lochmuster versehen oder meinen Schwestern die Überreste ihrer abendlichen Fischmahlzeit in die morgendliche Grütze gerührt habe?

Die Antwort ist: Ich habe all das tatsächlich getan, doch damit verspielte ich mir den letzten Rest Wohlwollen und Gnade. Meine falsche Mutter fühlte sich darin bestätigt, dass ich ein garstiges, undankbares Biest bin, und meine Schwestern, die mir vorher noch angenagte Rosinenschnecken oder abgelegte Haarspangen geschenkt hatten, redeten von da an fast kein Wort mehr mit mir.

Ich verbrachte zur Strafe drei Tage eingesperrt im Kohlenkeller und lebte währenddessen in panischer Angst um meinen Flugwurm

Löwenherz, denn meine Stiefmutter hatte damit gedroht, ihn dem Metzger unterzujubeln. Bisher hatte sie erfolglos versucht, ihn als Reittier zu verkaufen, was zum Glück an seiner Scheu und seinem Widerwillen gegenüber Fremden gescheitert war. Doch wer einen Flugwurm ohne Rücksicht auf den Preis verschachern will, tot oder lebendig, findet früher oder später einen Käufer. Es soll Gegenden in dieser Welt geben, da gilt Flugwurm-Salami als Spezialität.

Als ich den Kohlenkeller wieder verließ, entmutigt, kampfesmüde und schwarz von Kopf bis Fuß, da stand Löwenherz zufrieden und unversehrt auf der Wiese vor dem Haus und suchte das nasse Gras nach Insekten ab.

»Wenn du möchtest, dass das so bleibt«, sagte meine raffinierte Stiefmutter, »dann reißt du dich in Zukunft zusammen.«

Ich riss mich zusammen, nicht nur für Löwenherz, sondern auch, weil ich die Aussichtslosigkeit meines Widerstands einsah. Ich hätte mir mit weiteren Sabotageakten nur unnötig das Leben schwer gemacht und schließlich – das war mein großer Trost – war ein Ende der Strapazen abzusehen. Mein Vater hatte mir noch zu Lebzeiten eine kleine Truhe mit Goldmünzen vermacht, die mir trotz aller Versuche meiner Stiefmutter, irgendwie an das Gold heranzukommen, erhalten geblieben war. Die Truhe wartet sicher eingeschlossen in einer Tresorkammer unter dem Schlossberg auf mich und der Anwalt meiner Familie wird sie mir am Tag meiner Volljährigkeit aushändigen – also laut dem Gesetz am Tag meines achtzehnten Geburtstags.

Ich beugte mich fortan dem Regiment meiner Stiefmutter, nahm es stolz und ungerührt hin, dass sie und meine Schwestern mich nur noch Aschenkindel nannten, und tat, was man mir auftrug. Größere Gemeinheiten verkniff ich mir, aus der weisen Einsicht heraus, dass es meine Familie auch ohne mich schaffte, sich unglücklich zu machen.

Etzi, die ältere meiner Schwestern, hält bei jeder Abendgesellschaft im Haus so peinlich blöde Vorträge, dass bestimmt die ganze Stadt noch wochenlang darüber lästert, und Kanickla verdreifachte im Laufe der letzten fünf Jahre ihre Ausmaße, weil sie von morgens bis abends und vermutlich auch die halbe Nacht hindurch Süßigkeiten und fettiges Salzgebäck in sich hineinstopft. Mittlerweile muss sie auf der Treppe zum ersten Stock dreimal pausieren, bevor sie oben ankommt, sonst würde sie vor Überanstrengung ohnmächtig umfallen.

Meine Stiefmutter beobachte ich nun schon lange genug dabei, wie sie einsam und unzufrieden vor dem Kamin im Salon auf- und abmarschiert, vorzugsweise nach Mitternacht. Mit meinem Vater war sie glücklich gewesen. Damals galt sie als markante Schönheit, sie war bei jeder Einladung ein gern gesehener Gast, eine Frau mit Witz und Verstand, genauso fleißig und begabt im Feiern wie mein Vater. Beide machten etwas her, man zeigte sich gerne mit diesem Paar.

Doch damit war es nach seinem Tod vorbei. Die Verbitterung über ihren Verlust hatte sich tief in die Gesichtszüge meiner Stiefmutter eingegraben und mit jedem Jahr schien sie um ein ganzes Jahrzehnt zu altern. Längst reichten die Falten- und Färbezauber für Haut und Haare nicht mehr aus, um ihr ein natürliches und frisches Aussehen zu verleihen. Sie hatte ihre besten Jahre hinter sich und das Geld, das die Mine in Fischlapp abwarf, wurde knapper.

Fast hätte sie mir leidgetan, ein ganz kleines bisschen zumindest, wenn sie nicht vor zwei Monaten meinen Flugwurm von den Ordnungshütern hätte abtransportieren lassen. Er hatte sie gebissen, als sie ihn unter Einsatz einer Axt davon abzuhalten versuchte, ihre Rosen zu fressen. Eigentlich hatte es Löwenherz nicht auf die Rosen abgesehen, sondern auf die kleinen Würmchen, die sich nach einem langen Regen in den Rosenknospen eingenistet hatten, aber das Resultat war so oder so verheerend.

Er hatte schon die Hälfte der Rosenbüsche brachial geplündert, als meine Stiefmutter wütend mit der Axt auf ihn losging, um ihn an der Zerstörung der zweiten Hälfte zu hindern. Er fuhr blitzschnell herum, wich der Axt aus und schnappte nach ihrem Bein. Laut schreiend fiel sie hin, wie eine Sirene bohrte sich ihre Stimme durch den morgendlichen Frieden. Ich holte sofort den Arzt und dieser stellte eine ernste Verletzung fest. Das Gebiss von Löwenherz war zudem nicht das sauberste und so drohte auch noch eine lebensgefährliche Entzündung. Bereitwillig attestierte der Arzt meiner Stiefmutter die Gemeingefährlichkeit des Flugwurms, kurz darauf wurde er abgeholt.

»Ich lege ein gutes Wort für ihn ein, wenn du mir jetzt keine Szene machst und dich auch weiterhin vernünftig verhältst!«, erklärte mir meine Stiefmutter an jenem Tag. »Sonst …« Hierauf fuhr sie sich mit dem Finger an der Kehle entlang und ich verstand.

Auf das gute Wort, das sie für ihn einlegen wird, warte ich noch heute. Alles, was ich in Erfahrung bringen konnte, ist, dass er noch lebt und jenseits der Grenze in einem Lager für gefährliche nichtmenschliche Kreaturen untergebracht ist.

Jedenfalls, was ich eigentlich erzählen wollte, ist, dass Etzi und Kanickla wie ausgetauscht sind, seit sie die Einladung zum Ball bekommen haben. Etzi hat sich Tonnen von Modejournalen bestellt und belästigt nun alle und jeden mit ihrem Gerede über gewickelte Schärpen, geschliffene Knochenknöpfe, geflochtene Adamast-Fäden, gerafften oder kunstgeknitterten Taft, Stoffe mit Knospen-, Rauten- oder Eichenblattmustern, harte oder weiche Mieder, Dekolleté-Pflege (oder doch lieber hochgeschlossen, weil das vornehmer ist?), Perlenbesatz, den Symbolwert von Applikationen, ob nun brombeerfarben oder nicht, schließlich ist das die Farbe des Kaiserreiches, und am meisten beschäftigt sie die pikante Frage, was von den künstlichen Unterrockblitzern zu halten sei, die gerade in Mode gekommen sind. Ist so etwas auf einem Ball erwünscht oder eher untersagt? Etzi weiß es nicht und das macht sie ganz nervös.

Kanickla hingegen hat sich eine strenge Diät verschrieben, sie will bis zum Ball unbedingt die Hälfte ihres Gewichts verlieren, was meiner Ansicht nach schlichtweg unmöglich ist, doch ihre Mutter bestärkt sie in diesem Vorhaben und serviert ihr jeden Tag grüne Blätter, garniert mit braunen Blättern, in einer Marinade aus schwarzen Blättern. Mein hartes Herz wird weich, wenn ich das sehe, und ich könnte annähernd in Tränen ausbrechen, wenn Kanickla mit Todesverachtung diesen Salat in sich hineinstopft, von dem ihre Mutter behauptet, dass er sie schlanker machen und ihren Appetit zügeln werde. Ich frage mich, ob ich von meiner Stiefmutter jemals so gequält worden bin wie Kanickla in diesen Wochen vor dem Ball, und komme zu dem Schluss: Nein, ich glaube, so etwas Schlimmes hat sie mir noch nie angetan!

Die Türglocke läutet und ich renne los, in trainierter Schnelligkeit, um dem Gast die Tür zu öffnen. Es ist der Schneider mit einer Auswahl an Ballkleidern, die selbstverständlich noch umgearbeitet und den Vorlieben der werten Töchter angepasst werden können, wie er wortreich erklärt, als er den Salon betritt.

Meine Stiefmutter hat große Mühe, die werten Töchter im Zaum zu halten, denn beide stürzen sich auf die mitgebrachte Garderobe und reißen sich gegenseitig die empfindlichen, zarten Stoffe aus der Hand.

»Das ist meins!«, ruft Kanickla. »Diese Farbe, dieser duftige Tüll!«

»Schweinchenrosa für mein Marzipanschmollmündchen!«, ruft Etzi in aufgesetzter, falscher Zärtlichkeit. »Ja, das steht dir bestimmt ganz großartig, Nickilein!«

»Nun …«, beginnt der Schneider, doch er verstummt, da er nicht weiß, wie er es höflich ausdrücken soll. Würde sich Kanickla den weit ausladenden Rock der rosafarbenen Robe über den Kopf ziehen, bliebe dieser unweigerlich an ihrer Oberweite hängen und würde dieselbe, falls Kanickla nicht sofort aufgeben würde, brutal zusammenpressen. Spätestens bei dem Versuch, das Kleid wieder auszuziehen, müsste der feine Stoff zerreißen.

»Finger weg!«, ruft meine Stiefmutter scharf. »Kanickla, Etzi, ihr setzt euch jetzt sofort hin und lasst euch vom Schneidermeister beraten. Erst, wenn *er* meint, dass ihr ein Kleid anprobieren könnt, dürft ihr es anfassen. Verstanden?«

Meine Schwestern gehorchen und lassen sich auf Sessel und Sofa plumpsen. Ich bleibe neugierig stehen, obwohl es gerade nichts in diesem Raum für mich zu tun gibt. Gerade kommt mir die Idee, dass ich alibimäßig mit dem Staubwedel über den großen Standspiegel wedeln könnte, damit es so aussieht, als sei ich sehr beschäftigt, da ertappt mich meine Stiefmutter beim müßigen Herumstehen und schlägt zu: »Ist dir langweilig?«, fragt sie. »Was gibt es heute zum Mittagessen?«

»Kartoffel-Gemüse-Eintopf«, antworte ich. »Er ist schon fertig, ich muss ihn nur noch aufwärmen.«

»Gemüse-Eintopf? Wie ordinär. Wenn wenigstens ein paar Umbra-Morcheln drin wären.«

»Haben wir nicht mehr, die letzten habe ich gestern aufgebraucht.«

Der Schneider mustert abwechselnd die Kleider und meine Schwestern und sieht zunehmend verzweifelt aus. Doch dann wird er auf mich aufmerksam und scheint auf irrationale Weise Hoffnung zu schöpfen.

»Was ist mit ihr?«, fragt er. »Sie ist auch ein lediges Mädchen. Soll ich auch ein Ballkleid für sie heraussuchen?«

»Sie ist nicht eingeladen.«

»Aber alle ledigen Mädchen, die sechzehn oder älter sind, wurden eingeladen!«

»Sie ist fünfzehn!«

»Nein, ich …«, fange ich an zu widersprechen, doch meine Stiefmutter fällt mir ins Wort.

»Umbra-Morcheln!«, schreit sie fast. »Besorg uns welche und mach den Eintopf damit genießbar! Wenn ich heute eins nicht verkraften kann, dann ist es eine fade Gemüsesuppe.«

Ich zögere. Erstens, weil ich siebzehn bin und nicht fünfzehn. Zweitens, weil ich unbedingt dabei zusehen möchte, wie Etzis und Kanicklas Ballträume auf die Zwänge der Wirklichkeit prallen. Und drittens, weil ich in mir das verwerfliche mädchenhafte Verlangen verspüre, ebenfalls eins dieser Kleider anprobieren zu wollen.

»Raus!«, befiehlt meine Stiefmutter. »Wenn du alt genug bist, bekommst du dein eigenes Ballkleid, aber heute dreht sich der alleinige Zweck deines Daseins um unser Mittagessen. Ich kann mich nicht daran erinnern, dass in diesem Salon jemals Umbra-Morcheln gewachsen wären, also scher dich dahin, wo du welche finden kannst!«

»Ich bin übrigens siebzehn«, erkläre ich dem verwunderten Schneider und meiner Stiefmutter.

»Und *ich*«, erwidert sie, »verliere übrigens gerade die Geduld mit dir. Ich sage nur: Löwenherz!«

Na gut. Ich wende mich ab und spaziere am großen Standspiegel vorbei in Richtung Ausgang. Währenddessen kann ich es nicht lassen, in den Spiegel zu sehen, nur ganz kurz, und mir vorzustellen, wie ich in einem Ballkleid aussähe.

Sicherlich wären meine Haare gekämmt und gebürstet, bis sie einigermaßen glänzen, bevor ich zum Ball gehe. Sie wären geflochten und hübsch arrangiert und ich würde nicht wie jetzt einen bauschigen, filzigen Berg auf meinem Kopf tragen, auf den ich keine Mühen verwende, weil ich weder Zeit noch Lust dazu habe. Morgens drehe ich meine Haare zu diesem riesigen Knoten zusammen, stecke sie fest und fertig.

Betrachtet man mich im hellen Licht, erkennt man, dass ich braune Haare habe, und zwar eine Menge davon. Ich ähnele meiner richtigen Mutter, die ich nie kennengelernt habe, weil sie in der Nacht meiner Geburt gestorben ist. Die traurige Katastrophe ihres Verlusts habe ich wahrscheinlich nie verkraftet und verdränge sie permanent. Ihr Grab befindet sich in unserem Garten, in einem hübschen verwilderten Winkel, doch ich meide diesen Ort seit meiner Kindheit wie einen Ort des Bösen. Er ist mir zutiefst unheimlich und ich weiß nicht einmal, warum.

Aber ich komme vom Thema ab. Also – ich sehe aus wie meine Mutter, das hat mir mein Vater immer erzählt. Mit dem Unterschied, dass ich ungewöhnlich goldbraune Augen habe, in der Farbe von gebranntem Zucker, wie er immer behauptet hat. Dieser Vorzug hat mir so manches Lob eingebracht, als wir noch in den sogenannten besseren Kreisen verkehrten und die Menschen normal mit mir geredet haben.

»Ei, was bist du doch für eine Süße!«, pflegten die vornehmen Damen, auf deren Schoß ich saß, zu sagen. »Dieses runde Gesichtchen mit den Karamelläugchen! Wie herzig und wie schrecklich traurig!«

Auf diesen Ausruf folgte in der Regel eine Litanei über den Tod meiner Mutter, im Jammerton vorgetragen, doch unverkennbar sensationslustig. Denn sie starb nicht, weil sie ein Kind zur Welt gebracht hatte, sondern stürzte in derselben Nacht aus ungeklärten Gründen aus dem Fenster ihres Schlafzimmers drei Stockwerke in die Tiefe. Sie war sofort tot und das ist alles, was man darüber weiß.

Das runde Gesicht habe ich noch heute, trotz meiner eher kargen Verköstigung, und meine Fee behauptet, es stehe mir gut. Ich habe eine sehr helle Haut, doch sobald ich mich ärgere oder mich anstrenge oder mich trotz allem das Gefühl überkommt, dass das Leben eine schöne, aufregende Sache ist, dann röten sich meine Wangen, meine Augen glänzen und meine Lippen werden so kräftig durchblutet, dass es so aussieht, als hätte ich sie mit einem roten Lippenstift angemalt. Ich glaube, in solchen Momenten bin ich tatsächlich hübsch!

Ich bin außerdem notgedrungen ziemlich durchtrainiert. Was ich täglich bewältigen muss an Schleppereien, treppauf, treppab, hat mich stark gemacht. Putzeimer hier, Gießkanne da, Körbe voller Wäsche wuchten, mal nass, mal trocken, Betten schütteln, Teppiche klopfen, einen Sack Körner für die Hühner schultern, eine Kutschladung voller Einkäufe ins Haus tragen, anschließend Wasser aus dem Brunnen heraufziehen, gleich mehrere Schläuche voll.

Ich rutsche auf den Knien herum, um den Boden zu putzen, balanciere auf Stühlen und Leitern, um die Regale und Deckenleuchter von Spinnweben zu befreien, erledige Botengänge im Dauerlauf, spurte in den Keller, um frische Vorräte heraufzuholen, die dort auf Eisschollen lagern, und serviere meinen Schwestern den Tee im dritten Stock.

Ich selbst wohne, wie schon erwähnt, hoch oben in einem Turm. Dort hinaufzusteigen ist am Ende eines langen Tages eine harte Prüfung. Manchmal schlafe ich vor dem Kamin in der Küche auf dem Boden ein, weil ich mich nicht überwinden kann, all die Stufen hinter mich zu bringen.

Man sieht es mir nicht auf den ersten Blick an, aber ich habe Muskeln. Ich kann Gworrokko, den überaus dicken und in der Nähe von Nahrungsmitteln militant räuberischen Kater meiner Stiefmutter, mit einer Hand einen Meter über meinen Kopf halten. Währenddessen richte ich das Frühstück auf einem Tablett an und halte gleichzeitig das gierige Frettchen meiner Schwestern (es heißt Natascha) mit dem Fuß davon ab, an mir hinaufzuklettern und die Eier zu klauen. Auf diese Weise nehme ich das Tablett und trage es die Treppen zu den Schlafzimmern hinauf – Gworrokko über meinem Kopf, Natascha um meine Füße herumwieselnd – und bringe das Frühstück sicher an seinen Bestimmungsort.

Das soll mir mal einer nachmachen. Leider gibt es dafür keinen Preis und auch kein Ballkleid als Belohnung. Bestimmt würde mir so ein Kleid gut stehen. Mit ordentlich gekämmten Haaren und einem vorteilhaft geschneiderten Stück Stoff, das all die blauen Flecken und Schrammen, die ich mir andauernd irgendwo zuziehe, verdeckt, könnte ich durchaus etwas hermachen. Vielleicht. Es ist zumindest ein schöner Traum.

Als ich die Tür zum Salon hinter mir zuziehe, verbanne ich den schönen Traum und das ganze überflüssige Ball-Trallala aus meinen Gedanken, denn ich muss mich innerlich wappnen. Nicht, dass ich mich zu Tode fürchten würde, bisher habe ich es immer geschafft, lebendig aus dem Verbotenen Wald herauszukommen, ein Körbchen Umbra-Morcheln am Arm. Doch ich muss konzentriert sein und darf mir keine Unaufmerksamkeiten erlauben. Ich habe schon zu viele tote Tiere gesehen, deren Schicksal ich niemals erleiden will.

KAPITEL 3

Ich habe es im Gefühl, dass heute etwas passieren wird. Die Wolken sind so dunkelblau, dass es schon unecht wirkt, und das Gewitter, das heraufzieht, kann ich förmlich riechen. Eine drückende, feuchte Schwere liegt in der Luft, aufgeladen mit unheilvoller Energie.

Mit einem Tuch über dem Kopf und den Schultern, das ich vorher mit Sommerkräutern parfümiert habe, betrete ich den Verbotenen Wald, tauche in seine Schatten ein und wähle den ersten schmalen Pfad, der nach links abzweigt und mich durch besonders garstige Brombeerbüsche führt. Die Zweige dieser Büsche bewegen sich eigenmächtig, ich schwöre es, denn sie schaffen es regelmäßig, mir jedes unbedeckte Stück Haut zu zerkratzen. Meistens sind nur Gesicht und Hände betroffen, da ich mich, so gut es geht, in mein penetrant nach Kräutern duftendes Tuch einwickle, aber das ist schlimm genug.

Die Kräuter sollen meinen Menschengeruch übertünchen und bisher hat das immer ganz gut geklappt. Ich bin in meinem ganzen Leben nur dreimal von Vampiren entdeckt worden. Zwei haben mich nach einer kurzen halbherzigen Verfolgung in Ruhe gelassen, doch ein dritter – es war ein kleines Mädchen – jagte mich mit einer solchen Verbissenheit, dass ich nur mit großem Glück entkommen konnte.

Tagsüber ist man sicherer, heißt es, weil die Vampire ihr Quartier tief im Inneren des Waldes unter Tag nur ungern verlassen und wenn, dann eher für kurze Ausflüge. Doch darauf bauen kann man nicht. Im letzten Jahr verschwanden drei Menschen im Wald, am helllichten Tag, und von zweien hat man die blutleeren Überreste gefunden.

Während ich mich gegen die Missgunst der Brombeersträucher behaupte und meinen Weg in den Eichenwald finde, wo die saftigsten Umbra-Morcheln zu finden sind, schwirren mir die Erinnerungen an meine Vampir-Begegnungen im Kopf herum. Sämtliche romantischen Vorstellungen, die ich von Vampiren vielleicht einmal gehabt habe, sind gestorben, als ich zum ersten Mal in das Gesicht eines solchen Wesens geblickt habe.

Es war bleich, abgemagert und von einer Hässlichkeit, die mich abgestoßen hat – nicht, weil die Haut über den Knochen spannte, die Zähne tiefgelb waren und das Innere der Augen rot angelaufen war, sondern weil aus dem Blick dieses Wesens etwas Kaputtes zu mir sprach. Alles, was mir etwas bedeutete, schien in seinen Augen nicht zu existieren. Es verlor in seinen Augen seinen Sinn.

Es fröstelt mich, aber das mag an der kalten Luft liegen, die jetzt in Böen über den Waldboden streicht und die Schwüle aufstört und in Unruhe versetzt. Das hat den seltsamen Effekt, dass mir auf einmal unangenehm kalt ist, obwohl mir gleichzeitig der Schweiß auf der Haut steht.

Hoch oben in den Baumwipfeln stürmt es schon. Es wird nicht lange dauern, bis ein kräftiger Regen einsetzen wird. Ich sehe mich in alle Richtungen um und entscheide mich, obwohl es riskant ist, noch tiefer in den Wald hineinzugehen. Hier, wo ich gerade bin, habe ich bei meinen letzten Besuchen alle Morcheln eingesammelt, die es gab.

Ich überquere einen unschuldig sprudelnden Bach und halte nach den Überresten toter Bäume Ausschau, unter denen die Umbra-Morcheln besonders gut gedeihen. Als ich eine hübsche Gruppe aus fantastischen Morcheln entdecke und meinen Korb abstelle, um in die Knie zu gehen und die Morcheln zu pflücken, reißt mich das Wiehern eines Pferds aus meiner friedlich konzentrierten Versunkenheit. Woher kommt das? Ist es echt oder nur eine Täuschung?

Ich verhalte mich ganz ruhig, gehe nicht in die Knie, sondern bleibe stehen und lausche. Der Wind wird lauter, ich glaube schon daran, dass ich sein Pfeifen mit einem Wiehern verwechselt habe, da erklingt es wieder. Ungeduldig, fast wütend bekundet ein Pferd ganz in der Nähe seinen Unmut!

Vampire reiten nicht auf Pferden. Mir ist auch kein anderes wieherndes Geschöpf bekannt, das im Verbotenen Wald leben würde, was bedeutet, dass das Pferd entweder ausgerissen ist und sich im Wald verlaufen hat (das wäre sein Todesurteil, es sei denn, ich helfe ihm) oder dass ein zweiter Mensch, der genauso lebensmüde ist wie ich, im Verbotenen Wald umherstreift. Vorsichtig gehe ich in die Richtung, aus der ich das Wiehern vernommen habe, ganz leise, indem ich von einem Mooskissen auf das nächste trete, wodurch jedes Geräusch, das ich mache, verschluckt wird.

Der Verbotene Wald bildet so etwas wie eine natürliche Grenze unseres Reiches. Auf der einen Seite, im Westen, stößt Amberling ans Meer. Unser Land ragt dort wie eine Halbinsel in den westlichen Ozean hinein. Nach Osten hin sichert uns der Verbotene Wald gegen Angriffe des Kinyptischen Kaiserreiches. Das zumindest hat sich Blaumund, der Unbeschwerte, dabei gedacht, als er den Vampiren erlaubte, sich in diesem Wald anzusiedeln.

Damals, vor ungefähr achthundert Jahren, wurde ein Vertrag geschlossen. Wir Menschen lassen die Vampire in Ruhe und die Vampire lassen uns in Ruhe – auf dieser Seite des Waldes zumindest. Ein einziges Mal wurde der Vertrag von der Menschenseite aus gebrochen, und zwar vom Aufrührer Fritz-Henning von Nüsselgart, der mit einer Horde von Bauern loszog, um die Vampire aus dem Wald zu vertreiben. Sein Plan war es, den Wald zu roden und in Ackerland umzuwandeln, doch daraus wurde nichts.

Der Totenschädel von Fritz-Henning ziert noch heute den Eingang zum historischen Ratskeller. Die Vampire übersandten diesen traurigen Rest des Aufrührers dem damaligen König, zusammen mit einem lieben Gruß, der die Fußnote enthielt, dass der Vertrag missachtet worden und dadurch hinfällig geworden sei. Der König bekam es daraufhin mit der Angst zu tun und errichtete ein Bollwerk aus Baumstämmen mit Wachtürmen und Schießscharten zwischen dem bewohnten Land und dem Verbotenen Wald.

Doch die Vampire griffen niemals an, vermutlich hatten sie das sowieso nie vorgehabt. Bestimmt beobachteten sie das Spektakel von den höchsten Tannen aus, klopften sich auf ihre knochigen Schenkel und grinsten mit den gelben Zähnen, erfreut über die Torheit ihrer Feinde. Das nutzlose Bollwerk vermoderte im Laufe der Jahrhunderte und zerfiel. Hier und da findet man noch Spuren davon, doch zum größten Teil hat der Wald die Überreste dieser Vergangenheit aufgefressen.

Gegen andere Vampire und deren Raubzüge ist unser Vampirvolk noch vergleichsweise brav. Nur einmal alle hundert Jahre wagt sich ein verwegenes Exemplar in eine bewohnte Gegend und saugt wehrlose Jungfrauen aus. Solche Vampire sind meist Wiederholungstäter und werden schließlich bei einem ihrer sündigen Ausflüge geschnappt. Man zerrt sie zur Strafe ins helle Sonnenlicht, stößt ihnen einen spitzen Pflock in die Brust und übergießt sie mit geweihtem Wasser. Das war es dann mit dem Übeltäter und der Frieden kehrt zurück. Manchmal weiß ich gar nicht, wer mir mehr leidtut: die Jungfrauen oder die hingerichteten Vampire. Es heißt, dass sie im Weihwasser verschrumpeln und schmelzen. Das kann nicht angenehm sein.

Endlich sehe ich das Tier, dessen Wiehern mich zu einer Lichtung gelockt hat, auf der ich noch nie gewesen bin. Es ist eine prächtige weiße Stute, gesattelt und an einem Baum festgebunden. Ich wundere mich sehr. Wer dieses Pferd hier angebunden hat, muss dumm oder wahnsinnig oder beides zugleich sein. Die ungeduldige Stute, die immer wieder ihren Kopf hochwirft und wiehert, wird die Vampire ebenso anlocken wie mich!

Ich will mich umdrehen und nach dem Reiter Ausschau halten, der irgendwo in der Nähe sein muss (sonst wäre er noch dümmer, als ich bisher angenommen habe), doch da fällt mein Blick auf die Satteldecke: Unser Landeswappen strahlt mir in leuchtendem Gelb und Blau entgegen, verziert mit einem dekorativen Krönchen. Ich trete näher, lege meine Hand auf den Hals der Stute und rede beruhigend auf sie ein.

»Nicht aufregen, meine Liebe. Dein dämlicher Reiter kreuzt bestimmt bald hier auf und bringt dich nach Hause. Und wenn er es nicht tut, bekommt er es mit mir zu tun!«

Ich liebe Pferde. Während ich hier stehe, die Hand am Pferd, interessiert mich das Krönchen auf der Satteldecke auf einmal nicht mehr und auch die Angst vor Vampiren tritt in den Hintergrund. Ich will nur noch den Duft einatmen, den ich so sehr vermisse, seit all unsere Pferde verkauft worden sind. Ich lege mein Gesicht an den Hals der Stute, was sie sich gerne gefallen lässt, und dann sauge ich die Wärme und den Pferdeduft mit geschlossenen Augen in mich auf.

Was ein Fehler ist, ich weiß. Ein schwerwiegender Fehler.

Der Schlag, der mich überwältigt, kommt unerwartet und heftig. Ich falle zu Boden, auf mich stürzt sich ein schweres Gewicht, ein Körper, der mich tief in die Erde drückt, so fest, dass ich mich nicht bewegen kann. Alles geht sehr schnell. Eine Hand packt mein Kleid, reißt mich herum, sodass ich auf dem Rücken liege statt auf dem Bauch, eine zweite Hand drückt mir die Kehle zu. Mir wird schwarz vor Augen, ich schnappe nach Luft, würge, kämpfe um mein Leben.

Endlich lockert sich der Griff. Luft strömt in meine Lungen und jetzt, da meine Augen wieder etwas erkennen können, erblicke ich unmittelbar über mir ein Gesicht. Ich kann nicht mal schreien, dazu fehlt mir der Atem. Ich starre in zwei schwarze Augen, die sehr lebendig aussehen. Das hier ist kein Vampir. Das hier ist ein Mensch. Und er sieht gut aus.

Kapitel 4

Ich schaffe es noch nicht zu sprechen, denn ich muss immer wieder nach Luft schnappen. Außerdem bin ich schockiert. Dieser Kerl sitzt immer noch auf mir, seine Hand krallt sich in den Stoff meines Kleides oder vielmehr in meine Haut, denn seine Finger haben den mürben, altersschwachen Stoff durchdrungen. Mit der anderen Hand hält er ein langes Messer über meinem Gesicht in die Höhe, so als habe er sich noch nicht entschieden, ob er mich am Leben lassen soll oder nicht. Diese Beobachtung ist es schließlich, die mich dazu veranlasst, auf Luft zu verzichten zugunsten eines zünftigen Wutausbruchs.

»Sag mal, hast du noch alle Tassen im Schrank?«, schreie ich, so laut es meine Stimme zulässt. Tatsächlich krächze ich ein wenig, meine Stimmbänder haben die Würgerei noch nicht verkraftet. »Bist du vollkommen durchgedreht oder was? Lass mich jetzt *sofort* los oder …«

»Oder *was*?«, fragt er. »Ich bin stärker als du, wie du siehst, und hier ist weit und breit keiner außer uns beiden, meinem Pferd und ein paar Vampiren vielleicht. Aber die werden dir bestimmt nicht zu Hilfe eilen.«

»Geh jetzt *weg* von mir!«

Ich zische es mehr, als dass ich es ausspreche. Er lacht nur und gemütlich, ja geradezu aufreizend langsam, löst er seine Finger von meinem Kleid, steckt das Messer in seinen Gürtel und erhebt sich.

Kaum bin ich frei, rapple ich mich auf, was gar nicht so einfach ist. Ich bin noch benommen von dem Sturz und dem Schlag zuvor und überhaupt zittere ich, wenn ich mich nicht täusche. Er mag normal und zurechnungsfähig aussehen, aber er muss total irre sein! Wer auch immer er ist.

Er streicht sich die Haare aus dem Gesicht und erst jetzt merke ich, dass es zu regnen angefangen hat. Außerhalb des Waldes muss es stürmen, doch hier unten hält sich der Aufruhr in Grenzen. Die Bäume knarzen, der Wind pfeift und eine überschaubare Menge von Tropfen spritzt mir ab und zu ins Gesicht.

Mein irres, gewalttätiges Gegenüber dürfte ein paar Jahre älter sein als ich. Keine Ahnung, wie alt. Er hat etwas längeres Haar, vermutlich dunkelblond, aber da seine Haare nass sind und das Licht hier unten dämmrig, kann ich es nicht so genau erkennen. Seine Augen sind schwarz, was mir seltsam vorkommt, denn Schwarz ist keine Farbe, und dunkle Sommersprossen bedecken sein Gesicht, seinen Hals und seine Hände. Normalerweise sehen Sommersprossen ja eher niedlich oder drollig aus, aber bei ihm wirken sie irgendwie wild, so wie das Muster bei einem Tier. Eine Narbe zieht sich von seiner rechten Wange bis an die Stirn, eine zweite, kürzere, führt vom linken Mundwinkel in Richtung Kinn. Mein Blick bleibt daran hängen und ich frage mich unwillkürlich, was da passiert ist.

»Geht's?«, fragt er reserviert. Mein Starren scheint ihm gar nicht zu gefallen. »Oder habe ich dir was gebrochen?«

»Danke der Nachfrage, du Idiot!«, erwidere ich und meine Wut entflammt aufs Neue. »Ich warte noch auf eine Erklärung!«

»Ich dachte, du wärst ein Vampir.«

Ich blicke ihn ungläubig an. Ich – ein Vampir?

»Ja, Mondgesicht«, sagt er. »Du bist blass, lumpig und struppig und hast dich an mein Pferd gedrückt! Ich dachte, du willst es beißen, da musste ich schnell handeln.«

Ich bin sprachlos. Mondgesicht! Blass, lumpig und struppig! Ich weiß nicht, was mich mehr schockiert. Der Überfall selbst, bei dem mir ein wildfremder Mann die Kleidung zerrissen hat, oder dieses Urteil über mein Äußeres.

Apropos zerrissene Kleidung. Als ich an mir hinabblicke, entdecke ich, dass meine Kleidung so derangiert und unvollständig ist, dass mein Bauchnabel unter den Lumpen hervorblitzt. Und er starrt genau dorthin!

»Hey!«, sage ich drohend und raffe zusammen, was von dem Kleid noch übrig ist, um jegliche Blöße zu verdecken. Gleichzeitig suche ich den Boden nach meinem Tuch ab. Wo ist es denn bloß?

»Dein Bauchnabel ist auch blass«, stellt er fest. »Fast farblos.«

»Du spinnst!«, rufe ich fassungslos. »Was geht dich mein Bauchnabel an? Was gehe ich dich überhaupt an? Was fällt dir ein? Du hast mein Kleid zerstört! Das wirst du mir ersetzen. Ich habe nur zwei Sommerkleider, ich kann es mir nicht leisten, auf eins zu verzichten.«

»Ja, ja, kein Problem.«

»Kein Problem? Ich will vier Goldstücke!«

»Vier Goldstücke?«, fragt er verwundert. »Als Ersatz für diesen Lumpen?«

»Das ist wie mit alten Kutschen«, erkläre ich. »Ein Händler würde einem vielleicht nur noch eine Schüssel Grütze für die uralte Kutsche geben, aber wenn einem jemand diese Kutsche zu Schrott fährt, muss man sich eine neue besorgen und das kostet weit mehr, als man für die alte bekommen hätte!«

»Ach so.«

»Für mein Kleid gilt das Gleiche. Verstanden?«

»Kannst du nicht nähen?«

»Mach mich nicht wütend! *Du* hast mein Kleid zerstört! Du hast mich geschlagen, mich schockiert und fast erwürgt! Du gibst mir dafür vier Goldstücke!«

»Zwei.«

Ich stutze. Zwei Goldstücke wären ein Vermögen für mich. Ich habe nicht im Ernst damit gerechnet, dass er sich darauf einlässt.

»Drei«, handle ich zaghaft.

Es donnert, und zwar ohrenbetäubend laut. Wir beide blicken zum Himmel. Seltsamerweise hat es zu regnen aufgehört, doch was vom Himmel zu sehen ist, ist schwarz.

»Ich gehe besser nach Hause«, sage ich. »Gib mir die Münzen!«

»Was machst du überhaupt hier?«, fragt er. »So tief im Verbotenen Wald?«

»Ich könnte dich das Gleiche fragen, aber es interessiert mich nicht.«

»Wirklich nicht?«

»Sagen wir es mal so: Ich sehe an dir eine Armbrust und einen Köcher mit Pfeilen und kann mir ausrechnen, dass du irgendeinem Tier das Lebenslicht ausblasen willst, um dir seinen prächtigen Schwanz an den Hut zu hängen oder seine Leber in Kürbisöl und blauem Kurkuma anzubraten. Das Übliche eben.«

»Blaues Kurkuma?«, fragt er erstaunt. »Woher kennst du blaues Kurkuma?«

»Dazu kommt eine gehörige Portion Ignoranz«, fahre ich fort, »und ich sage aus Höflichkeit nicht *Dummheit*, denn mit einem Pferd in diesen Wald zu reiten ist absolut schwachsinnig. Die Vampire haben Hemmungen, uns Menschen anzugreifen, weil sie befürchten, dass es Ärger geben könnte, wenn sie mal den Falschen kaltmachen. Aber Pferde, Hunde oder Katzen, da stürzen sie sich drauf, ohne Rücksicht auf Verluste. Das sind harmlose Opfer, wegen denen keiner einen Krieg anzettelt.«

Er runzelt die Stirn und schweigt. Es donnert erneut und der Boden brummt, als würden die Trolle in ihren unterirdischen Höhlen mit Gesteinsbrocken kegeln.

»Was sind das für Narben?«, frage ich, da er beharrlich schweigt und ich es unbedingt wissen will.

Ich fürchte, das war die falsche Frage, denn nun wendet er sich ab und bindet sein Pferd los.

»Hey, meine Goldmünzen!«, rufe ich. »Wage es nicht, hier wegzureiten, ohne mir mein Geld zu geben!«

Er steigt auf sein Pferd, nimmt die Zügel in die Hand und ich sehe meine Entschädigung schwinden.

»Komm!«, sagt er und streckt einen Arm aus. »Ich nehme dich mit. Sonst kriegen dich die Vampire auf dem Heimweg und dann müsste ich ein schlechtes Gewissen haben.«

»Sie haben mich noch nie gekriegt!«

Bei der Gelegenheit fällt mir ein, dass mein Tuch immer noch weg ist. Das Tuch, das nach Sommerkräutern duftet und meinen Menschengeruch überdeckt. Wo ist es bloß? Ohne dieses Tuch fühle ich mich in der Tat schutzlos. Ein greller Blitz und ein ohrenbetäubend lauter Donner veranlassen meine jüngste Bekanntschaft, mich einfach mit beiden Händen unter den Achseln zu packen und nach oben zu ziehen. Zack, sitze ich vor ihm auf dem Pferd und dann geht es auch schon los.

Er kann reiten, keine Frage, und sein Pferd ist unglaublich geschickt und furchtlos. Es fürchtet weder das Gewitter noch die Schatten zwischen den Bäumen, die sich verdächtig flink bewegen. Unbeirrt springt es über umgestürzte Bäume, findet seinen Weg durch das Gestrüpp und innerhalb kürzester Zeit erreicht es den Waldrand, wenn auch nicht dort, wo ich den Wald normalerweise verlasse. Um nach Hause zu kommen – ohne Umbra-Morcheln – muss ich mit einer Stunde Fußweg rechnen.

So schnell, wie ich auf dem Pferd des Fremden gelandet bin, werde ich auch wieder zurück auf die Erde verfrachtet. Da stehe ich nun, in meinem zerfetzten Kleid, das ich vor der Brust zusammenhalte, und blicke in die Ferne, wo die Wolkendecke aufreißt und die Sonne wieder zum Vorschein kommt. Nicht lange und das Unwetter wird nach Osten weitergezogen sein.

»Mach die Hand auf!«, befiehlt er mir und da er einen Lederbeutel in der Hand hält und ich Gold wittere, gehorche ich.

Zwei Goldmünzen, drei Silbermünzen und zehn Kupferstücke schüttet er mir in die geöffnete Hand. Alles, was in dem Beutel ist.

»Reicht das?«, fragt er.

»Doch, ich denke schon.«

»Gut, Mondgesicht. Dann sind wir ja quitt.«

»Sind wir nicht!«, widerspreche ich, alleine schon, weil er mich schon wieder Mondgesicht genannt hat. »Du hast dich noch nicht bei mir entschuldigt.«

»Na gut«, sagt er nicht sonderlich zerknirscht, sondern eher leiernd, »dann entschuldige, dass ich dich für einen Vampir gehalten habe und mein Pferd vor deinem blutrünstigen Biss beschützen wollte. Sonst noch was?«

»Das da!«, antworte ich und zeige auf die Decke unter seinem Sattel.

»Was ist damit?«

»Das Wappen unseres Landes und darüber eine Krone?«

Er scheint selbst etwas verwundert über die Krone zu sein, als er in die Richtung blickt, in die ich zeige.

»Ach das«, sagt er. »Ich habe mir diese Decke … ausgeliehen.«

»Ausgeliehen!«

»So ist es.«

»Weil du ein Dieb bist? Wer bist du überhaupt?«

»Ich bin kein Dieb!«, gibt er zurück. »Ich darf mir diese Decke ausleihen, der Prinz hat es mir erlaubt.«

»Oh, seine Hoheit, der Kronprinz, hat es gestattet?«

»Genau.«

»Und warum? Was hast du mit diesem Kerl zu tun?«

Mein Fremder lacht und plötzlich finde ich ihn gar nicht mehr so unsympathisch. Ich frage mich, ob seine Augen, die selbst im hellen Licht fast schwarz aussehen, in Wirklichkeit eine braune oder eine blaue Farbe haben.

»Sagen wir mal – wir wohnen im gleichen Schloss.«

Das stellt mich jetzt vor ein großes Rätsel. Soweit ich weiß, ist der Kronprinz der einzige Sohn des Königs. Von einem Bruder oder einem Cousin in diesem Alter habe ich noch nie etwas gehört. Doch plötzlich fällt bei mir der Groschen. Natürlich, er gehört nicht zur Königsfamilie!

»Bist du sein Diener?«, frage ich.

Er scheint diese Möglichkeit kurz zu überdenken, dann nickt er langsam.

»Ja, so ist es. Ich bin sein Kammerdiener.«

Ich glaube ihm nicht. Das ist doch alles erstunken und erlogen, sonst hätte er mit der Antwort nicht gezögert.

»Die Pflicht ruft«, sagt er und wendet sein Pferd in Richtung Stadt. »Du findest nach Hause, ohne überfallen zu werden?«

»Ich hatte ja heute schon einen Überfall. Die Wahrscheinlichkeit, dass es mich noch mal erwischt, ist gering.«

»Na, wenn du meinst … Ich sage dir dann besser nicht, dass das ein Irrglaube ist. Die Wahrscheinlichkeit ist immer gleich hoch, egal, wie viele Überfälle man schon hinter sich hat.«

»Ich werde nicht in den Wald zurückgehen.«

»Vernünftig. Leb wohl, Mondgesicht.«

»Claerie!«

»Was?«

»Ich heiße Claerie!«

»Also gut, Mondgesicht namens Claerie. Vielleicht laufen wir uns ja noch mal über den Weg. Spätestens, wenn ich neue Schwänze für meinen Hut brauche und dafür in den Wald reiten und schutzlose Eichhörnchen erlegen muss.«

Der Spott in seiner Stimme entgeht mir nicht. Natürlich, er trägt keinen Hut – also braucht er auch keinen Schwanz zum Dranhängen, welcher Sorte auch immer.

»Ich war auf der Suche nach Umbra-Morcheln«, verrate ich ihm in diesem schwachen Moment des Abschieds. »Jetzt müssen wir unsere Suppe ohne Morcheln essen und das wird einigen Leuten gar nicht gefallen!«

»Wirklich tragisch. Ich hätte dich mit Gold überschütten sollen, um dieses beklagenswerte Schicksal auszugleichen!«

Er lächelt noch einmal zum Abschied und dann galoppiert er wie im Bilderbuch davon, auf das goldene Licht am Horizont zu. Weißes Pferd, rätselhafter Fremder mit Sommersprossen und Narben im schönen Gesicht. Wenn er mich nicht blass, lumpig und struppig gefunden hätte, würde ich mich vielleicht in ihn verlieben. Aber so behalte ich meine Würde und gehe einfach nach Hause.

Kapitel 5

Ich flicke das Kleid und spare das Geld. Ich dachte erst, der Stoff wäre zu mürbe und zu brüchig, um ihn noch einmal zu nähen, doch dann konnte ich ihn an der Innenseite mit einem zweiten Stück Stoff verstärken, und so hält das Ganze jetzt wieder.

Verschwindend kurz, das gestehe ich hiermit, war ich versucht, für die zwei Goldstücke beim Schneider ein Ballkleid zu kaufen, aber das wäre natürlich eine schreckliche Verschwendung gewesen. Meine gute Fee hat mir versprochen, ein Kleid zu besorgen, und egal, was es für ein Kleid ist, es wird gut genug sein. Schließlich will ich den Prinzen nicht erobern, sondern mich nur mal gründlich im Schloss umsehen und dabei Ausschau nach einem bestimmten Kammerdiener halten. Und dem kann ich, was meine Garderobe angeht, sowieso nichts mehr vormachen.

Es gab natürlich gewaltigen Ärger wegen der Morcheln. Wobei ich glaube, dass nicht die Morcheln am Ärger schuld waren – beziehungsweise ihr Nichtvorhandensein im Gemüse-Eintopf – sondern die zermürbenden Stunden der Anproben am Morgen. Kanickla hat geweint, weil sie in kein Kleid gepasst hat, Etzi hat ihre Mutter mit ihren Sonderwünschen in den Wahnsinn getrieben und der Schneider verlangte am Ende des Morgens einen Preis für die Beratung, der fast das ganze Extrageld aufgefressen hat, das meine Stiefmutter für Anlässe dieser Art zurückgelegt hatte.

Die bittere Wahrheit ist: Etzi und Kanickla können sich keine kostbaren Roben für den Ball leisten. Solche Kleider übersteigen unsere Möglichkeiten. Sie werden ein einfaches Kleid umschneidern lassen müssen, ohne die schicken Details, die sich Etzi wünscht, und bei Kanickla wird der Extrastoff so kräftig zu Buche schlagen, dass sie auf einen ordinären Alltagsstoff wird ausweichen müssen.

All das ist natürlich deprimierend und dann komme ich am Mittag mit einem skandalös ruinierten Kleid nach Hause, gänzlich ohne Morcheln. (Und ohne mein Tuch und ohne meinen Korb, aber das fiel niemandem auf.)

»Wo hast du dich herumgetrieben?«, fragte meine Stiefmutter.

»Im Wald. Ich wurde angegriffen.«

»Von wem?«

»Von einem Vampir. Ich bin nur mit knapper Not entkommen!«

»Erzähl das Märchen deinen Schwestern. Sie sind einfältig genug, es zu glauben. Aber *mir* kannst du nichts erzählen! Du hast mutwillig beim Klettern dein Kleid zerstört und dich einen Teufel um deine Verpflichtung geschert. Noch dazu kommst du eine Stunde zu spät und wir sitzen hier mit leeren Mägen. Was denkst du dir bloß dabei?«

So ging es noch zehn Minuten lang weiter, trotz der leeren Mägen, und dann erlaubte sie mir, die Suppe ohne Morcheln aufzuwärmen und aufzutragen.

Ich war seitdem nicht mehr im Wald, denn ein Vorfall, der sich zwei Tage später ereignete, bewegt seither die ganze Stadt. Am Waldrand soll ein Tier sein Unwesen treiben, das gefährlicher ist als jeder Vampir. Was genau es ist, darüber gehen die Gerüchte weit auseinander. Tatsache ist, dass mehrere Feldarbeiter ohnmächtig und mit Bisswunden aufgefunden wurden und sich nach dem Aufwachen an nichts mehr erinnern konnten. Seitdem wurde das seltsame Tier immer mal wieder gesichtet, doch sobald man versucht, es zu jagen und zu erlegen, verschwindet es im Inneren des Waldes.

All das klingt in meinen Ohren nur mäßig gefährlich, auch wenn das Tier nach Augenzeugenberichten scharfe Klauen, ein riesiges Maul und einen giftigen Atem haben soll (oder auch wahlweise Dornen an den Füßen, Stachel am Rücken, zwei Köpfe statt einem, mehrere Augen, sechs bis acht oder auch zwölf Beine, einen Peitschenschwanz, ein Horn auf der Stirn oder – ein Kind hat das behauptet – Entenfüße). Mittlerweile hat die Geschichte allerdings eine bedrohlichere Dimension angenommen, denn es stellte sich heraus, dass das Tier die Feldarbeiter mit einer mysteriösen Krankheit infiziert hat, einer Grippe mit hohem Fieber. Der Zustand der Männer verschlechtert sich täglich, weswegen es umso notwendiger wird, das Tier zu finden und dem Rätsel auf den Grund zu gehen.

Da ich weder Lust habe, von dem entenfüßigen, zwölfbeinigen, peitschenschwänzigen Horn-auf-der-Stirn-Träger gebissen und infiziert zu werden, noch den Suchtrupps des Königs in die Arme laufen möchte, halte ich mich vom Verbotenen Wald fern. Selbst meine Stiefmutter ist dafür, da sie befürchtet, ich könnte sonst die mysteriöse Krankheit bekommen und meine Stiefschwestern und sie damit anstecken. Aus diesem Grund verzichten wir nun alle auf das Aroma von Umbra-Morcheln im Essen und ich merke, dass ich den Geschmack vermisse.

Drei Wochen sind nun seit meinem Abenteuer im Verbotenen Wald vergangen und während ich heute Nachmittag im Gemüsegarten Kartoffeln ausgrabe und mich frage, womit ich den Abend-Eintopf würzen könnte, damit er ohne Umbra-Morcheln nicht so fad schmeckt, taucht der spitze Hut meiner guten Fee zwischen Bohnen und Tomaten auf. Sie hat sich zwischen den Sträuchern versteckt, aus Angst vor meiner Stiefmutter, deren Hohn und Häme sie fürchtet.

Mehr als einmal hat meine Stiefmutter meine gute Fee heruntergeputzt, mit dem ehrgeizigen Ziel, keinen einzigen ihrer schwachen Punkte unberührt zu lassen. Mit Vorliebe bringt sie das schlechte

Zeugnis zur Sprache, das meine Fee auf der Feen-Akademie kassiert hat (daher weiß ich überhaupt davon), und zieht anschließend nicht gerade taktvoll über ihre geringe Körpergröße her, wobei sie gerne den Verdacht äußert, dass eine gewisse Zwergen-Ähnlichkeit bestimmt nicht ganz zufällig sei. Eher nebenbei unterstellt sie ihr dann auch noch Dilettantismus, modisches Geschmacksversagen, magisches Blindgängertum und geistigen Stolper-Schluckauf (was auch immer das ist, aber es klingt nicht wie etwas, das ich gerne hätte).

Ich kann verstehen, dass meine gute Fee verschreckt ist und meiner Stiefmutter auf jede erdenkliche Weise ausweicht, zum Beispiel, indem sie wie heute durch den Gemüsegarten robbt und erst auftaucht, wenn die Luft rein ist. Aber es wirft kein gutes Licht auf ihre Qualifikation als gute Fee. Ich meine: Wie will sie mich auf diese Weise gegen meine Stiefmutter unterstützen? Da bin ja eher ich es, die meiner Fee rettend unter die Arme greifen könnte. Aber egal. Ich habe sowieso nie daran geglaubt, dass die Mühen meiner Fee zu irgendwas gut sind, auch wenn ich manchmal so tue, als wären sie es doch, damit sie nicht zu betrübt ist.

Ich lehne den Spaten, mit dem ich gerade Kartoffeln ausgegraben habe, an den nächsten Baum und begrüße sie mit der traditionellen Formel.

»Geisterwünsche, meine gute Fee! Was ist los?«

»Geisterdank, Claerie. Komm mit!«

Sie wedelt mit einem Stück Papier und einer Feder vor meinem Gesicht herum und tänzelt davon, in Richtung Komposthaufen. Dort, wo hohe Mauern die unschönen Haufen vor den Augen von Besuchern verbergen, legt sie das Papier auf einen Stein, tunkt die Feder in einen Tintenbeutel an ihrem Gürtel und reicht sie mir.

»Hier, mein Kind. Unterschreib das!«

»Was ist das?«

»Deine Zustimmung, dass du am Ball teilnehmen wirst.«

»Warum muss ich das unterschreiben? Ich habe doch schon gesagt, dass ich hingehen werde.«

»So ein großes Fest muss geplant und organisiert werden! Nur wer schriftlich zusagt, wird am Tag des Balls in das Schloss eingelassen, so ist das nun mal. Auf diese Weise kann jeder Gast angemessen willkommen geheißen werden.«

Ich merke, dass ihre Hand einen auffällig großen Bereich des Papiers abdeckt.

»Was steht da?«, frage ich und zeige auf ihre Hand.

»Ach, Formalitäten. Was man darf, was man nicht darf, wie man sich angemessen zu kleiden und zu benehmen hat, dass die Einladung nicht für dritte Personen gilt und also nicht verschenkt, verkauft oder versteigert werden darf, lauter solche Sachen.«

Ich bin misstrauisch, aber andererseits denke ich, dass in der Zusage zu einem königlichen Ball wohl kaum etwas Sittenwidriges aufgeführt sein dürfte. Nach kurzem Zögern setze ich die Feder an und unterschreibe.

»Da ist noch etwas!«, sagt meine gute Fee und zieht mir das Papier unter der Feder weg, während ich noch meinen letzten Schnörkel vollende. »Ist dein Sonntagskleid sauber geflickt und ordentlich geplättet?«

»Äh … nein. Ich habe keine Ahnung, wann ich mein Sonntagskleid das letzte Mal anhatte!«

»Du musst es in Ordnung bringen!«

»Warum? Bis wann?«

»Bis morgen, weil du zu einer Veranstaltung im Schloss eingeladen bist.«

Ich denke sofort an meinen geheimnisvollen Fremden. Ob ich ihm im Schloss begegnen werde? Mein Herz schlägt schneller, kaum dass sein Bild vor meinem inneren Auge auftaucht. Mein Verstand verurteilt diese Reaktion, was an meinem Puls jedoch nichts ändert.

»Es ist so eine Art Einführungsveranstaltung«, erklärt meine Fee. »Du und etliche andere Mädchen bekommen erklärt, wie der Ball abläuft und wie ihr euch zu verhalten habt. Es ist eine öffentliche Probe, wenn du so willst.«

»Dann gehen Etzi und Kanickla auch hin?«

Meine gute Fee reagiert verlegen. Was ist denn jetzt schon wieder los?

»Nein«, antwortet sie nach einer längeren, peinlichen Pause. »Bei ihnen wird die Probe nicht für nötig erachtet.«

»Ich verstehe nicht …«

»Sie besuchen die Schule für höhere Töchter. Im Schloss geht man davon aus, dass man den Schülerinnen dieser Einrichtung keine Manieren mehr beibringen muss.«

»Aber *mir*?«, frage ich empört. »Sag bloß, das ist ein Benimmkurs fürs gemeine Volk!«

»So kann man es auch nennen.«

»Da gehe ich nicht hin!«

»Ist aber Voraussetzung für den Besuch des Balls.«

»Die können mich mal.«

»Du hast gerade unterschrieben, dass du damit einverstanden bist!«

»Verräterin!«, rufe ich. »Ich war zum achten Geburtstag des Kronprinzen eingeladen! Niemand hat vorher einen Benimmkurs mit mir absolviert! Und die einzige Person, die sich auf diesem Geburtstag blamiert hat, war der Kronprinz selbst!«

»Ja, ich kenne diese Geschichte inzwischen«, sagt meine Fee indigniert. »Bring dein Kleid in Ordnung, ich hole dich morgen Nachmittag um drei Uhr ab. Manchmal muss man eben über seinen Schatten springen, um große Ziele zu erreichen. Ich weiß, wovon ich rede.«

Große Ziele, dass ich nicht lache. Warum gehe ich noch mal auf diesen bescheuerten Ball? Ach, was soll's. Dann sehe ich mir eben das

Schloss von innen an und lerne, wie man Bitte und Danke sagt und eine Serviette benutzt. Das wollte ich schon immer mal lernen.

Ich komme erst am Abend dazu, mein Sonntagskleid aus dem Schrank zu holen. Das Frühjahr war feucht und daran muss es liegen, dass mein bestes Kleid Stockflecken und schimmelige Ränder bekommen hat. Ich wasche das Kleid gründlich aus und hoffe, dass es bis morgen trocknet. Die Nacht ist warm und ich hänge es in den Wind – das müsste eigentlich klappen.

Am nächsten Morgen plätte ich das noch feuchte Kleid mit einem heißen Eisen und begutachte mein Haar. Nach einem ersten zaghaften Versuch, einzelne Strähnen daraus zu lösen und zu kämmen, verschiebe ich diese lästige Arbeit auf später. Meine Stiefmutter und meine Schwestern haben heute Mittag einen Termin beim Schneider in der Stadt – dann werde ich genug Zeit haben, um meine Haare in Ordnung zu bringen.

Leider scheint meine Stiefmutter irgendwie zu ahnen, dass ich etwas vorhabe. Sie beobachtet mich den ganzen Morgen mit einem besonders unzufriedenen Ausdruck im Gesicht. Es könnte aber auch daran liegen, dass sie sich vor dem Besuch beim Schneider fürchtet. Kanicklas Diät hat nicht wirklich angeschlagen und Etzi macht sich immer noch Hoffnungen, dass der Schneider mit einer prächtigen Luxusrobe aus dem Hinterzimmer gestolpert kommt und dafür einen Spottpreis verlangt. Meine Stiefmutter weiß, dass ihren Nerven einiges bevorsteht. Vermutlich ist das der Grund dafür, dass sie mir die unmöglichsten Arbeiten aufbürdet, mit der Anweisung, dass alles erledigt sein muss, wenn sie vom Schneider zurückkehrt.

»Ich will nicht, dass du hier herumsitzt und Däumchen drehst, während wir weg sind«, erwidert sie auf meinen Protest hin. »Apropos herumsitzen – Kanicklas Stuhl wackelt schon wieder. Ich fürchte, da muss der Schreiner noch mal Hand anlegen und ein paar Verstärkungen anbringen. Veranlasst du das?«

Ich nicke. Danke für die Ausrede, liebe Stiefmutter! Jetzt weiß ich endlich, wo ich gewesen bin, wenn du mich heute Abend fragst, wo ich den ganzen Nachmittag gesteckt habe. Hastig trage ich das vorgezogene Mittagessen auf, wasche die Extrawäsche, kehre die Eingangshalle, poliere die Scheiben des Windfangs, wechsle die Füllung der Kräuterkissen in den Kleiderschränken und stopfe die Tischdecke, in die Kanickla neulich ein Loch gebrannt hat, bei dem heimlichen Versuch, ein Stück Fischfilet aus Gworrokkos Napf an einer Stricknadel über dem Tischleuchter zu grillen.

Als ich endlich fertig bin, blicke ich auf die Uhr und erschrecke: Es ist fast drei Uhr und ich bin noch nicht mal umgezogen! Ich renne all die Treppen hinauf in mein Turmzimmer und stelle fest, dass eine Taube auf mein frisch gewaschenes und geplättetes Sonntagskleid gekleckert hat, und zwar kräftig. Na, großartig! Ich liebe unsere verwilderten Brieftauben wirklich und habe auch nichts dagegen, dass sie mein bescheidenes Heim unter Tag als Tauben-Treffpunkt benutzen, aber das geht nun wirklich zu weit. Ich jage drei schneeweiße Tauben, die auf meinem Bett den jüngsten Klatsch und Tratsch begurren, aus dem Fenster und wasche mühsam den weißen Fleck aus meinem Kleid.

Bis ich alles erledigt habe, ist es längst drei Uhr. Ich ziehe mich um, quetsche mich mühsam in das viel zu enge Kleid – ich muss im letzten halben Jahr gewachsen sein, vor allem auf Brusthöhe und am Becken – und renne dann in einem zu kurzen Kleid, das einen großen dunkelgrauen Wasserfleck auf der Brust hat, die Stufen hinunter und in den Garten, wo meine Fee schon ungeduldig auf mich wartet.

»Was ist denn *das?*«, ruft sie entsetzt.

Was meint sie wohl? Meine filzigen, ungekämmten Haare, die sich zu einem riesigen Knoten gedreht auf meinem Kopf türmen? Den Fleck auf der Brust? Das zu kurze Kleid oder die Schnürstiefel, die darunter hervorschauen und an denen leider noch der getrocknete

Schlamm von meinem letzten Besuch in der Stadt klebt? Ich hatte auch mal Ballerinas, aber die haben seit dem letzten Sommer ein Loch, vermutlich deswegen, weil meine Füße gewachsen sind und der große Zeh immer gegen die Spitze gedrückt hat.

»So kannst du nicht gehen!«, ruft meine gute Fee empört und zieht ein Stofftaschentuch aus ihrer Rocktasche.

Nun macht sie etwas, das ich absolut hasse, doch es geht so schnell, dass ich sie nicht daran hindern kann: Sie spuckt auf das Taschentuch und wischt mir damit im Gesicht herum. Igitt!

»Aufhören!«, rufe ich, trete einen Schritt rückwärts und drücke ihre Hand samt Taschentuch von mir weg. »Das ist ja eklig!«

»Das hättest du dir ersparen können, wenn du dein Gesicht gewaschen hättest, bevor du zu einem offiziellen Termin im Schloss erscheinst!«

Ich stapfe ins Haus zurück, hole aus der Küche einen nassen Lappen und trete damit vor den Garderobenspiegel in der Eingangshalle. Tja, wo sie recht hat, hat sie recht! An einer Augenbraue, auf der Nasenspitze und auf einer Wange prangen unübersehbare schwarze Ascheflecken. Keine Ahnung, wie die dahin gekommen sind. Als ich das letzte Mal in den Spiegel geschaut habe, waren sie noch nicht zu sehen, aber ich muss nur das Geländer meiner Treppe berühren und kann unverhofft in Ascherückstände fassen. Danach werde ich mir ein paar Haare aus dem Gesicht gestrichen haben und so ist es dann passiert.

Meine Fee hat sich neben mir eingefunden, nachdem sie sich vergewissert hat, dass meine Stiefmutter tatsächlich außer Haus gegangen ist, und tippt jetzt an ihr eigenes Dekolleté, um mich auf etwas hinzuweisen. Stimmt: Auch an dieser Stelle sind Ascheflecken zu sehen.

»Dein Kleid ist zu eng«, stellt sie fest. »Da muss man ja Angst haben, dass etwas heraushüpft.«

»Ich habe nicht viel, was hüpfen könnte.«

»Och«, sagt meine Fee, »das würde ich jetzt nicht so sagen. Ich wäre froh, wenn ich deine Figur hätte!«

Alleine für solche Sätze hat sich ihre Existenz für mich gelohnt. Ich meine, wenn man mit einem geflickten, zu engen und zu kurzen Kleid völlig unfrisiert und ungeschminkt zu einer vornehmen Benimmveranstaltung ins Schloss gehen muss, dann tut es einfach gut, so etwas zu hören. Zumal sie es im Brustton der Überzeugung gesagt hat.

Ich tupfe mir die letzten Aschereste von der Haut, merke, wie bei dem Gedanken, dass es nun losgehen soll, meine Durchblutung in Gang kommt, sodass sich meine Lippen und meine Wangen vorteilhaft röten, und stecke noch einmal ein paar lose Haarsträhnen mit Haarspangen fest. So. Mehr kann ich nicht tun. Gehen wir und besuchen die Hoheiten im Schloss!

Kapitel 6

Meine Fee darf nicht mit reinkommen und ich ertappe mich kurz dabei, wie mir das missfällt. Ich fühle mich um Jahre zurückversetzt – zehn Jahre ist das jetzt her, dass mich mein Vater an derselben Pforte abgeliefert hat, damit ich am achten Geburtstag des Kronprinzen teilnehmen darf. Ich war damals sieben und zusammen mit mir waren zwanzig andere Kinder eingeladen worden.

Heute gibt es einen entscheidenden Unterschied zum damaligen Ereignis: Ich war mit sieben Jahren selbstsicherer als jetzt. Nicht, dass ich eine schlechte Meinung von mir hätte, aber mir ist schon klar, dass die Angestellten des Königs auf mich herabsehen werden, und das war früher nicht so. Ich gehörte hierher, ich war das Kind des Kaufmanns, der die Gewürze für die königliche Küche lieferte, Tabak für seine Majestät, exotische Edelsteine für den Hof-Juwelier, rotes Holz für die Schlossmöbel-Lieferanten und einmal sogar ein zahmes Äffchen für die Königin. Man traute mir zu, dass ich mit Messer und Gabel essen und einen korrekten Knicks machen kann.

Heute bin ich hier, weil ich zu den Ärmsten der Armen gehöre, denen man unterstellt, dass sie so etwas nie gelernt haben. Während ich zusammen mit zwei verschüchterten Mägden eines Bauern etliche Gänge entlanggeführt werde, von einem Hausdiener, der ein blütenweißes Hemd trägt und eine dunkelblaue Jacke mit Goldkragen, auf der kein einziges Staubkorn zu finden ist, komme ich mir so schäbig vor, dass ich diesen Ausflug bereue. Warum tue ich mir das an?

Wenn ich für die Mäuse in der Küche ein paar Brotkrümel liegen lasse und beobachte, wie sie sie dankbar verputzen, oder wenn mir die Tauben großmäulig erzählen, was sie bei ihrem letzten Ausflug ins Kinyptische Kaiserreich erlebt haben, dann befinde ich mich in der passenden Gesellschaft. Ich stelle mich keine Sekunde infrage. Doch hier und heute fühle ich mich wie ein wandelnder Schmutzfleck an einem sauberen Ort, an den ich weder passe noch gehöre.

Meine Reue verfliegt, als wir von dem Hausdiener in einen großen Saal geführt werden, in dem bestimmt achtzig Mädchen darauf warten, in die Gepflogenheiten des Hoflebens eingeweiht zu werden. Sie sind alle so aufgeregt und erwartungsvoll, dass meine persönlichen Vorbehalte dagegen verblassen. Einige der Mädchen haben sich geschminkt und notdürftig in Schale geworfen, doch die meisten begnügen sich mit gewaschenen Gesichtern und ihren mehrfach geflickten besten Kleidern, genauso wie ich.

Ich bin also doch unter meinesgleichen und werde in dieser Menge verschwinden. Die meisten der Mädchen sind mir sympathisch, im krassen Gegensatz zu der überlebensgroßen Figur auf dem Gemälde, das eine ganze Wand der riesigen Halle einnimmt. Wer der junge Mann mit der markanten Nase auf dem glänzenden, feurigen Rappen ist, weiß ich, auch ohne die Bildunterschrift zu lesen, aber da ich nun schon mal hier bin, lasse ich mir den korrekten Namen unseres Kronprinzen noch einmal auf der Zunge zergehen:

»Ergon Alabast Ybus Hattila Wipold Liebtreu von der Unvergänglichen Feste, Wahrer des Friedens und der Rechtschaffenheit, diesseits und jenseits der Wasser, beglaubigt und gesegnet von den Großen, den Geistern, den Gesalbten und den Gesandten der Kinyptischen Ritterrunde, laut Vertrag und Ehrenwort vor und nach dem Tode und damit für immer und ewig ein Wahrer unseres Reiches« – oder bis der Kinyptische Kaiser aus einer Laune heraus sein Heer vorbeischickt, um sich dieses kleine Fleckchen Erde im äußersten Westen des Kontinents auch noch unter den Nagel zu reißen.

Das mit dem Kaiser steht natürlich nicht unter dem Bild, aber jeder weiß, dass unsere Monarchie seit einigen Jahrzehnten auf wackeligen Füßen steht und weit weniger unvergänglich ist, als es uns dieser bombastische Titel des Kronprinzen weismachen will.

Das Gemälde vom Kronprinzen ist schmeichelhaft, trotz der großen Nase. Sein rötliches Haar reicht ihm in sanften Locken bis über die Schultern, der Blick ist tapfer und furchtlos, seine Haltung aufrecht und stolz. Nun ja, Leinwände sind geduldig.

Als ich den Prinzen das letzte Mal aus ein paar Metern Entfernung begutachten durfte, weil er mit seinen Jagdfreunden zu Pferd im Schritttempo durch die Hauptstraße geritten ist und der dadurch verursachte Menschenauflauf sämtliche Gassen verstopft hat, durch die ich hätte eilen müssen, um alle Besorgungen für meine Stiefmutter rechtzeitig bis zum Mittagessen zu erledigen, da hatte er noch mit unreiner Haut zu kämpfen, hielt sich nur halb so gerade auf dem Pferd wie diese geschönte Ölfassung seiner selbst und seine Stimme klang für meinen Geschmack zu hoch und zu schrill.

Gut, das ist jetzt auch schon drei Jahre her. Unterdessen hat der Kronprinz eine exzellente Militär-Akademie im Kinyptischen Kaiserreich besucht und dort angeblich eine Menge gelernt. Außerdem dürfte er dem Stimmbruch entwachsen und geistig und körperlich gereift sein. Hoffentlich. Schließlich soll dieser rothaarige Bubi eines Tages unser Königreich anführen und lenken. Ich möchte mich nicht wiederholen, aber seit dem Torten-Fiasko auf seinem Kindergeburtstag sehe ich in dieser Hinsicht schwarz.

Während zwei Seiten des Saals nur aus gigantisch großen Fenstern mit Spitzbögen bestehen, ist die vierte Wand komplett mit einer Weltkarte bemalt. Ob das nun so eine kluge Entscheidung gewesen ist, wenn man die Gäste, die in diesen Saal kommen, beeindrucken will, möchte ich bezweifeln. Denn die Karte zeigt hauptsächlich das Kinyptische Kaiserreich, das fast die gesamte Landfläche unserer Welt bedeckt, drei Kontinente und einen Haufen Inseln, während alle übrigen Reiche – seit letztem Jahr sind es nur noch achtzehn – wie kleine Farbtupfer aus der erdrückenden Masse des Kaiserreichs hervorblitzen. Einzig das Reich Fortinbrack, das den vierten Kontinent am Nordpol überspannt und fast das ganze Jahr unter Schnee und Eis verborgen liegt, nimmt einen passablen Teil der Weltkarte ein.

Unser kleines bescheidenes Königreich Amberling bildet auf dieser Weltkarte einen winzigen grünen Punkt an der Westküste, unmittelbar neben dem Kinyptischen Zentralreich. Ich wette, sie haben bei den Größenverhältnissen geschummelt. Die Umrisse unseres Reiches sind ungefähr faustgroß dargestellt – doch richtig umgerechnet auf den Maßstab einer ganzen Welt wäre es wahrscheinlich nur daumengroß. Was nichts daran ändert, dass dieses grüne Fleckchen meine Heimat ist und ich mein Land, das mir groß genug vorkommt, sehr liebe.

»Claerie!«, höre ich zwei helle Stimmen fast gleichzeitig rufen und so drehe ich mich um und blicke in die Gesichter von Helena und Pompi.

Helena ist eine Waise, die auf dem Markt arbeitet, seit ich denken kann. Und Pompi ist die Tochter eines stadtbekannten Kneipenwirts. Seine Wirtschaft heißt »Zum Alligatorschwanz« und man hört schlimme, schlimme Dinge über diesen Ort. Doch Pompi darf immerhin noch zur Schule gehen, auch wenn sie das gegenwärtige Schuljahr gerade zum zweiten Mal wiederholt.

Sie macht das mit voller Absicht, weil sie die Schule nach dem nächsten erfolgreich absolvierten Schuljahr verlassen müsste, was sie nicht will. Ihr Vater besteht darauf, dass sie anschließend bei einem Zahlendreher eine Lehre macht und später seine Bücher führt – oder gekonnt frisiert. Das alles hat sie mir mal an einem stürmischen Tag erzählt, als die halbe Stadt unter Wasser stand und wir zusammen auf dem Dach der kleinen Markthalle festsaßen.

Eine Hochzeit mit dem Prinzen wäre natürlich ein willkommener Ausweg aus diesem Dilemma und wenn ich mir Pompi so ansehe – ihr blühendes Gesicht, ihre vollen Lippen, ihre dunkelbraunen Locken und ihre weiblichen Rundungen – dann finde ich, der Prinz sollte unbedingt zuschlagen. Mir wäre auch wohler dabei, wenn eine vernünftige Seele wie Pompi an der Spitze der Regierung stünde (wenn auch nur als Ehefrau des Anführers), doch ich fürchte, dass die Königsfamilie bei aller Toleranz keinen Brautvater ins Schloss einladen möchte, den man landauf, landab nur den »Schwanz vom Brauwasserkanal« nennt.

Ich fühle mich wie befreit, seit ich auf Helena und Pompi getroffen bin. Gemeinsam erörtern wir die jüngsten Neuigkeiten zum mysteriösen Waldmonster und seinen Opfern (einem der Feldarbeiter geht es besser, doch angeblich bekommt er ab und zu seine seltsamen fünf Minuten, in denen er sich für einen versklavten Kameltreiber aus Gorginster hält – eine Nachwirkung des hohen Fiebers, wie der Arzt versichert) und diskutieren den künstlerischen Wert des Kronprinzen-Gemäldes (heißt: Wir fragen uns, wie hoch der Anteil des Malers an der Vorzeigbarkeit des Prinzen ist).

»Er hat sich gemacht«, behauptet Helena. »Alle sagen das! Außerdem soll er sehr freundlich sein. Überhaupt nicht arrogant!«

»Ich möchte gerne wissen, ob er noch gewachsen ist«, sagt Pompi. »Als ich dreizehn war, war ich einen Kopf größer als er.«

»Natürlich ist er gewachsen!«, sagt Helena. »Das ist so bei Jungs, die brauchen etwas länger und dann schießen sie in die Höhe.«

»Pompi ist aber auch in die Höhe geschossen«, sage ich. »Bist du gewachsen, seit wir uns das letzte Mal getroffen haben?«

»Das sind die Schuhe«, erklärt sie und hebt ihren Rock hoch.

Helena und ich schnappen nach Luft. Was für Absätze!

»Wie kannst du da drin laufen?«

»Kein Problem«, versichert uns Pompi, »man sollte nur mit dem Absatz nicht zwischen zwei Pflastersteinen hängen bleiben.«

Ein lautes Klopfen unterbricht unsere Unterhaltung. Ein alter Mann mit einem wallenden langen Bart und einer schicken Hausuniform steht am Eingang des Saals und schlägt mit dem Ende eines zeremoniellen Stabs immer wieder auf den Marmorboden, bis es im ganzen Saal still geworden ist.

»Wenn die Damen mir bitte folgen möchten?«

Wir folgen. Der Ernst des Lebens beginnt und ich stelle fest, dass er mich unendlich langweilt. Nach einer halben Stunde Knicks-, Tanz- und Konversationsübung stehle ich mich unauffällig davon, indem ich beim Tanzen ungeschickt in eine Ecke rotiere und mich mit einem Sprung in einen kleinen, verlassenen Saal rette, in dem es herrlich still ist. Ein gemeines Kind des Volkes mehr oder weniger – das fällt doch keinem auf. Hier werde ich mich ausruhen, bis der Spuk vorüber ist.

Ich setze mich also auf ein limettengrünes Kanapee, das eingebildet und prunkvoll auf drei Beinen mitten im Raum herumsteht, und warte darauf, dass die Musik im angrenzenden Raum verstummt und die eifrigen Lehrmeister des Königs mit ihren Lämmern weiterziehen. Doch die Musik scheint endlos anzudauern und plötzlich höre ich nebenan die Stimme des für mich zuständigen neunzigjährigen Tänzers: »Wo ist meine kleine Claerie? Eben war sie doch noch da?«

Woraufhin ich spontan beschließe, mich im Schloss zu verlaufen. Ich eile durch eine Nebentür aus dem Saal, durchquere vier weitere Räume ähnlicher Art (wozu braucht man die alle, frage ich mich?) und gelange schließlich in ein Treppenhaus, das ich emporsteige, zwei Stockwerke höher, bis ich in einen ruhigen, sonnigen Flur gelange, der mir für meine Zwecke genau das Richtige zu sein scheint.

Ich wäre vermutlich nicht ich, wenn ich mich damit begnügen würde, auf einer Fensterbank zu sitzen und auf die Stadt hinabzublicken. Ich mache das ungefähr fünf Minuten lang und dann überwältigt mich die Neugier. Die Zimmer, die an den Flur grenzen, sind privater als die Säle unten. Vermutlich Gästezimmer der Königin, in denen ihre Verwandten übernachten, wenn sie zu Besuch kommen.

Ich streiche mit meinen Fingern über das edle Holz der polierten, kleinen Sekretäre und Kommoden, sitze Probe in jedem einzelnen gepolsterten Sessel, ziehe Schubladen auf und studiere deren Inhalt und widerstehe der Versuchung, einen Briefbeschwerer in der Form zweier spielender Jungbären in meiner Rocktasche verschwinden zu lassen.

Als ich im dritten Raum herumstöbere, entdecke ich ein Regal, in dem große Folianten mit Farbdrucken aus Hornfalls Regenwäldern stehen. Mein Vater hat mir oft vom Regenwald erzählt, von den seltsamen, farbenfrohen Vögeln und Reptilien, die dort leben. Ich hole mir einen der Folianten aus dem Regal, lege ihn auf den Fußboden und blättere ihn durch. So versunken bin ich in die bunten und manchmal sehr skurrilen Abbildungen, dass ich gar nicht bemerke, wie ich beobachtet werde.

»Schick, das neue Kleid!«

Ich erschrecke zu Tode, als ich diese Stimme höre, und fahre herum. Da steht er im Türrahmen, der angebliche Kammerdiener, und blickt in einer Mischung aus Herablassung und Amüsement auf mich herab.

»Das ist kein … neues Kleid.«

Warum sage ich das überhaupt? Das kann er sich doch selbst denken. Ich rätsele einmal mehr, ob seine schwarzen Augen braun oder blau sind. Heute, im Licht eines sonnigen Tages, wirken seine unendlich vielen Sommersprossen, die Gesicht und Arme bedecken, harmloser. Auch die Narben fallen kaum auf. Sein Haar, das ebenfalls heller aussieht, steckt in einem winzigen Zopf. Er lächelt wohlwollend, um nicht zu sagen, gönnerhaft.

»Hat das Geld nicht gereicht?«

»Hast du nichts zu tun?«, frage ich zurück. »Könnt ihr Kammerdiener den lieben langen Tag herumgammeln? So einen Posten möchte ich mal haben.«

»Wieso? Ich habe einen ungebetenen Eindringling entdeckt und gehe der Sache auf den Grund. Ich dachte mir, bevor ich die Wachen verständige, beobachte ich dich noch ein bisschen beim Herumschnüffeln und finde heraus, wie viel kriminelle Energie in dir steckt. War nicht leicht, den Bären-Briefbeschwerer zurückzulegen, nicht wahr?«

Ich erröte. Ganz bestimmt erröte ich! Hat er mich so lange heimlich beobachtet? Die ganze Zeit? Wie hat er das gemacht? Ich hätte ihn doch bemerken müssen!

»Ich habe ihn mir nur angesehen!«

»Du weißt schon, was du gerade anstellst?«, fragt er. »Wenn das herauskommt, werden sie dich nicht mehr auf den Ball lassen.«

»Oh weh, dann hätte mein Leben keinen Sinn mehr«, sage ich emotionslos und blättere die nächste Seite in meinem Folianten um. »Ein schwarz gefleckter Tavian«, lese ich laut. »Der sieht ja beeindruckend aus. Was für eine Brust! Und dieser Kamm auf dem Kopf …«

»Er frisst Menschen.«

»Ich dachte, Affen wären Pflanzenfresser?«

»Dieser hier nicht.«

Der vermeintliche Kammerdiener verlässt seinen Türrahmen und setzt sich in einen Sessel am Fenster, ziemlich nah bei mir. Er kann nun über meine Schulter hinweg in den Folianten blicken, doch er sieht sich weder den schwarz gefleckten Tavian noch die golden gepunkteten Linsenfrösche an, die dekorativ über die Seiten hüpfen, sondern studiert *mich*, wie ich feststelle, als ich mich nach ihm umdrehe.

»Was ist?«, frage ich ruppig.

»Nichts.«

Ich starre ihn an. Blicke ihm direkt in die Augen und begreife, dass sie gar keine Farbe haben. Sie sehen aus wie Glasperlen, in denen sich die Dunkelheit sammelt. So etwas habe ich noch nie gesehen!

»Du bist gar nicht so schlecht, Lumpenprinzessin«, stellt er fest und obwohl ich nicht genau weiß, was er damit meint, fühle ich, dass in dieser Äußerung eine Menge Unverschämtheit steckt. Nicht nur wegen der Lumpenprinzessin-Verunglimpfung!

»Nicht so schlecht inwiefern?«, frage ich in einem scharfen Ton.

»Damit meine ich, dass du es schaffst, mir interessant zu erscheinen.«

»Ist ja großartig«, sage ich. »Und du schaffst es, mir arrogant und selbstherrlich zu erscheinen!«

»Du hebst dich vom Rest ab.«

»Intellektuell, hoffentlich.«

»Nein, rein weiblich.«

»*Weiblich*?«

»Körperlich.«

»Wie bitte?«

»Na ja, eben auf eine Weise, die meine Instinkte anspricht.«

Ich schweige perplex, dann stehe ich ganz plötzlich auf. Das habe nicht *ich* entschieden, das mit dem Aufstehen. Das hat mein Körper von alleine gemacht, weil er wohl meinte, dass er hier nicht mehr sicher sei.

»Bis dann, war nett, dich getroffen zu haben«, sage ich und eile zur Tür.

»Hey, warte!«, ruft er und springt ebenfalls auf. »Das war ein Kompliment!«

»Deine Instinkte interessieren mich nicht.«

»Wenn *du* wüsstest«, sagt er und irgendwie hält mich diese Äußerung davon ab, den Flur entlangzueilen und in meinen Benimmkurs zurückzuflüchten. Ich drehe mich um.

»Wieso? Was sollte ich denn wissen?«

»Na, dass das eher selten ist, dass mir so etwas passiert.«

»Du bist bei Weitem der unangenehmste Kammerdiener, der mir jemals begegnet ist!«

»Als ob du außer mir schon mal einem Kammerdiener begegnet wärst, Mondgesicht.«

Meine Lippen müssen gerade sehr rot sein, so viel Blut fließt hindurch. Er starrt diese Lippen an und kommt mir immer näher! Ich weiß nicht, was ich tun soll. Ich fürchte, ich will gar nichts tun. Es sind diese Instinkte, von denen er gesprochen hat. Sie haben mich auf einmal fest im Griff!

Also warte ich ab, bis er bei mir ist und seine Lippen tatsächlich meine berühren. Was tue ich hier? Ich küsse einen wildfremden Jungen, während ich unerlaubterweise im Königsschloss herumspioniere! Will ich heute mein Leben für alle Zeit ruinieren? Ich kann aber nicht aufhören, mein Blut brodelt, mein Gesicht ist heiß und ich lasse mich küssen oder küsse zurück, ich weiß gar nicht, was ich da tue, es ist jedenfalls ziemlich aufregend und mein Körper macht, was er will. Ich packe mit beiden Händen sein Hemd, ziehe ihn an mich heran und stelle mich auf die Zehenspitzen. Ich verliere mich in dieser Sache, die ich vorher noch nie gemacht habe.

Ich weiß nicht, wie lange das so geht. Sekunden? Minuten? Eine Viertelstunde? Mein Leben stülpt sich um, wie auf den Kopf gestellt ist es, meine Gedanken werden durchgeschüttelt und in mir steigt ein Verlangen auf, von dem ich weiß, dass es unschicklich ist und dass ich ihm keinesfalls nachgeben darf. Ich mag zwar zu den Mädchen gehören, denen der König dringend einen Benimmkurs angedeihen lassen will, aber was Sitte und Ehre ist, habe ich doch noch nicht verlernt.

Mein Hinterkopf schlägt gegen die Wand im Flur. Nicht besonders fest, eigentlich nehme ich es kaum wahr, aber das Gute daran ist, dass er nun nicht mehr nachgibt, wenn ich geküsst werde. Meine Hände wandern hoch zum Kopf meines Kammerdieners und fahren durch seine Haare, während er den Umstand nutzt, dass ich zwischen ihm und der Wand feststecke. Ich löse mich auf, während ich ihn küsse, ich verliere langsam, aber sicher komplett den Verstand.

»Gisper?«, dringt eine gellende Stimme an mein Ohr.

Er hört sofort auf, mich zu küssen, und lässt mich los. Ich müsste mich schon sehr täuschen, wenn ich diese Stimme nicht kennen würde. Sie ist tiefer als früher, hat aber immer noch diesen leicht schrillen Drall. Der Kronprinz! Ich glaube, er ist es, der gerufen hat.

Er ist nicht hier, er ruft von irgendwo weiter unten, doch nun ist zu hören, dass der Rufer die Treppe hinaufsteigt. Mein Kammerdiener – Gisper, Casper, Jasper oder wie auch immer er heißt – schiebt mich in das Zimmer zurück, aus dem wir kurz zuvor gekommen sind, und geht in Richtung Treppe.

»Ich bin hier, Wip!«, ruft er und springt die Treppe hinunter, ich kann es hören.

Ich lehne mich mit klopfendem Herzen an die Wand des Zimmers, in dem der aufgeschlagene Foliant mit dem gefleckten Tavian immer noch auf dem Boden liegt.

Meine Güte, was habe ich mir bloß dabei gedacht? Knutsche irgendeinen Typen ab, von dem ich so gut wie gar nichts weiß! Was ist das überhaupt für ein Überfall von ihm gewesen? So was macht ein anständiger Junge nicht, jedenfalls hat man mir das beigebracht. Mal abgesehen davon, dass anständige Mädchen so was auch nicht machen. Wenn wir schon mal dabei sind. Er muss mich für eine sehr leichte, dankbare Beute halten und das verletzt meinen Stolz.

Wip. Für Wipold. Es war also tatsächlich der Kronprinz, der nach seinem Kammerdiener gerufen hat. Wipold der Erste. Tolle Diener hast du, verehrte Hoheit! Bist du selbst auch so einer? Seid ihr alle so, ihr Jungs aus besserem Hause?

Ich möchte zurück in meinen Benimmunterricht. Aber ich weiß nicht, ob der Weg frei ist, und außerdem habe ich das Gefühl, dass ich glühe und mein Haar noch viel zerzauster ist, als es vorher schon gewesen ist. Ich setze mich auf die Fensterbank, löse meine Haare aus dem riesigen Knoten und wickle sie neu auf. Als ich alles festgesteckt habe, fühlt sich mein Gesicht kühler an. Ich glaube, ich kann jetzt gehen. Hoffentlich sind die ganzen Mädchen überhaupt noch da.

Meine Knie fühlen sich zittrig an, als ich die Treppen hinabsteige und mich durch eine Flucht von Sälen in den Tanzsaal zurückbewege. Der Saal ist leer. Leicht panisch irre ich umher, doch als ich aus einem Fenster blicke, sehe ich die fast hundert Mädchen im Garten herumstehen. Ihnen werden Tabletts mit einer rosafarbenen Limonade gereicht und Kekse. Zum Abschied.

Schnell wie der Wind renne ich eine weitere Treppe hinab und finde den Weg ins Freie. Draußen reiße ich dem ersten Diener, der mir begegnet, ein Glas Limonade aus der Hand und begebe mich auf die Suche nach Helena und Pompi.

»Wo *warst* du?«, ruft mir Pompi entgegen. »Du warst plötzlich weg!«

»Ich … ich …«

»Sie kann schon tanzen«, springt Helena für mich ein. »Es muss sie schrecklich gelangweilt haben!«

»Ach ja!«, ruft Pompi. »Das vergesse ich immer wieder. Du warst ja sogar auf der Schule für höhere Töchter!«

Ich bin nervös. Ob sie mir ansehen, dass mein Blut einmal durchgekocht worden ist und ich mich einem Typen an den Hals geworfen habe, der mich *rein weiblich* interessant findet (und ansonsten wahrscheinlich gar nicht)?

»Alles klar?«, fragt Pompi.

»Ja, natürlich«, antworte ich und versuche zu lächeln. Anschließend kippe ich meine Limonade hinunter.

»Hier, probier einen Keks!«, sagt Helena. »Mir schmecken sie nicht besonders, die haben so einen komischen Geschmack.«

Ich sehe mir den Keks an, der eine leicht bläuliche Färbung besitzt und schnuppere an ihm. Kurkuma? *Blaues* Kurkuma?

Egal. Ich beiße hinein, kaue mechanisch und schlucke die Krümel hinunter. Ich kann mir nicht vorstellen, dass sie in der Küche des Königs blaues Kurkuma in die Kekse für die armen Mädchen rühren. Das ist ein exotisches, sehr seltenes Gewürz, das mein Vater mit Vorliebe an die Reichsten der Reichen verkauft hat. Seit er nicht mehr nach Hornfall reist, aus dem das blaue Kurkuma stammt, ist es in unserem Land nicht mehr im Gebrauch, soweit ich weiß.

Wir stehen noch eine Weile im Garten herum und ich entspanne mich. Alles ist gut, niemand hat mich erwischt und ich kann so tun, als wäre das alles nie passiert. Im Grunde war es ja auch nicht schlecht. Wenn da nur nicht dieses komische Brennen in meiner Brust wäre. Irgendetwas gefällt mir nicht und bereitet mir Pein. Normalerweise habe ich nie solche Attacken, aber gerade würde ich mich gerne in eine Ecke verkriechen und heulen.

Die Gläser werden eingesammelt, die leeren Keksteller abgeräumt und wir werden erst gar nicht ins Schloss zurückgeführt, sondern durch den Garten geleitet, auf einem Weg, der sich den Schlossberg hinabschlängelt, durch hohe Hecken, vorbei an blühenden Beeten und Apfelbäumen. Hier und da streifen Pfauen oder bunte Salamander über die Lichtungen und im Schatten einer alten, von Efeu fast verschlungenen Buche entdecke ich eine Sandkatze.

Ich bleibe stehen, fasziniert. Diese Katze muss von dem Pärchen abstammen, das mein Vater mal von einer langen Reise mitbrachte und dem König als Geschenk verehrte. Diese Katzen sind schlanker als unsere einheimischen Katzen, haben sandfarbenes Fell und türkisfarbene Augen. Die Katze starrt mich eine Weile an, dann springt sie plötzlich auf eine angrenzende Mauer und von dort ins Gebüsch. Weg ist sie.

Traurig setze ich meinen Weg fort und erhöhe mein Tempo, um Helena und Pompi wieder einzuholen. Unmittelbar neben einem

Torbogen, den wir gerade durchschreiten, steht auf einmal mein Kammerdiener! Er ist wie aus dem Nichts dort aufgetaucht und winkt mich mit einem Finger zu sich heran. Ich bin irritiert, denn außer mir scheint ihn niemand zu bemerken. Und jedes Mal, wenn ich versuche, genauer hinzusehen, kommt er mir leicht verschwommen vor.

»Jetzt hör schon auf, die Augen so zusammenzukneifen!«, raunt er mir zu, nachdem er noch zwei Schritte näher gekommen ist. »Komm mit!«

Ich sehe mich noch einmal um, weil ich es nicht glauben kann, dass ihn außer mir keiner sieht. Aber es ist tatsächlich so! Ich folge ihm wie benommen. Meine Vernunft protestiert, wenn auch nicht sonderlich beherzt, während wir einen Pfad entlangwandern, der uns durch ein Mini-Wäldchen führt, vorbei an einer künstlichen Ruine. Hinter dem Wäldchen erreichen wir eine kleine Wiese, auf der ein Tisch und Stühle stehen. Von hier aus hat man einen atemberaubenden Blick auf die Stadt und das Meer. Da die Sonne dem Horizont schon recht nahe gekommen ist, ist ihr Licht warm und golden.

»Ich fasse es nicht!«, sage ich, als er sich auf einen der Stühle setzt und mir mit einer Armbewegung zu verstehen gibt, dass ich mich ebenfalls setzen soll. »Warum hat dich niemand gesehen? Als ob du unter einem Tarnzauber versteckt gewesen wärst!«

»War ich ja auch.«

»Im Ernst? Aber dann könntest du sehr gut zaubern!«

»Das Talent ist in meiner Familie recht ausgeprägt.«

»Warum bist du dann nur ein Kammerdiener? Wenn ich so zaubern könnte …«

Ich breche ab, weil er die Augenbrauen gehoben hat und mir klar wird, dass er entweder kein Kammerdiener ist oder ich gerade seinen Berufsstand beleidigt habe. Außerdem fällt mir auf, dass er, seit er mich von der Herde weggelotst hat, nicht die geringsten Anstalten gemacht hat, seinen Instinkten zu folgen und mich zu küssen. Einerseits finde ich das ganz gut, weil ich mich dann der Illusion hingeben kann, dass ich ihn doch mehr als nur rein weiblich interessiere. Andererseits fürchte ich, dass ihn der Kuss womöglich enttäuscht haben könnte und er es deswegen nicht mehr versucht.

»Es ist nur ein Talent«, sagt er jetzt. »Ein praktisches. Man muss nicht unbedingt Zauberer werden, wenn man es geerbt hat.«

»Warte mal ... deswegen habe ich dich auch nicht bemerkt, als du mir nachspioniert hast! Du hast getarnt neben mir gestanden, während ich mir den Bären-Briefbeschwerer angesehen habe, und hast mich heimlich dabei ausgelacht.«

»Könnte sein.«

»Und da wir schon dabei sind«, schlussfolgere ich weiter, »wird mir jetzt auch klar, warum du dein Pferd ganz alleine in einem Wald voller Vampire hast herumstehen lassen. Du warst in der Nähe, versteckt unter einem Tarnzauber!«

»Ich bin beeindruckt. Das Mondgesicht ist nicht nur hübsch anzusehen, sondern kann auch noch logisch denken! Es dauert zwar eine Weile, bis es die richtigen Schlüsse zieht ...«

Er bricht ab und lacht in Richtung Meer. Ich frage mich, was er jetzt denkt.

»Hast du das Monster gejagt?«, frage ich. »An dem Tag? Das Tier, das alle suchen und das die gefährliche Krankheit überträgt?«

»Um mir seinen Peitschenschwanz an den Hut zu hängen?«, fragt er zurück.

Ich fühle mich verlacht, wenn auch auf eine nette Art und Weise, und ich komme nicht umhin, festzustellen, dass er mir gefällt. Viel zu sehr sogar.

»Pass auf«, fährt er fort, »ich muss jetzt ins Schloss zurück. Ich hoffe, du nimmst mir die Sache von vorhin nicht übel.«

»Ich gebe zu, dass es mir nicht seriös vorgekommen ist.«

»Na ja, du bist auch nicht gerade schüchtern.«

Oh nein, ich will jetzt nicht verlegen werden! Zu spät, ich merke, wie das Blut durch meine Adern jagt und meinen Teint verfärbt.

»Es ist so über mich gekommen«, erklärt er mir. »Aber vielleicht sollten wir die Reihenfolge ändern.«

»Welche Reihenfolge?«

»Ich finde, wir sollten uns erst besser kennenlernen, bevor wir das nächste Mal übereinander herfallen.«

Ich glühe.

»Du kommst auf den Ball, nicht wahr?«, fragt er. »Falls dich der heutige Nachmittag nicht abgeschreckt hat, könnten wir uns an dem Abend mal länger unterhalten.«

»Die Kammerdiener sind auch eingeladen?«

»Wieso nicht? Achthundert Mädchen brauchen einen Tanzpartner.«

»Achthundert?«

»Ungefähr so viele sind es.«

»Der Kronprinz wird Mühe haben, sie alle persönlich kennenzulernen.«

»Na ja, ich schätze er siebt nach dem Äußeren erst mal grob aus – obwohl das natürlich ein oberflächliches und fragwürdiges Verfahren ist – und geht dann in die Tiefe.«

»Wie ist er denn so?«

»Der Kronprinz?«

Mein Kammerdiener, der womöglich gar kein Kammerdiener ist, steht auf. Er muss ins Schloss zurück, das hat er gesagt, doch er bleibt hinter seinem Stuhl stehen und beantwortet höflich meine Frage.

»Der ist ganz in Ordnung. Vielleicht ein wenig zu gutmütig.«

»Wirklich zu gutmütig?«

»Ja. Gutmütig und gutgläubig. Ich denke, er sollte mehr auf der Hut sein, als zukünftiger Herrscher eines so anfälligen kleinen Landes. Er sollte seinen Feinden weniger vertrauen. Das würde ich ihm raten, wenn ich in der Position wäre, das zu tun.«

Ich bin verwundert, weniger über die Aussage als über die Art und Weise, wie er sie ausgesprochen hat. So ernst, als ginge es um Leben und Tod.

»Dann muss ich das Mädchen, das er erwählen wird, nicht bemitleiden?«

»Nein, ich glaube nicht. Zumal sie ja auch ein Mitspracherecht haben wird, oder?«

Ich nicke. Das will ich doch hoffen.

»Hast du ein hübsches Kleid für den Ball?«

»Weiß ich noch nicht. Meine gute Fee will mir eins besorgen.«

Er lacht.

»Netter Brauch, das mit der guten Fee.«

»Na ja, ich weiß nicht. Ich habe etwas Bedenken, was ihren Geschmack betrifft, aber ein hässliches Kleid ist besser als gar keins.«

»Ich muss jetzt leider los. Soll ich jemanden organisieren, der dich ans Tor bringt oder versprichst du mir, nicht vom Weg abzuweichen und den Garten auf dem direkten Weg zu verlassen?«

Das klingt jetzt richtig streng, so als würde er es tatsächlich verurteilen, dass ich vorhin auf eigene Faust im Schloss herumgezogen bin.

»Vertrau mir«, sage ich. »Ich bin keine Attentäterin.«

»Weiß ich. Wärst du eine, hättest du dich besser getarnt.«

»Meinst du? Was genau an mir ist so auffällig?«

»Alles«, sagt er mit einem Blick, bei dem mir ganz anders wird. »Absolut alles.«

Mit diesen Worten dreht er mir den Rücken zu und steigt eine schmale Treppe im Fels empor, die ich zuvor nicht gesehen hatte, weil sie unter Farnen verborgen lag. Ich starre ihm noch lange hinterher. Irgendwie … ich weiß nicht, wie ich es ausdrücken soll. Ich fürchte – ich fürchte, es hat mich erwischt.

Kapitel 7

Ich kann es nicht vergessen. Nachts träume ich von diesem Kuss, träume ihn in den wildesten Variationen, für die ich mich beim Aufwachen schäme, und tagsüber versinke ich in der Erinnerung daran. Meine Stiefmutter mutmaßt schon, ich könne womöglich doch vom Monster des Waldes gebissen worden sein, nur ein kleines bisschen, doch schlimm genug, um unter fiebrigen Halluzinationen zu leiden, zumal ich dauererhitzt durch die Gegend laufe, mit glühenden Wangen, was aber auch an dem schwülen, sehr heißen Wetter liegen mag, das uns in diesen Tagen heimsucht.

Im Haus ist es kühler, vor allem im Salon, in dem meine Schwestern ihre Tage zubringen, mit Fächern wedelnd und stöhnend, sobald sie sich vom Sessel an den Esstisch und wieder zurück bewegen müssen. Ihre Vorfreude auf den Ball ist größtenteils verhallt. Natürlich sind dem Schneider die Kleider ausgegangen, ja, die Stoffe sogar, bei der riesengroßen Nachfrage, die seit dem Verschicken der Einladungen besteht. Die Preise für Ballroben sind explosionsartig angestiegen und Frauen, die normalerweise gegen ein kleines Entgelt Vorhänge umnähen und Servietten mit Initialen besticken, schustern jetzt drittklassige Kleider zusammen, weil sie dafür stattliche Summen kassieren können.

Eine ganz windige Näherin hat Etzi und Kanickla versprochen, aus einer geheimen Stofflieferung, deren Verkäufer nicht genannt werden möchte, zwei Kleider zu schneidern, die den beiden wie angegossen sitzen werden. Die erste Anprobe verlief ernüchternd. Doch Etzi und Kanickla haben keine Tränen mehr übrig. Sie haben sich damit abgefunden, dass sie den Prinzen nicht durch ihre äußere Aufmachung erobern können, und haben daher ihre inneren Werte für sich entdeckt.

»Ein Prinz möchte sich intelligent und witzig unterhalten«, erklärt Etzi an diesem drückend heißen Mittag. »Schöne Kleider kann er mir noch unendlich viele kaufen, wenn er mich mal geheiratet hat, darauf kommt es nun wirklich nicht an. Es ist die Substanz, die zählt, und darauf wird er bestimmt achten. Er wird mir tief in die Augen sehen und darin etwas erkennen, das ihm bei jeder anderen fehlt. Die persönliche Anziehungskraft ist nicht zu unterschätzen! Wenn es einen durchfährt, weil man einer vertrauten Seele begegnet, nach der man sich sein Leben lang gesehnt hat, dann spielt das Kleid absolut keine Rolle mehr!«

Oh weh, warum spielt mein Inneres verrückt, wenn sie das sagt? Ich möchte nichts ernst nehmen, was aus Etzis vorlautem Mund hüpft, doch ich wünsche mir unbedingt, dass sie recht hat. Das Schlimme ist nämlich: Ich beziehe jedes Wort, das sie gerade gesagt hat, auf mich und meinen Kammerdiener!

»Wie klug von dir«, sagt Kanickla, die nun wieder viel fröhlicher ist, da sie ihre Diät aufgegeben hat und zu keinem Zeitpunkt des Tages ohne Buchteln mit Kirschcremefüllung in greifbarer Nähe anzutreffen ist. »Nur in einem Punkt muss ich dir widersprechen. Es werden nämlich *meine* Augen sein, in denen er sich verlieren wird. Außerdem habe ich diese hübschen Grübchen am Kinn, die jeder Mann entzückend findet.«

»Du meinst Speckröllchen, wenn du Grübchen sagst?«

»Ich meine, dass du eine gemeine Kuh bist!«

»Besser als ein Marzipanschwein«, erwidert Etzi. »Aber schmoll nicht, ich habe es nicht so gemeint. Wenn er sich nicht in mich verliebt, soll er sich auf jeden Fall in dich verlieben. Ehrlich! Es soll ja Männer geben, die es gern weich und mollig haben. Und dein Schweinchengesicht ist das süßeste seiner Art, das ich jemals gesehen habe!«

Kanickla ist nur halbwegs besänftigt. Sie fächert sich heftig Luft zu, bis sie ganz erschöpft ist, und stopft sich anschließend eine weitere Kirschcreme-Buchtel in den weit geöffneten Mund. Die Buchtel passt ungelogen in einem Stück hinein. Manchmal denke ich, Kanickla sollte Opernsängerin werden. Die haben doch öfter so eine füllige Statur und können den Mund ähnlich weit aufreißen.

Ich fege noch ein bisschen vor dem Kamin herum und lausche Etzis Ausführungen über die Oberflächlichkeit der Gesellschaft im Allgemeinen und der Mode im Speziellen, die im Grunde flatterhaft und verderbt sei, wobei die künstliche Vergänglichkeit, die sie evoziere (meine Güte, wo hat sie dieses Wort her?), den grauenvollen natürlichen Prozess von Reife und Fäulnis imitiere. Was wiederum, von einem neutralen Standpunkt aus betrachtet, gar nicht mal so verwerflich sei, da sie den von der Mode verführten Menschen auf diese Weise einen Spiegel vorhalte.

»Spiegel?«, fragt Kanickla kauend.

»Ja«, sagt Etzi tiefsinnig. »So wie eine Apfelblüte erst zu einem Apfel reift und dann verfault, ist auch das modischste Gewand eine Saison später das altmodischste Gewand, das man tragen kann. Wir können das mitmachen oder wir können es lassen. Ich ziehe es vor, über diesen Dingen zu stehen.«

»Apfelkuchen!«, sagt Kanickla sehnsüchtig. »Frisch aus dem Ofen! Was meinst du, Aschenkindel, wann sind die ersten Äpfel reif?«

»Bald«, antworte ich. »In zwei Wochen vielleicht.«

»Hmmmm«, schwärmt Kanickla mit geschlossenen Augen. »Du musst mir dann sofort einen backen!«

Mein Blick wird von einem huschenden blauen Schein am Fenster abgelenkt. Da! Gerade sehe ich es wieder. Ein spitzer, leuchtender

Hut rückt für den Bruchteil einer Sekunde ins Bild und verschwindet dann wieder. Meine Fee sitzt offenbar zwischen den Rosenbüschen vor dem Fenster und versucht, sich bemerkbar zu machen. Was will sie wohl von mir? Der Ball ist doch erst in drei Tagen?

»Ich sehe mal nach, wie weit die Äpfel sind«, sage ich. »Vielleicht sind ein paar Exemplare schon früher fertig.«

»Du bist ein Schatz!«, ruft Kanickla erfreut und klatscht in die Hände. »Weißt du was? Du könntest den Kuchen backen, während wir auf dem Ball sind! Ich habe bestimmt Hunger, wenn wir zurückkommen.«

»Eine großartige Idee«, sage ich und kehre mit dem Fuß das Frettchen Natascha beiseite, das vor der Tür liegt, die in den Garten führt. »Das wird dich trösten, falls der Kronprinz so töricht ist, Etzis innere Werte den deinen vorzuziehen.«

»Sei nicht so vorlaut!«, keift Etzi. »Ich weiß genau, dass du mich verhöhnst. *Außerdem* weißt du, dass bis zum Tag des Balls noch kein einziger Apfel reif sein wird!«

»Wirklich?«, fragt Kanickla enttäuscht. »Du meinst, sie tut nur so, als ob sie nett wäre?«

Ich beschließe, dass diese Diskussion zu keinem fruchtbaren Ende führen wird, und verschwinde wortlos durch die Tür, dicht gefolgt von Natascha, die es liebt, meiner guten Fee unvermittelt auf die Schulter zu springen, mit ausgefahrenen Krallen, gerne von einem Schrank oder einem Ast aus, mit viel Schwung. Meine gute Fee kreischt jedes Mal wie am Spieß und es ist ihr nicht beizubringen, dass es genau diese Schreie sind, die Natascha dazu verführen, diese Frechheit unermüdlich zu wiederholen.

Meine Fee sitzt nicht mehr hinter den Rosenbüschen und so müssen Natascha und ich erst mal auf die Suche gehen. Wir finden die gute Fee schließlich im stickig heißen Schuppen, mit einem stolzen, selbstzufriedenen Gesichtsausdruck.

»Und?«, ruft sie begeistert. »Wie findest du es?«

Ich blicke in die Richtung, in die sie zeigt, und sehe das Kostüm der Vogelscheuche vom vorletzten Jahr. Oder halt – soll das etwa ein Kleid sein? Ich schüttele langsam den Kopf und weiß nicht, wie ich es meiner Fee beibringen soll: Dieses Kleid ist kein Ballkleid. Schon gar nicht für mich! Es ist viel zu groß, viel zu grün und viel zu … ähm … vorhangartig.

Ich bin so perplex, dass ich nicht merke, wie Natascha vom Dachbalken aus zum Sprung ansetzt. Plötzlich erklingt es, das unverkennbare Kreischen meiner guten Fee, das mir, weil es so schrill ist, die Tränen in die Augen treibt. Oder vielleicht liegt es auch an der Enttäuschung. Wie konnte ich mich nur auf meine gute Fee verlassen? Ich weiß doch, dass sie weder Geschmack noch Geschick besitzt!

»Ich habe es selbst genäht«, erklärt sie mir, nachdem sie Natascha abgeschüttelt und ihre Fassung zurückgewonnen hat. »Ich dachte an etwas Luftiges, das sich um deinen Körper schmiegt.«

»Es wird sich wohl eher rund um meinen Körper herum aufblasen. Wie ein großer Ballon!«

»Freut mich, dass du es magst!«

Was mache ich jetzt bloß? Ich möchte sie nicht verletzen. Wenn ich mir den Stoff so ansehe – vielleicht könnte man etwas Kleineres daraus nähen? Nicht, dass mir diese knallgrüne Farbe gut stehen würde, aber es wäre besser als nichts.

»Vielen Dank, gute Fee, du bist wirklich die Beste!«, rufe ich überschwänglich und hoffe, dass ich jetzt nicht zu verdächtig nett klinge.

Pech gehabt, sie wittert, was los ist.

»Was gefällt dir nicht an dem Kleid? Ich habe mir so große Mühe gegeben!«

»Also erst einmal ist es zu weit.«

»Es ist luftig!«

»Dieses sogenannte Kleid wird mir über die Schultern rutschen und ich werde den größten Teil davon hinter mir herschleifen, weil es nicht nur zu weit, sondern auch zu lang ist.«

»Das kann man ändern.«

»Ja, denke ich auch. Ich werde es so abändern, dass es passt. Also danke dafür!«

»Nicht, dass du es durch deinen Besserwisser-Fimmel kaputtschneiderst!«

»Gehe *ich* damit zum Ball oder du?«, frage ich. »Glaub mir, ich bin auf dieses Stück Stoff angewiesen, man bekommt nichts anderes mehr, drei Tage vor dem Ball! Ich werde es hüten wie einen Schatz und so behutsam behandeln wie Papas Drachenhaut-Lampion aus dem taitulpanesischen Knochen-Schrein!«

Dieses Versprechen beruhigt sie. Außerdem wird ihr schleichend klar, dass ich mich in einer sehr zahmen Verfassung befinde. In ähnlich problematischen Situationen, die wir schon gemeinsam durchlitten haben, habe ich sie ohne Rücksicht auf Verluste angeschrien.

»Was ist los?«, fragt sie misstrauisch. »Du bist so sanftmütig!«

»Aaaachtung!«, warne ich meine gute Fee und sie springt geistesgegenwärtig zur Seite.

Natascha, die sich gerade im Anflug befand, versucht durch ein Schwanzrudern den Kurs zu ändern und landet auf dem Rechen, den meine gute Fee umgedreht an die Wand gelehnt und als Kleiderständer zweckentfremdet hat. Der Rechen kippt um, das Kleid segelt zu Boden und bedeckt das panische Frettchen, das daraufhin strampelt und sich so im Stoff verfängt, dass es ihn mit seinen Krallen in tausend Stücke zu reißen droht.

Ich packe das Bündel Stoff mit dem Frettchen darin, renne in den Garten und schüttle es aus. Natascha plumpst ins Gras und flüchtet in Richtung Haus, während mir das, was einmal mein Ballkleid werden soll, in Fetzen ins Gesicht weht. Doch ich gebe die Hoffnung nicht auf. Ich habe Gold und werde mit diesem Stück Stoff beim Schneider vorsprechen. Wenn ich Glück habe, kann ich ihn im Bunde mit meinem Gold zu einer Gefälligkeit überreden.

Ich packe also den Stoff zusammen und rede beruhigend auf meine gute Fee ein.

»Alles ist bestens, mach dir keine Sorgen. Ich weiß schon, wie ich es ausbessern kann und ich habe ja noch drei Tage Zeit.«

»Wenn du meinst …«

»Allerdings habe ich noch keine Schuhe und wie ich am Abend ins Schloss kommen soll, weiß ich auch noch nicht. Meine Stiefmutter hat die Mietkutsche für sich und meine Schwestern schon vor drei Wochen bestellt. Ich bezweifle, dass sie mich mitnehmen werden, und nach allem, was man so hört, ist jedes Ding, das Räder hat, für den Abend restlos ausgebucht.«

»Lass das nur meine Sorge sein, ich arbeite daran.«

Meine Zweifel am Resultat ihrer Bemühungen könnten nach dieser Kleider-Katastrophe kaum größer sein.

»Zur Not laufe ich. Wenn ich eine Stunde vorher losgehe und kurz vor dem Schloss meine Schuhe wechsle, geht das auch. Aber woher nehme ich Ballschuhe?«

»Vertrau mir!«, sagt meine gute Fee. »Ich bringe dir Schuhe mit!«

Vielleicht reicht mein Gold auch noch für ein paar gebrauchte Ballschuhe? Oder ich könnte mir welche leihen? Doch mit den Ballschuhen wird es ähnlich sein wie mit den Kutschen. Alles ausgebucht.

»Gut«, sage ich. »Ich vertraue dir.«

»Was ist nur los?«, fragt meine gute Fee erstaunt. »Ich erkenne dich kaum wieder!«

»Na, ich freue mich auf den Ball, so wie jedes Mädchen in diesem Land! Du hattest vollkommen recht, das ist eine großartige Abwechslung in meinem Leben und wer weiß, was dabei herauskommt.«

»Da!«, ruft sie. »Jetzt tust du es wieder!«

»Was?«

»Du bist so *positiv*!«

Es stimmt. Ich übertreibe. Aber eine seltsame Laune hat mich ergriffen. Ich freue mich *wirklich* auf den Ball. Ich freue mich darauf, ihn wiederzusehen! Mein Leben wäre leer und sinnlos ohne diese Aussicht.

Oh, nein, habe ich das gerade tatsächlich gedacht? Ist es so weit mit mir gekommen? Allmählich kommen mir Zweifel daran, ob diese Entwicklung gut für mich ist. Bevor ich ihn kennengelernt habe, war ich zufrieden. Egal, was mir widerfahren ist, ich bin damit zurechtgekommen und habe das Beste aus meiner Situation gemacht. Jetzt dagegen bin ich meinen wechselhaften, viel zu schwärmerischen Gefühlen hilflos ausgeliefert. Ich möchte wieder nüchtern sein, ich möchte klar sehen! Das darf so nicht weitergehen.

»Vielleicht nutzt du die Gunst der Stunde und sprichst in deiner unerklärlich heiteren Verfassung endlich mal mit deiner Mutter?«

Das Lächeln gefriert mir auf den Lippen.

»Was soll ich?«

»Ich habe es dir schon oft gesagt – bis ich mich eines Tages nicht mehr getraut habe«, sagt meine gute Fee mutig. »Du musst Kontakt mit dem Geist deiner Mutter aufnehmen! Sie wird dein Schicksal zum Besseren wenden.«

»Das ist totaler Blödsinn!«

»Ich weiß, dass du das denkst. Aber ganz gleich, was du denkst und wie du mich beschimpfst: Die Geister sind hier. Sprich mit ihr!«

Meine gute Fee weiß, dass sie den Bogen überspannt hat. Sie nuschelt ein kurzes »Geisterwünsche, liebes Kind« und verlässt den Garten durch das kleine Tor, das hinunter zum Fluss führt. Diese Abkürzung wird sie einen großen Umweg kosten, aber sie will so schnell wie möglich aus meinem Blickfeld verschwinden.

Ich stehe noch eine Weile unschlüssig im Garten herum, bis mir plötzlich einfällt, dass ich den Abschiedsgruß meiner Fee nicht erwidert habe. Aus einem Aberglauben heraus, den sie mich gelehrt hat, murmle ich: »Geisterdank, gute Fee.«

Nicht, dass ich wirklich annehme, dass ich von Geistern umgeben bin, aber man kann ja nie wissen. Was den Geist meiner Mutter betrifft, so finde ich diesen vor allem gruselig, ebenso wie ihr Grab. Der Grund dafür könnte sein, dass ich mich für ihren Tod verantwortlich fühle. Ich kam in diese Welt und sie musste gehen, in derselben Nacht. Ich wollte sie bestimmt nicht vertreiben, aber es kommt mir so vor, als hätte ich es getan.

Nun bin ich mir ziemlich unsicher darüber, was ihr Geist – falls es so etwas überhaupt gibt – darüber denkt. Womöglich ist meine Mutter gar nicht gut auf mich zu sprechen? Meine Fee meint zwar, dass Geister immer gut sind, weil sie befreite Seelen sind, aber garantieren kann mir das keiner. Nehmen wir mal meinen Vater – er ging täglich an das Grab meiner Mutter, um ihr seine Gedanken mitzuteilen. Und was hat es ihm gebracht? Ein paar Jahre später war er ebenfalls tot.

Es tut mir wirklich leid, Papa und Mama, aber ich möchte diese Tradition, früh zu sterben, nicht fortführen. Ich will am Leben bleiben, unbedingt! Eure Geister müssen also ohne mich auskommen und das werden sie sicher auch.

Kapitel 8

Einen Tag später spreche ich beim Schneider vor und erzähle ihm eine rührende Geschichte von den beiden Goldmünzen, die mir mein Vater vermachte, als er noch lebte, und bitte ihn mit feuchten Augen und allem Charme, den ich aufbringen kann, darum, aus dem Stoff, den ich mitgebracht habe, ein Kleid für den Ball zu nähen. Nichts Besonderes, lieber etwas Gewöhnlicheres, das ich auch bei weniger festlichen Anlässen anziehen kann.

Ich versichere ihm, dass ich weiß, dass er und seine Näherinnen vollkommen überlastet sind, drei Tage vor dem Ball, aber mein Vater hätte sich sicherlich gewünscht, dass seine Tochter zu diesem Ball geht, und er – der Herr Schneider – wisse ja, was bei mir zu Hause los sei.

Ich glaube, diese letzte Bemerkung gibt den Ausschlag. Er nickt verständnisvoll, besteht darauf, nur eins meiner beiden Goldstücke zu nehmen, und winkt eine Näherin heran, der er aufträgt, sie solle etwas aus diesem Stück Stoff *zaubern*. Das meint er wörtlich, wie er mir erklärt, während die Näherin meine Maße nimmt und ich stillstehen muss.

»Wir nähen dir ein einfaches Kleid, das ist in einer Stunde erledigt, mehr Zeit können wir beim besten Willen nicht erübrigen«, sagt er. »Aber wir werden es mit einem Zauber und ein paar Raffinessen versehen, damit es festlicher aussieht. Wir weichen zurzeit häufiger auf diesen Trick aus, du wirst nicht die Einzige sein, die in einem Kleid erscheint, das mehr Schein als Sein ist.«

»Gibt es einen Haken?«, frage ich. »Stehe ich plötzlich in Lumpen im Ballsaal, wenn es Mitternacht schlägt, ein Hahn kräht oder eine Katze meinen Weg kreuzt?«

Der Schneider bricht in Gelächter aus und auch die Näherin, die gerade meine Taille vermisst, gluckert vergnügt vor sich hin.

»Dieser Aberglaube hält sich hartnäckig«, sagt der Schneider. »Keine Sorge, der Zauber ist solide. Kein Haken, keine Gefahr. Er wird sich im Laufe von ein paar Wochen abnutzen und danach hast du ein apfelgrünes Kleid, das du auf dem Fest der Letzten Ernte anziehen kannst. Hört sich das gut an?«

Ich bin seit Jahren nicht mehr beim Fest der Letzten Ernte gewesen und bezweifle, dass mich meine Stiefmutter in diesem Herbst dort hingehen lässt. Aber das macht nichts. Ich bin froh, wenn ich ein Kleid habe, mit dem ich auf den Ball gehen kann, und daher strahle ich den Schneider in ehrlicher Dankbarkeit an.

»Ja, das klingt wunderbar.«

»Komm in einer Stunde wieder«, sagt er. »Ich glaube, bis dahin müssten wir fertig sein.«

Ich eile aus dem Geschäft des Schneiders, selig, mein Ziel erreicht zu haben, und erledige die Einkäufe, wegen denen mich meine Stiefmutter in die Stadt geschickt hat. Am Ende ist noch eine Viertelstunde Zeit, die verbringe ich mit Pompi am Hafen.

Sie hat mich zu einem Eis eingeladen und wir essen eine ganz neue Sorte aus Seetang, saurer Melone und Pfefferminz, die eigenartig schmeckt, was uns aber nichts ausmacht. Das Eis zergeht an diesem heißen Tag angenehm kalt auf der Zunge, wir sitzen auf dem Geländer an der Mole und starren, während wir unser Eis lutschen, hinaus auf das Meer und die vielen Boote, die in den Hafen einfahren und ihn wieder verlassen.

Eher nebenbei schildere ich Pompi mein Schuhproblem und sie besteht darauf, dass wir auf dem Heimweg am Alligatorschwanz vorbeigehen oder vielmehr an dem Haus gegenüber, in dem sie mit ihrem Vater wohnt.

»Ich habe noch ein Paar alte Schuhe, das sind nicht gerade Ballschuhe, aber wenn du ein langes Kleid anhast, müsste es gehen, weil sie darunter verschwinden. Und wenn man sie doch sieht, sind sie gut genug. Es sind weiße Stiefeletten, die mir inzwischen zu klein sind. Willst du sie anprobieren?«

Ich will und sie passen mir, ebenso wie das Kleid, in das ich kurz darauf beim Schneider schlüpfe. Die Näherin richtet hier und da noch ein paar Zipfel, versieht das Kleid mit einem weiteren Zauber, der es mit der Illusion einer zweiten Stofflage ausstattet, leicht durchsichtig und fliegend, wenn man sich dreht, und fertig ist mein Ballkleid.

»Es ist wunderschön geworden«, versichere ich dem Schneider. »Vielen Dank!«

»Keine Ursache, Claerie. Viel Freude damit!«

Ich verstaue das Kleid zusammen mit den Stiefeln in einer Tasche und verstecke diese kurz vor unserem Haus in einem hohlen Baum. Ich bin bereit – der Tag des Balls kann kommen!

Auch Etzi und Kanickla holen heute ihre Kleider ab. Die windige Näherin muss einen ähnlichen Trick angewandt haben wie mein Schneider, denn als meine Schwestern die Kleider am Abend noch einmal anziehen, um darin das Schreiten zu üben, muss ich zugeben, dass die beiden wie verwandelt aussehen.

Vielleicht liegt es auch daran, dass sich Kanickla ausnahmsweise reckt und streckt und ihr Kinn anhebt, statt die Welt unterhalb ihres Mundes nach Essen abzusuchen. Ihre Augen leuchten, als sie die dunkelblauen, fließenden Muster betrachtet, die ihre barocken Rundungen geschickt umhüllen und ihr eine bisher ungekannte Würde verleihen.

Etzis Kleid ist dunkelgrün und schillert, wenn sie eine Schleppe, die bestimmt keine echte Schleppe ist, anhebt, um eine Stufe zu erklimmen. Es gibt sogar einen kleinen künstlichen Unterrockblitzer: Silbern springt die Spitze hervor, wenn sich Etzi vor dem Spiegel dreht und wendet. Das Kleid ist hochgeschlossen, der Kragen macht Etzis langen Hals noch länger und betont ihre schlanke Figur.

Meine Schwestern und meine Mutter sind höchst zufrieden und als der geliebte Kater meiner Stiefmutter an Kanicklas Kleid entlangzustreifen versucht, erfährt er, was es heißt, mit einem Ballkleid konkurrieren zu wollen.

»Hau ab, du haarendes Monster!«, ruft meine Stiefmutter und scheucht ihn in Richtung Tür. »Aschenkindel, schaff ihn aus dem Salon, bis wir mit der Anprobe fertig sind!«

Ich klemme mir Gworrokko unter den Arm und schlüpfe mit ihm aus dem Raum.

»Nicht traurig sein, Dickerchen«, sage ich. »Sie meint das nicht persönlich.«

»*Grmpf*«, antwortet Gworrokko.

Er kann mich verstehen, ich bin mir ganz sicher. Doch ich habe Gworrokko noch nie ein einziges Wort reden hören. Er zählt bestimmt zu den intelligenten Katzen, von denen es hier in Amberling einige gibt. Aber er lässt es sich nicht anmerken. Wozu auch? Ich kenne keinen verwöhnteren Kater als ihn.

Heute ist allerdings sein Glaube, dass er die Krone der Schöpfung sei, auf das Empfindlichste erschüttert worden, was ihm – seiner Ansicht nach – das Recht dazu gibt, wie ein Wahnsinniger in meiner Küche herumzutoben und alles auf den Boden zu schmeißen, was nicht an der Wand festgenagelt ist. Trotziges Vieh! So sind wir wohl, wenn wir fast alles haben, doch nur das Wenige im Blick haben, das uns entgeht.

Der Tag des Balls beginnt regnerisch und trübe, gerade so, als sei mitten im Sommer der Herbst eingekehrt. Meine Stiefmutter und meine Schwestern sind nervös – und ich selbst bin auch eher unruhig, das gebe ich zu. Solche Voraussetzungen stehen einem harmonischen Miteinander naturgemäß im Weg und so kommt es, dass wir uns alle gegen Mittag nur noch gegenseitig anschreien und beleidigen.

Es ist aber auch nicht richtig, dass mir meine Stiefmutter den ganzen Morgen lang eine mühselige Arbeit nach der anderen aufbrummt und dass meine Schwestern, während ich diese Arbeiten bewältige, herummaulen, ich solle ihnen nicht ständig im Weg herumstehen, nicht so einen Gestank verbreiten (damit meinen sie den Seifengeruch meines Putzwassers!) und Natascha nicht heimlich treten. Letzteres behauptet Etzi und krümelt währenddessen meine frisch geputzten Stufen mit Frettchenfutter voll.

Ich habe Natascha noch niemals heimlich getreten, obwohl sie es manchmal durchaus verdient hätte, wenn auch nicht so sehr, wie es meine Schwestern verdienen würden, doch als ich es wage, meine Unschuld zu beteuern (warum mache ich auch so einen Unsinn?), schreit die durchtriebene Etzi laut und plärrend nach ihrer Mutter. Kaum betritt diese das Treppenhaus, heult ihr Etzi auf die falscheste Weise, die man sich vorstellen kann, etwas vor.

»Sie wollte Natascha ertränken!«, schluchzt sie. »Ich habe es genau gesehen. Sie hat sie gepackt und wollte sie in den Putzeimer tunken, nur um mir eins auszuwischen!«

»Ist das wahr?«, fragt meine Stiefmutter streng.

»Natürlich nicht!«, rufe ich. »Deine Tochter hat sich heute Morgen nur zu lange an ihrem Pickel auf der Nase herumgedrückt und nun muss sie ihre Frustration über den großen, roten Fleck, der bis heute Abend nicht mehr verschwinden wird, an irgendwem auslassen.«

»Duuuuuu Biiiiiiiest!«, schreit Etzi und springt auf mich zu, in der festen Absicht, mich rückwärts die Treppe hinunterzustoßen.

Unterdessen steckt Kanickla ihren Kopf aus ihrem Zimmer und beklagt sich weinerlich darüber, dass wir sie soeben aus ihrem Schönheitsschlaf gerissen hätten.

»Wenn ich mit Ringen unter den Augen auf dem Ball erscheine, seid *ihr* schuld!«

»Keine Sorge«, gibt Etzi zurück, »so verquollen wie deine Augen aussehen, fallen die Ringe gar nicht mehr auf.«

Ich hänge mit einer Hand am Treppengeländer, an dem ich mich gerade noch so festhalten konnte, nachdem mir Etzi einen hinterhältigen Stoß verpasst hat, und starre Kanicklas Augen an. Was hat sie bloß damit gemacht? Die sind ja kaum noch zu sehen?

»Kind!«, schreit meine Stiefmutter entsetzt. »Bitte sag mir nicht, dass du heimlich an meinen Tiegeln gewesen bist!«

Die Tiegel auf dem Schminktisch meiner Stiefmutter sind absolut verboten, selbst für ihre geliebten Töchter. Warum, das dürfen wir nun in Kanicklas Gesicht bestaunen: Was die Falten meiner Stiefmutter zu glätten vermag und ihr einen passablen Teint verleiht, wirkt bei Kanicklas rosiger, junger Haut verheerend. Dort, wo sie die teure, von einem Alchemisten aus geheimen Zutaten zusammengemischte Wundercreme verschmiert hat, sieht ihr Gesicht aus, als hätten mehrere Bienen gleichzeitig zugestochen.

Kanickla tastet vorsichtig ihr Gesicht ab.

»Ach, deswegen ist es so dunkel. Ich habe mich schon gewundert.«

Vergessen ist, dass ich Natascha angeblich ertränken wollte und dass Etzi einen riesengroßen, unschön ausgedrückten Pickel auf der Nase hat. Meine Stiefmutter rast die Treppe hinauf, um zu retten, was zu retten ist.

»Kaltes Wasser!«, ruft sie. »Wir brauchen eiskaltes Wasser! Aschenkindel, zerschlag ein Stück Eis im Keller, steck es in ein Tuch und bring es mir. SOFORT!«

Ich renne. Weniger, weil ich gehorchen möchte, sondern weil mir Kanickla leidtut. Niemand möchte mit einem solch verunstalteten Gesicht auf einem Ball erscheinen. Als ich mit dem zerstoßenen Eis im Beutel in ihr Schlafzimmer gerannt komme, liegt sie auf dem Bett und gibt erstickte Laute von sich. Ihre Mutter hat ihr verboten zu weinen, weil das alles noch schlimmer machen würde, doch Kanickla kommt über den Blick in den Spiegel, den sie kurz zuvor riskiert hat, nicht hinweg.

»Das wird schon, mein Baby«, redet meine Stiefmutter beruhigend auf sie ein. »Verlass dich auf deine Mama!«

Ich staune manchmal, wie zärtlich die Stimme meiner Stiefmutter klingen kann. Sie liebt ihre Kinder wirklich, egal, was sie anstellen oder wie sehr sie sich blamieren. Wortlos reiche ich ihr den Beutel, verlasse das Schlafzimmer und kehre an meine Arbeit zurück.

Etzi sitzt unten in der Halle, Natascha im Arm, und beobachtet mich. Ihr Gesichtsausdruck sieht geradezu gefährlich unzufrieden aus, doch sie schweigt, bis ich mit meinem Wischlappen die unterste Treppenstufe erreiche. Dann sagt sie auf einmal: »Es ist immer das Gleiche. Ich mache alles richtig und Kanickla macht nur Dummheiten. Aber wer bekommt am Ende die ganze Aufmerksamkeit? Das Marzipanschweinchen! Ich gebe mir so viel Mühe! Ich achte auf meine Figur, ich versuche, gute Noten zu schreiben, ich bemühe mich um Haltung! Aber am Ende sitzt Mama jedes Mal an Kanicklas Bett und streichelt ihr das dicke Ärmchen.«

»Weil Kanickla es braucht«, sage ich und wringe den Putzlappen über dem Eimer aus. »Du bist stark, Etzi, dir muss keiner den Arm streicheln.«

Ich nehme den Eimer und schlage den Weg in Richtung Küche ein. Ich erwarte nicht, dass sich Etzi zu meinen Worten äußert, und wenn doch, dann wird es bestimmt etwas Hämisches sein. Umso verwunderter bin ich, als sie den Kopf hebt und mich gedankenvoll ansieht.

»So wie du«, murmelt sie. »Du hast das auch nie gebraucht.«

Als die Sonne, die sich im Laufe des Tages den Himmel zurückerobert hat, langsam hinter dem Waldrand verschwindet, sieht Kanicklas Gesicht wieder ansatzweise normal aus. Meine Schwestern tragen ihre Ballkleider, ihre Wangen sind vor Aufregung zart gerötet, die Locken eingedreht und über dem Kopf festgesteckt. Sie tragen den Familienschmuck, den ihre Mutter einst aus dem fernen Land mitbrachte, das sie für immer verließ, um meinem Vater in die Fremde zu folgen. Meine Stiefmutter steht vor ihren Töchtern, die Hände vor der Brust gefaltet.

»Ihr seht so wunderschön aus, meine Herzen!«

Etzi und Kanickla kichern geschmeichelt, ihre Wangen färben sich noch röter. Der Mietkutscher, den meine Mutter bestellt hat, wartet schon in der Eingangshalle, es wird Zeit. Ich wünsche den dreien einen schönen Ball, als sie dem Kutscher in den Garten folgen, und meine Stiefmutter rät mir, früh schlafen zu gehen, da es ein anstrengender Tag gewesen sei. Wer sie nicht kennt, mag das für Hohn halten, doch ich sehe darin ein ungewohntes Maß an Freundlichkeit aufschimmern. Fast so, als hätte sie sich für die Länge eines Augenblicks vorzustellen versucht, wie es mir geht.

Die Kutsche fährt fort und ich atme erleichtert auf. Endlich! Drei Nächte lang habe ich meine Haare bearbeitet und sie tagsüber unter einem Kopftuch versteckt, damit es meinen Schwestern nicht auffällt, dass sie wieder glänzen. Als ich heute Abend mit dem Kamm durch die langen Strähnen fahre, stellt sich den Zinken kein nennenswerter Widerstand entgegen. Ich habe es geschafft!

Nachdem ich die Haare geflochten, zusammengesteckt und am Kopf befestigt habe, wasche ich Gesicht und Hände, um die letzten Ascheflecken zu entfernen, und ziehe mein neues Kleid an. Gerade will ich Pompis weiße Stiefeletten anziehen, als ich einen lauten Schrei höre, den ich eindeutig meiner guten Fee zuordne.

Ach ja, denke ich. Natascha.

Doch im nächsten Moment fällt mir ein, dass meine Stiefmutter Natascha und Gworrokko im Salon eingeschlossen hat, damit ihre

Haare und Krallen nicht im letzten Moment vernichten, was lange Zeit gebraucht hat, um einigermaßen gut zu werden. Meine Fee kann also gar nicht von Natascha angesprungen worden sein! Aber was ist dann los?

Ich stecke meinen Kopf aus dem Fenster und sehe meine Fee mit einem blauen Licht über dem spitzen Hut erstaunlich flink durch den Garten fliegen, mit zwei Eimern in der Hand, zum Regenbecken und wieder zurück.

»Claeriiiiie!«, kreischt sie erneut. »Es breeeeennt!«

Ich vergesse alles – den Ball, die Stiefeletten und die Tatsache, dass ich mein neues Kleid trage. Ich renne die Stufen meines Turms hinab, mein Herz klopft mir bis zum Hals. Woher kommt das Feuer? Mir fällt nur eine Erklärung dafür ein: Natascha und Gworrokko sind mal wieder aufeinander losgegangen, haben den Salon auf den Kopf gestellt und dabei etwas ins Kaminfeuer gepfeffert. Das haben sie schon mal gemacht, das letzte Mal war es Etzis Seidenstola, die sofort Feuer gefangen hat.

Auf dem letzten Stück des Weges denke ich nichts. Ich renne, bis ich völlig außer Atem an der Tür zum Salon ankomme. Ich will sie aufreißen, doch sie ist abgeschlossen und der Schlüssel steckt nicht. Drinnen höre ich Gworrokko um sein Leben schreien, von Natascha höre ich gar nichts. Der Schlüssel – wo ist er?

Natürlich, im Hauskleid meiner Stiefmutter, in der rechten Tasche. Ich renne wieder die Treppen hinauf, durchsuche ihr Zimmer nach dem Kleid, finde es auf dem Boden ihres Badezimmers und hole den Schlüssel hervor. Zurück geht es ins Erdgeschoss, an die Tür, die ich mit fahrigen Händen öffne. Rauch quillt mir entgegen und etwas großes Rotes saust an mir vorüber, um sich in Sicherheit zu bringen. Gworrokko lebt, stelle ich erleichtert fest.

Meine Fee hat die Scheiben eines Fensters eingeschlagen und schleudert jetzt Wasser aus zwei Eimern ins Innere des Salons. Sie muss das Wasser mit Magie aufgeladen haben, denn es springt hin und her und vermag drei Stühle und einen Teil des Tischs aus den Flammen zu retten.

»Ich hole noch mehr!«, ruft sie mir zu. »Du musst mir helfen!«

Das will ich tun, doch da entdecke ich unterhalb des Fensters einen länglichen Körper am Boden, alle viere von sich gestreckt.

»Natascha!«, rufe ich und renne in den Rauch hinein, um sie zu retten.

Das kleine Pelztier fühlt sich erschreckend leblos an, als ich es ergreife und rennend aus dem Zimmer trage. In der Küche lege ich sie behutsam auf das Kissen, das normalerweise Gworrokkos Stammplatz ist. Nach einem kurzen Zögern, in dem mir klar wird, dass ich gerade nicht mehr für sie tun kann, renne ich in den Salon zurück.

Es ist mir nicht gegeben, Wasser mit Magie aufzuladen, doch im Salon mache ich die eine Sache ausfindig, die einfach nicht aufhören will zu brennen: Es ist eine umgekippte Öllampe, deren Inhalt sich auf einen Teppich ergossen hat. Von dort muss sich das Feuer ausgebreitet haben. Ich werfe den gusseisernen Kessel um, in dem wir das Brennholz aufbewahren, schleife den leeren Kessel durch das Zimmer und stülpe ihn über die ausgelaufene Öllampe, um das Feuer zu ersticken.

»Hier!«, schreit meine Fee, die mit zwei weiteren Eimern Wasser zurück ist. »Nimm die!«

Sie reicht mir die Eimer durchs Fenster, ich verschütte sie da, wo es am nötigsten ist, und staune, wie tapfer das verzauberte Wasser gegen die Flammen ankämpft und den Rauch in sich aufsaugt, bis es endgültig verdampft. Während ich auf die nächste Ladung Wasser warte, versuche ich, die kleineren Flammenherde auszuschlagen. Ich weiß nicht, wie lange es dauert, aber irgendwann haben wir es geschafft: Alle Flammen sind gelöscht, alle Fenster und Türen sind offen, das Haus ist gerettet.

Erleichtert streiche ich mir das Geschmiere aus Wasserdampf, Asche und Rauch aus dem Gesicht und bekomme einen Hustenanfall nach dem anderen. Erst als die Attacken nachlassen, fällt mir Natascha wieder ein. Ich renne in die Küche und sehe Gworrokko, der lauernd neben seinem Kissen liegt und Natascha anstarrt wie eine Maus, die es zu hypnotisieren gilt.

Natascha liegt immer noch auf dem Rücken, doch sie zappelt mit einem ihrer Hinterbeine. Ich trete näher heran, ganz vorsichtig, und sehe, dass ihre Augen offen sind. Ihre Barthaare bewegen sich, sie zwinkert einmal.

»Du lebst! Oh, was bin ich froh!«

Hinter mir tritt meine gute Fee in die Küche.

»Geisterwünsche, mein Kind«, sagt sie leise und müde.

»Geisterdank, gute Fee.«

Wir wissen es beide, doch sprechen es nicht aus. Der Ball ist für mich gelaufen – mein Kleid ist nass, schwarz und teilweise versengt. Der Zauber, der es in ein Abendkleid verwandelte, ist zerstört und wirkt nicht mehr. Das mit dem Ball war ein schöner Traum. Jetzt ist er vorbei.

Kapitel 9

Es tut mir so leid!«, sagt meine Fee, als ich in die Dunkelheit des nächtlichen Gartens hinaustrete. Der Regen und die Feuchtigkeit vom Morgen sind verschwunden, am Himmel sind nur noch einzelne Wolken zu sehen, deren zerfetzte Ränder von einem mageren Mond beschienen werden. Hier und da blitzt ein Stern auf.

»Schon gut«, beruhige ich sie. »Es war weder deine noch meine Schuld.«

»Mir fällt jetzt nur noch eine Lösung ein, wie wir diese Nacht retten können!«, erklärt meine Fee. »Komm mit!«

»Wo willst du denn hin?«, frage ich, folge ihr aber, ohne groß nachzudenken.

Erst als wir den abgelegenen Winkel unseres Gartens erreichen, in dem sich das Grab meiner Mutter befindet, bleibe ich abrupt stehen. Ja, ich bin versucht, rückwärts zu gehen!

»Jetzt komm schon!«, lockt mich meine Fee. »Nur drei Sätze. Sprich drei kleine Sätze mit ihr und du wirst sehen, das bewirkt etwas!«

»Das ist Nonsens!«

»Wenn es Nonsens ist, dann kannst du es ja ruhig versuchen. Du hast nichts zu verlieren!«

Ich verdrehe die Augen, aber aus einem Gefühl der Dankbarkeit heraus – schließlich wäre ohne den Einsatz meiner Fee unser Haus abgebrannt – lasse ich mich zu der Drei-Sätze-Nummer überreden.

Ich trete an das Grab heran, an dem ich viele Jahre lang nicht mehr gewesen bin, und fixiere die dunklen Umrisse des Steins.

Mir fällt nicht ein, was ich sagen könnte, dafür springt mir eine komische Erinnerung in den Kopf. Ich sehe meinem Vater, der im Gras vor dem Grab sitzt. Ich stehe daneben und mein Blick fällt auf den Stein. Ich lese die Buchstaben darauf. Das Merkwürdige ist …

»Nun mach schon, Claerie!«, drängt mich meine Fee. »Sag was zu deiner Mutter.«

Es ist, als hätte sie mit ihrer Aufforderung meinen Kopf leer gefegt. Die Erinnerung – falls es überhaupt eine war – ist weg.

»Gib dir einen Ruck!«

Es ist nicht so einfach und mein Inneres sträubt sich. Aber da ich nun schon mal hier stehe, in dieser seltsamen Sommernacht, in einem ruinierten Kleid und mit wenig Hoffnung, nehme ich mir ein Herz und rede los.

»Also … Mutter …«

»Sag besser Mama!«, unterbricht mich die Fee. »Eine persönliche Anrede wirkt besser!«

»Ich habe in meinem ganzen Leben zu niemandem *Mama* gesagt. Das kommt mir sehr komisch vor.«

»Los, los!«

»Na gut, dann eben: Mama. Du bist eine Fremde für mich und vielleicht beruht dieses Gefühl ja auch auf Gegenseitigkeit. Ich hatte jedenfalls nie das Gefühl, dass du vom Himmel oder sonst irgendeinem Ort aus meine Wege verfolgst und bei mir bist. So eine Seele, die das Beste für mich will, habe ich nie in meiner Nähe gespürt. Das soll jetzt kein Vorwurf sein. Jedenfalls … ich wollte dir nur erklären, warum ich mich hier nie blicken lasse. Ich fühle nichts, wenn ich hier stehe. Außer Traurigkeit. So, und das waren jetzt weit mehr als drei Sätze!«

Ich blicke erwartungsvoll zu meiner Fee hinüber und erwarte ein großes Lob für meinen Einsatz. Doch statt begeistert zu sein und mir zu versprechen, dass sie mich nie wieder an das Grab meiner Mutter zerren wird, klettert sie in dem Pflanzen-Dschungel herum, der das Grab bedeckt, und arbeitet sich mühsam bis zum Grabstein vor.

»Verrätst du mir, was das wird?«, frage ich.

»Der Grabstein ist verzaubert«, antwortet sie. »Ein Täuschungszauber, wenn ich mich nicht irre.«

»Wozu sollte er verzaubert sein?«

»Weiß ich nicht. Darf ich an dem Stein kratzen?«

»Tu, was du willst.«

Sie tritt an den Grabstein heran und unmittelbar unter dem Namen meiner Mutter wischt sie mit ihrem Taschentuch herum, das sie neulich bespuckt hat, um mir damit das Gesicht zu putzen. Als sie das Taschentuch hochhebt, bleibt uns beiden die Luft weg: Unter dem Namen meiner Mutter steht ein zweiter Name, in den gleichen silbernen Lettern, mit dem gleichen Todesdatum.

Claerie.

Das steht wirklich da. Da steht mein Name!

Claerie.

Ich schüttele ungläubig den Kopf und weiß doch, dass es stimmt. Die Erinnerung, die mir vorhin in den Kopf gehüpft ist – jetzt fällt sie mir wieder ein! Ich habe diese silbernen Buchstaben schon einmal gesehen!

»Merkwürdig!«, sagt meine Fee. »Wie kommt dein Name dorthin? Und wer hat ihn unter einem Täuschungszauber verborgen?«

Ich muss sieben oder acht Jahre alt gewesen sein. Mein Vater ging wie jeden Tag an das Grab meiner Mutter, um mit ihr zu sprechen. An jenem Morgen glaubte er wohl, dass ich noch schliefe. Doch ich war wach und beschloss, ihn zu erschrecken, indem ich mich von hinten an ihn heranschlich und ihm die Augen zuhielt. Während ich seine geschlossenen Augen unter meinen Händen spürte und er gespielt ängstlich rief: »Wer ist da? Hilfe!«, fiel mein Blick auf den Namen, der mein eigener war.

»Papa?«, fragte ich. »Warum steht mein Name da?«

Er löste schnell meine Hände von seinem Gesicht, machte eine Handbewegung in Richtung Grabstein und schon waren die silbernen Lettern verschwunden.

»Wovon redest du, mein Schatz? Ich sehe nur einen Namen! Den Namen deiner Mutter.«

Jener Morgen war zu hell und zu fröhlich gewesen, als dass ich mir über den Vorfall länger als eine Minute hätte Gedanken machen können. Ich vertraute meinem Vater. Wenn er sagte, dass mein Name nicht auf dem Grabstein stand, dann würde er schon recht haben. Ich traute meiner eigenen Wahrnehmung nicht mehr und hielt sie irgendwann für einen Traum, den ich in der Nacht geträumt habe.

Doch das unheimliche Gefühl, das ich mit diesem Erlebnis verband, blieb. Genau seit jenem Tag meide ich das Grab meiner Mutter! Ich vergaß, was der Anlass dafür gewesen war, doch die Furcht, dass mein Leben verflucht sein könnte, vom ersten Tag an zum Scheitern verurteilt, weil mein Name bereits auf einem Grabstein stand, schlummert seither in mir.

Der laute Klang unserer Türglocke reißt mich und meine Fee aus unserem ratlosen Schweigen. Jemand verlangt dringend, eingelassen zu werden. Wer kann das sein? Um diese Uhrzeit, am Abend des großen Balls?

»Ich gehe«, sagt meine Fee und klopft mir auf die Schulter. »Lass mich nur machen.«

Ich bleibe bewegungslos vor dem Grab sitzen und starre an die Stelle, an der ich meinen Namen immer noch deutlich lesen kann.

»Papa!«, sage ich fast wütend. »Was hast du dir bloß dabei gedacht? Wie konntest du meinen Namen auf diesen Stein schreiben?«

»Claerie!« Es ist die helle Stimme meiner Fee, die mich ruft. »Claerie, komm her!«

Es fällt mir nicht schwer, mich vom Grab loszureißen. Dieser Ort ist mir heute Nacht nicht gerade ans Herz gewachsen. Im Gegenteil. Während ich um das Haus herum zur Eingangstreppe renne, schwöre ich mir, das Grab nie wieder zu besuchen.

»Es hat gewirkt!«, zwitschert meine Fee in den höchsten Tönen. »Sieh doch, deine Mutter hat dir etwas geschickt!«

Mein Blick fällt auf zwei Pakete, die auf der Treppe vor unserer Haustür stehen, ein kleines und ein großes. Die Pakete sehen sehr irdisch aus und ich kann mir nicht vorstellen, dass sie von meiner Mutter stammen, zumal ich sowieso nicht an Geisterwünsche und Geistergrüße glaube. Diesen Quatsch, den mir meine Fee beigebracht hat, werde ich niemals ernst nehmen.

»Mach es auf!«, ruft sie. »Los, los!«

Ich öffne die Schleife, die das größere Paket verschließt. Sie fällt mir fast aus den Händen, so zart und verzaubert umschließt sie das cremefarbene Papier. Ich löse das Papier von einer ebenso cremefarbenen Schachtel, öffne den Deckel und halte die Luft an: In der Schachtel liegt, säuberlich zusammengefaltet, ein wahres Wunderwerk aus feinstem, fast durchsichtigem Stoff.

Als ich das Kleid berühre – nicht ohne vorher noch einmal geprüft zu haben, ob auch keine Asche oder Erde an meinen Fingerspitzen klebt –, spüre ich die Zartheit und die Leichtigkeit dieser Robe. Ich ziehe das Kleid langsam aus der Schachtel und höre meine Fee seufzen und stöhnen. Zwischen hauchdünnen Lagen aus cremefarbenem Stoff kommen Partien in Dunkelrot und Rosé zum Vorschein, hier und da prangen feine Applikationen auf mattseidenen Oberflächen. Die Knöpfe, die Bänder, die schlichten Kanten, die beinahe unsichtbaren Muster, die sich je nach Lichteinfall verändern – all das macht mich sprachlos vor Staunen.

»Was für ein Kleid!«, ruft meine Fee entzückt. »Sieh doch nur, wie viele Lagen Stoff! Und wie es verarbeitet ist! So arbeitet kein Schneider in Amberling.«

Ich lasse das Kleid langsam sinken und wende mich dem zweiten Paket zu. Während ich das Papier entferne, fängt mein Herz an zu galoppieren. Ich werde auf den Ball gehen. Ich habe ein Kleid. Aber woher kommt es? Wer schickt mir so etwas Kostbares?

Ein Quietschen lässt mich zusammenfahren: Meine Fee hat die Schuhe in dem Karton entdeckt, den ich gerade öffne. Sie sehen aus, als seien sie ganz und gar aus Glas! Doch als ich sie berühre, fühlen sie sich weich und geschmeidig an – was für ein Zauber mag in ihnen stecken?

Unter den Schuhen liegt eine Karte. Auf ihr stehen nur ein paar Worte, ohne Unterschrift, doch ich weiß genau, von wem sie stammen.

Damit meine Prinzessin nicht in Lumpen gehen muss, steht dort geschrieben. *Falls die gute Fee versagt.*

Meine gute Fee runzelt die Stirn.

»Seltsame Botschaft von deiner Mutter! Warum sollte ich versagen?«

»Wo sind eigentlich die Schuhe, die du mir mitbringen wolltest?«

Meine Fee starrt die gläsernen Schuhe an und winkt schließlich ab.

»Die hier sind besser«, sagt sie.

Und ausnahmsweise bin ich absolut davon überzeugt, dass sie recht hat.

An diesem Abend geraten wir noch einmal heftig aneinander. *Ich* sage, ich trage mein neues Kleid und meine Schuhe zu Fuß in einem Rucksack in die Stadt, ziehe mich dort irgendwo um, ein dunkles Plätzchen wird sich schon finden, und gehe anschließend auf den Ball. *Sie* will mir unbedingt eine Kutsche zaubern!

Nicht, dass ich was dagegen hätte, wenn sie das wirklich könnte, aber ich bezweifle es doch sehr. Während ich mich und meine Haare wasche und sie anschließend offen trage, um sie in der warmen Luft dieser Sommernacht trocknen zu lassen, zerrt meine gute Fee die einzige Schubkarre, die wir besitzen, aus dem Schuppen ins Freie.

»Hey«, protestiere ich, »du lässt deine Finger davon! Wenn du die zerstörst, weiß ich nicht, wie ich die Obsternte nach Hause bringen soll!«

»Beruhige dich! Es wird nichts Schreckliches mit deiner Schubkarre passieren.«

Sie sagt es, hebt beide Arme, gibt irgendein pseudomagisches Kauderwelsch von sich und lässt zwei weiße Blitze in die Schubkarre fahren. Das Resultat ist orange.

»Ein Kürbis?«, frage ich außer mir vor Zorn. »Mach das sofort rückgängig!«

Immerhin ist sie ein wenig verdutzt und verlegen. Als sie das zweite Mal die Arme hebt, wirkt sie weit weniger selbstsicher. Zwei wackelige weiße Blitze fahren in den riesigen orangeroten Kürbis und verwandeln ihn in einen Kürbis mit Tür und Fenstern.

»Du machst mich wahnsinnig!«, schreie ich. »Ich könnte längst in Richtung Stadt unterwegs sein, stattdessen muss ich dir dabei zusehen, wie du meine Schubkarre zerstörst!«

»Hab noch ein wenig Geduld«, sagt meine Fee, doch ich sehe ihr an, wie unwohl sie sich fühlt. Sie zweifelt am glücklichen Ausgang dieser ganzen Schubkarren-Kürbis-Geschichte. Dennoch hebt sie tapfer ein drittes Mal ihre Arme, schließt die Augen und mit einer Art Kampfschrei jagt sie einen einzigen großen Blitz in das Kürbis-Ding.

»JA!«, brüllt sie triumphierend. »TREFFER!«

Ich muss sagen, ich bin sprachlos. Da steht eine Kutsche auf der Wiese, mit großen, hohen Rädern und in ihrer Mitte schwingt eine Kutschkabine in Kürbisform. Nicht zu fassen!

»Als Nächstes brauche ich fünf lebendige Tiere.«

»Wie schön, dass du keine toten Tiere brauchst.«

»Wäre es in Ordnung für dich, wenn *ich* die Kutsche lenke?«, fragt meine Fee. »Dann reichen auch vier. Sie sollten alle dieselbe Größe haben und wenn sie athletisch gebaut wären, wäre das kein Fehler.«

»Gehen auch vier Hühner?«

»Hm.«

»Ja oder nein?«

»Wenn du gar nichts anderes hast – ja.«

Ich verschwinde im Hühnerstall und komme mit dem ersten Huhn unter dem Arm zurück. Meine Skrupel sind groß. Ich habe das arme Tier gerade aus dem Schlaf gerissen, es gackert unglücklich vor sich hin und nun überantworte ich es den mittelmäßigen magischen Künsten meiner guten Fee.

»Du wirst dem Huhn keinen Schaden zufügen?«, frage ich. »Ganz sicher nicht? Morgen läuft es wieder fröhlich durch den Garten?«

Meine Fee nickt vage und schon fährt ein weißer Blitz in das arme Huhn. Ich kann nicht hinsehen. Als ich ein lautes »Quaaaaak« höre, tue ich es doch: Da sitzt ein Frosch mit Federn. Unglaublich!

Meine Fee hebt die Hand, um mir anzuzeigen, dass ich nicht protestieren soll. Sie muss sich konzentrieren. Geschlossene Augen, Kampfschrei, Blitz. Aus dem gefederten Frosch wird eine gerupfte, zottelige Kuh mit sagenhaft langen Hörnern.

»Das geht«, sagt meine Fee. »So ein Tier hat Kraft.«

»Meine Kutsche soll von … vier struppigen Kühen gezogen werden?«

»Du lieferst mir Hühner, du bekommst Kühe! So ist das nun mal. Mit ein paar geschmeidigen Katzen hätte ich bessere Resultate erzielt!«

Ich hole drei weitere Hühner aus dem Stall, sehe dabei zu, wie sie sich in zottelige Kühe mit Riesenhörnern verwandeln, und besorge meiner Fee auf Wunsch einen Gürtel, aus dem sie Zaumzeug zaubert.

»Husch, husch!«, ruft sie. »Zieh dich um und richte deine Haare. Wir sind mehr als spät dran! Der Ball hat vor einer Stunde begonnen.«

Meine Fee sitzt schon auf dem Kutschbock, die Zügel in der Hand, als ich in meinem neuen Ballkleid aus dem Haus trete. Ich muss mich erst noch an die gläsernen Schuhe gewöhnen – sie sind erstaunlich angenehm zu tragen, doch auf solch hohen Absätzen war ich noch nie unterwegs. Ich haste, so gut es in den Schuhen geht, zur Kutsche, doch meine Fee hat offenbar nichts Besseres zu tun, als sich minutenlang die Nase zu schnäuzen. Wann hört sie wohl endlich damit auf?

»Wollen wir dann?«, frage ich, als ich schon auf dem Trittbrett stehe, bereit, mich in das Innere der Kutsche zu schwingen.

Meine Fee hebt den Kopf, vollkommen verheult, und nickt.

»Du siehst so schön aus!«, bringt sie hervor. »Du bist bestimmt die Schönste von allen!«

Jetzt bin ich auch gerührt, mir kommen fast die Tränen, doch meine Fee hat sich wieder beruhigt und macht nun Anstalten, die Kühe auf die Straße zu jagen, ungeachtet der Tatsache, dass ich noch nicht sitze. Also steige ich ins Innere, schlage die Tür zu und drücke meine Nase gegen das Fenster.

Als ich bald darauf von vier langsamen, doch willigen Kühen durch die Straßen der nächtlichen Stadt gezogen werde, in Richtung des beleuchteten Schlosses, komme ich mir vor wie in einem ganz und gar verrückten Traum. Was wird heute noch passieren? Ich weiß es nicht. Das Feuer, der Grabstein, das Kleid … Es ist, als würde ich die ganze Zeit über Abgründe springen und währenddessen wie auf Wolken schweben.

Was wird meine Stiefmutter sagen, wenn sie den zerstörten Salon sieht? Sie wird mir die Schuld dafür geben. Was werden meine Schwestern tun, wenn ihnen Natascha nicht wie üblich entgegenwieselt, sondern erschöpft und mit angesengten Barthaaren in Kanicklas Bett liegt, wo ich sie vorhin zurückgelassen habe? Sie werden behaupten, ich hätte versucht, Natascha umzubringen. Und wie wird mein falscher Kammerdiener reagieren, wenn er mich in diesem Aufzug sieht, in dem ich mir wie verkleidet vorkomme? Eine Ballprinzessin, zu schön, zu zart, zu elegant, um wirklich *ich* zu sein?

Ich wage es kaum, mich zu bewegen, aus lauter Angst, dass ein Knopf abplatzt oder ich mit dem Ärmel an einem Nagel hängen bleibe, sodass er zerreißt. Als Mädchen in Lumpen fühle ich mich sicherer. Doch niemand hat behauptet, dass Märchenbälle und Traumprinzen eine sichere Angelegenheit seien. Da muss ich durch und als ein Mädchen, das sich auf der Suche nach Umbra-Morcheln regelmäßig in den Verbotenen Wald wagt, werde ich das schon schaffen. Hoffe ich.

KAPITEL 10

Ich bin normalerweise nicht schüchtern, aber heute versinke ich fast im Boden vor Unsicherheit, als ich dem gestrengen Mann am Eingang zum Schloss meinen Namen nenne.

»Claerie Farnflee.«

Der Mann studiert seine ellenlange Liste mit Namen und schaut plötzlich verschreckt auf. Ich bin nicht der Grund für seine Irritation, sondern es sind die weißen Tauben, die über mir herumflattern. Unsere neugierigen verwilderten Brieftauben sind mir von zu Hause aus gefolgt und nun weiß ich nicht, ob ich dazu eine Erklärung abgeben sollte. Eher nicht, denke ich, denn der Blick des Mannes kehrt jetzt zu seiner Liste zurück.

»Farnflee«, wiederholt er. »Drei Personen dieses Namens sind bereits hier.«

»Ja. Aber die vierte Person dieses Namens hat sich verspätet. Das tut mir furchtbar leid, unser Haus hat gebrannt, wissen Sie?«

Toll. Jetzt hält er mich auch noch für verrückt. Er sagt jedoch nichts, sondern setzt mit seiner Feder einen Kringel hinter meinen Namen.

»Sie können nun eintreten, meine Dame. Zum Ballsaal immer geradeaus. Sie können ihn nicht verfehlen.«

»Vielen Dank!«, sage ich hastig und will an ihm vorübereilen, doch er hebt die Hand, um mich aufzuhalten.

»Eine Sache noch …«

»Ja?«, frage ich fast panisch.

»Hier!« Er tippt sich mit dem Finger an die Nase. »Sie sollten Ihr Gesicht noch einmal im Spiegel kontrollieren.«

Mein Gesicht? Um Himmels willen, was ist damit? Ich muss sehr entsetzt aussehen, denn er schüttelt den Kopf und sagt in beruhigendem Tonfall: »Sonst ist alles in Ordnung. Um nicht zu sagen, perfekt!«

Er entlässt mich mit einem aufmunternden Lächeln in den Gang, der glücklicherweise zu beiden Seiten verspiegelt ist. Da! Ein schwarzer Punkt auf meiner Nase. Wie habe ich das schon wieder geschafft? Die Asche verfolgt mich überallhin. Ich muss lachen, als ich es sehe. Endlich erkenne ich mich wieder! Ich feuchte meinen Finger kurz an, wische die Asche fort und betrachte das Ergebnis.

Meine Wangen sind rosig, ohne Rouge, meine Lippen sind rot, ohne Lippenstift. Meine Augen leuchten in Goldkaramell, mein rundes Gesicht ist ansonsten blass wie immer, meine Augenbrauen dunkel, fast schwarz. Mein Haar ist nicht kompliziert frisiert, dafür war keine Zeit. Ich habe mir einen Zopf gebunden und ein paar weiße Blumen hineingesteckt. Der Zopf reicht bis an die oberste Lage Stoff, die aufgrund der vielen Röcke vorteilhaft von meinem Hinterteil absteht. Das ist hübsch. Viel besser als eine Hochsteckfrisur!

Ich atme noch einmal tief durch, dann gehe ich los. Bei jedem zweiten Schritt lässt ein sehr kunstvoller Unterrockblitzer mein linkes Bein erahnen und der gläserne Schuh kommt unter dem Saum zum Vorschein. An die Absätze der Schuhe habe ich mich inzwischen gewöhnt und so eilt mein Körper in natürlichen Bewegungen voran, gehalten von einem korsettartigen Oberteil mit durchsichtigen Ärmeln, das sich weich an meine Haut schmiegt. Meine Beine sind umwogt von den zahlreichen Röcken in Rot, Creme und Rosé. Ich wusste gar nicht, dass sich Kleidung so zärtlich anfühlen kann!

Vor der großen Flügeltür, aus der die Musik von Geigen, Flöten und Pauken in die leeren Flure hallt, stehen zwei Pagen und vier Soldaten und blicken mir erstaunt entgegen. Ja, ich bin spät dran, ich weiß es. Zu meiner großen Überraschung verbeugen sie sich vor mir, als ich die Tür erreiche, so als wäre ich eine Hoheit oder so etwas. Meine Güte, wenn sie das bei jedem Mädchen gemacht haben, muss ihnen mittlerweile ganz schön schwindelig sein.

»Danke«, sage ich. »Sehr freundlich.«

Sie lachen. Das war wohl die falsche Reaktion. Nun ja, ich habe den Benimmkurs größtenteils geschwänzt, das habe ich jetzt davon. Ich nicke, vielleicht passt das besser, und dann schreite ich durch die Tür. Auf der anderen Seite ist die Welt wie verwandelt.

Das Orchester spielt, der Saal, auf den ich von einer Empore aus hinabblicke, ist bevölkert von tanzenden Paaren. Diener laufen umher, verteilen Getränke an die Umstehenden. Am Ende des Saals befindet sich ein Podest mit Stühlen, auf denen die Königsfamilie Platz genommen hat. Man kann sie von überall gut sehen. Sie lächeln, sie unterhalten sich brav mit ausgewählten Gästen, die auf das Podest gebeten werden. Sie sind unverkennbar die elegantesten und vornehmsten Personen in diesem Saal.

Der Prinz tanzt. Ich erkenne seine roten Haare, doch ich hätte ihn nicht auf Anhieb entdeckt, wenn nicht alle Menschen in seiner Umgebung ihre Blicke auf ihn gerichtet hätten und dabei immer mal wieder mit den anderen tanzenden Paaren zusammengestoßen wären.

Ich halte Ausschau nach vertrauten Gesichtern: nach Etzi und Kanickla, Helena und Pompi und natürlich nach meinem Kammerdiener. Doch zu meiner Enttäuschung kann ich keinen von ihnen entdecken. Nicht mal meine Stiefmutter.

Nachdem ich mir die Tanzenden eine Zeit lang angesehen habe, gehe ich zur Treppe, die über eine Zwischenetage hinab in den Ballsaal führt. Die erste Treppe absolviere ich unbehelligt. Die zweite ist besonders breit und führt direkt auf die Tanzfläche. Während ich sie hinabsteige, endet der aktuelle Tanz, die Musik setzt aus, die Paare bleiben stehen und klatschen.

Das tun sie nach jedem Tanz, das weiß ich noch von früher, weil sie das Orchester für seine Arbeit belohnen wollen. Doch da ich in diesem Moment die einzige Person bin, die die riesige weiße Marmortreppe hinabsteigt, drehen sich alle neugierig nach mir um, während sie klatschen, und so wirkt es auf eigentümliche Weise so, als würden sie wegen mir klatschen. Ich weiß natürlich, dass das nicht so ist, fühle mich aber schrecklich beobachtet. Hoffentlich stolpere ich jetzt nicht. Hoffentlich falle ich nicht die ganze lange Treppe hinunter!

Der Prinz verbeugt sich vor seiner letzten Tanzpartnerin und lässt sie anschließend stehen, um stramm auf mich zuzumarschieren. Kaum habe ich die letzte Stufe sicher hinter mich gebracht, steht er auch schon vor mir und hält mir galant seine Hand hin.

»Darf ich bitten?«

Meine Fee hatte recht. Er hat sich gemacht! Er ist ein ansehnlicher junger Mann geworden, wer hätte das gedacht. Die Pickel sind weg, die Nase ist eher markant als zu groß, seine Stimme klingt sympathisch, sein Lächeln wirkt ehrlich. »Er ist zu gutmütig«, hat mir sein Kammerdiener verraten. Jetzt, da ich in die Augen unseres Kronprinzen blicke, glaube ich zu verstehen, wie das gemeint war. Diese Augen sehen mich offen und vertrauensvoll an, obwohl ich dem Prinzen vollkommen unbekannt bin.

Die Musik setzt wieder ein und ich tanze. Es ist, als würde ich abheben. Alles ist auf einmal so leicht, meine Füße verrichten ihre Arbeit mühelos. Ich schwebe, ich drehe mich, ich lache unseren Prinzen an.

»Wie heißt du?«, fragt er mich.

»Claerie.«

»Ich bin Wip.«

»Ich weiß.«

»Nicht jeder darf mich Wip nennen!«

»Wip ist aber viel schöner als Wipold.«

»Stimmt. Aber die Leute, die mich nicht Wip nennen dürfen, müssen *Eure Hoheit* sagen.«

»Ach so. Also nennt dich keiner Wipold.«

»Doch, meine Mutter, wenn sie sauer auf mich ist.«

Ich lache, er lacht auch. Das nenne ich mal ein unkompliziertes Gespräch. Ich dachte, ich wäre befangener, wenn ich mit einem Prinzen rede.

»Claerie und wie weiter?«

»Farnflee.«

»Nie gehört.«

»Mein Vater war ein Kaufmann. Er hat dem Hof blaues Kurkuma geliefert!«

»Seltsam, dass du das sagst. Blaues Kurkuma habe ich seit vielen Jahren nicht mehr gegessen, bis es dann vor einigen Wochen wieder aufgetaucht ist. Unser Erster Koch backt es in Kekse, färbt damit Soßen und pudert es auf die Sahnehäubchen. Er scheint besessen davon zu sein, dabei ist es nicht jedermanns Geschmack.«

»Ist dieses Gewürz nicht etwas zu teuer, um es nach Lust und Laune überall hineinzuschütten?«

»Wir haben es geschenkt bekommen. Und weil es so selten und so kostbar ist, meint der Koch, dass er alle Speisen damit veredeln muss. Aber die letzte Ladung Kurkuma-Kekse wurde von meiner Mutter aussortiert, weil sie einfach ungenießbar war.«

»So, so«, sage ich. »Da tun sich ja Abgründe auf.«

»Wieso?«, fragt er belustigt. »Was ist daran verwerflich?«

»Ach nichts.«

»Nun, sag schon! Ich will es wissen!«

»Die Kekse wurden uns Mädchen aus dem gemeinen Volk serviert, als wir zur Ballprobe im Schloss angetreten sind.«

»Willst du dich darüber beklagen, dass wir euch teure Kekse anbieten?«

»Das ist nicht der springende Punkt. Es waren *aussortierte* Kekse.«

»Wie haben sie dir geschmeckt?«

»Das weiß ich nicht mehr. Ich war abgelenkt.«

Die letzten Takte verhallen, der Tanz ist vorbei. Ich knickse, er verbeugt sich.

»Danke für den Tanz«, sage ich.

»Danke ebenfalls«, erwidert er. »Darf ich bitten?«

Überrascht starre ich auf seine Hand, die er mir nun ein zweites Mal hinhält. Offenbar möchte er das begonnene Gespräch fortsetzen. Ich ergreife die Hand und als die Musik einsetzt, tanzen wir erneut. Es fällt mir so leicht zu tanzen – ich habe die Schritte nie verlernt, die mir mein Vater beigebracht hat. Wir haben oft zusammen getanzt, bevor er wieder geheiratet hat. Danach kam es ihm wohl zu albern vor, mit einem Kind zu tanzen, in Gegenwart seiner neuen Frau.

»Du bist also ein Mädchen aus dem gemeinen Volk!«, erinnert sich Wip an meine Worte. »Das wundert mich, wenn dein Vater blaues Kurkuma verkauft.«

»Er ist tot. Er wurde von Piraten ermordet, als ich zwölf war.«

»Oh«, sagt der Prinz betroffen und hört vor Mitgefühl fast zu tanzen auf. Im letzten Moment fängt er sich wieder und macht einen größeren Schritt, damit wir nicht aus dem Takt geraten. »Das tut mir sehr leid.«

»So etwas passiert.«

»Und seither bekommen wir kein blaues Kurkuma mehr?«

»So ist es.«

»Was man nicht alles erfährt, wenn man einen Ball veranstaltet. Ich hätte das schon viel früher machen sollen.«

»Ich war schon mal im Schloss eingeladen«, entfährt es mir und im gleichen Moment bereue ich es. Er wird nachhaken, ich werde reden. Ich werde ihm sein Fehlverhalten unter die Nase reiben, ich kenne mich. Ich werde meine Klappe nicht halten können!

»Wann? Zu welchem Anlass?«

»Es war dein achter Geburtstag. Du hast geheult, weil die Torte die falsche Farbe hatte.«

»Ich erinnere mich«, sagt er mit einem entschuldigenden Lächeln. »Ich fürchte, ich gehöre nicht zu den Menschen, die harte Tatsachen tapfer und diszipliniert ertragen können. Das war noch nie meine Stärke. Aber es ist schon viel besser geworden. Ich weine jetzt nicht mehr, wenn die Tortenfarbe falsch ist.«

»Es beruhigt mich, das zu hören.«

»Stattdessen lasse ich den Konditor verhaften.«

Ich starre ihn entsetzt an, bis er loslacht.

»Ach, Unsinn, mache ich nicht!«, klärt er mich auf. »Du bist ja leichtgläubig!«

Ich staune. Er hat mir die Sache mit der Torte überhaupt nicht übel genommen! Mein Leben lang habe ich ihn wegen dieser Geschichte verachtet und jetzt muss ich feststellen, dass er doch genügend Selbstbewusstsein und Würde besitzt, um auf einen unhöflichen Angriff meinerseits weder gekränkt noch aggressiv zu reagieren. Seine Freundlichkeit mir gegenüber ist fast beschämend.

Es liegt vermutlich an dieser Beschämung, dass nun eine Gesprächspause eintritt. Wir beide wissen nicht so recht, worüber wir als Nächstes reden sollen. Und das Peinliche ist: Als uns endlich etwas einfällt und wir wieder losreden, tun wir es gleichzeitig.

»Wie war es auf der Militär-Akademie?«

»Bei wem hast du dein Kleid machen lassen?«

Wir antworten wieder beide gleichzeitig.

»Anstrengend. Und wirklich hart!«

»Weiß nicht. Ich habe es geschenkt bekommen.«

Wir lachen. Als dieser Tanz endet, bleibt er zögernd vor mir stehen.

»Es wäre unhöflich, um einen dritten Tanz zu bitten«, sagt er schließlich.

»Mir gegenüber?«

»Nein.« Er macht eine Kopfbewegung in Richtung Saal. »All den Mädchen gegenüber, die sich meinetwegen so hübsch gemacht haben und ins Schloss gekommen sind.«

Er ist wirklich ein aufmerksamer Prinz!

»Ich hätte da noch eine Frage«, sage ich. »Ist dein Kammerdiener hier irgendwo?«

»Welcher? Ich habe mehrere.«

»Er heißt Jasper oder Casper oder so ähnlich.«

Der Prinz schaut mich verwundert an.

»So einen kenne ich nicht. Heißt er wirklich so?«

»Doch, ja. Du musst jemanden kennen, der so heißt!«

Ich habe den Prinzen am Tag der Ballprobe diesen Namen rufen hören und mein falscher Kammerdiener hat darauf reagiert – das kann ich mir doch nicht eingebildet haben?

Der Prinz runzelt die Stirn.

»Wie kommst du auf den Namen?«

Damit bringt er mich in Verlegenheit.

»Ich … also … mir hat jemand mit diesem Namen gesagt, dass er im Schloss arbeitet. Als Diener.«

»Hier arbeiten sehr viele Diener. Es ist eine Schande, aber ich kenne nicht jeden Einzelnen von ihnen beim Namen, darum kann ich dir an diesem Punkt nicht weiterhelfen. Tut mir sehr leid.«

Ich komme mir furchtbar doof vor.

»Danke«, stammele ich. »Ist auch nicht so wichtig.«

Dabei ist es sehr wichtig für mich. Dieser Betrüger! Er ist kein Kammerdiener. Was um Himmels willen ist er dann?

Ich wandere eine Weile ziellos durch den Saal, lasse mir von einem Diener ein Glas mit Perlwein in die Hand drücken und versuche, nicht enttäuscht zu sein. Er ist nicht hier. Er, in den ich mich Hals über Kopf verliebt habe und der mir aus unerklärlichen Gründen ein Ballkleid und gläserne Schuhe geschenkt hat, hat mich versetzt. Wie kann das sein? Warum will er, dass ich auf den Ball gehe, und lässt sich dann nicht blicken? Oder ist er hier und hat sich unter einem Tarnzauber versteckt?

Ich spaziere von einem prachtvollen Kerzenleuchter zum nächsten, in der Hoffnung, dass er sich zu erkennen gibt, doch nichts passiert. Dafür entdecke ich Helena unter den tanzenden Gästen. Sie sieht mich auch und winkt mir zu. Nach dem Tanz kommt sie atemlos zu mir.

»Darf ich?«, fragt sie, als sie das unberührte Glas in meiner Hand sieht.

»Bitte!«

Sie nimmt mein Glas und leert es in einem Zug. Nicht gerade vornehm. Ob sie im Benimmkurs nicht richtig aufgepasst hat? Ich grinse.

»Womöglich habe ich schon ein bisschen zu viel davon getrunken«, sagt sie und grinst zurück. »Aber es macht so viel Spaß!«

»Wegen mir musst du nicht damit aufhören.«

»Na ja, ich möchte vermeiden, dass ich irgendwann meine Röcke hochreiße, auf die Getränkebar klettere und darauf tanze. Halte mich davon ab, wenn ich das tun will, ja?«

»Werde ich, versprochen.«

»Danke. Du siehst übrigens atemberaubend aus! Weißt du, dass du das einzige Mädchen bist, mit dem der Prinz zweimal getanzt hat? Ich wette, du gefällst ihm!«

»Ich habe ihm die Geschichte von seinem achten Geburtstag erzählt.«

»Wirklich?« Helena quietscht vor Lachen. »So kann man sich auch eine gute Partie versauen! Ähm, ich meine … ruinieren. Ich sollte nichts mehr trinken. Meine Wortwahl lässt zu wünschen übrig.«

Als der nächste Diener mit einem Tablett vorbeikommt, nehmen wir uns beide ein Glas Perlwein. Er kitzelt auf der Zunge und steigt mir zu Kopf. Es ist heiß hier drin, was kein Wunder ist, bei den vielen Kerzenflammen um mich herum. Sie verbreiten ein Zauberlicht, das die Menschen in diesem Saal verwandelt. Jedes Lächeln, jede Bewegung, jeder Blick wirkt zauberhaft schön. Ich könnte stundenlang am Rand der Tanzfläche stehen, der Musik lauschen und mich im Anblick der sich drehenden Paare verlieren.

Doch plötzlich werde ich aus meinem Frieden gerissen, da mich ein blonder Mann mit roten Wangen fragt, ob ich mit ihm tanzen möchte. Ich sage Nein. Äußerst höflich, wie ich finde, doch Helena schüttelt den Kopf.

»Das kannst du doch nicht machen!«

»Wieso?«

»Jetzt hält er dich für hochnäsig. Abgesehen davon ist das eine gute Gelegenheit, jemanden kennenzulernen. Ich meine, jemand Richtigen! Wir glauben doch alle nicht daran, dass der Kronprinz am Ende des Balls um unsere Hand anhält.«

»Nein, glauben wir nicht, aber ich habe gerade keine Lust zu tanzen.«

»Umso besser, dann können wir ja zusammen hier stehen, bis ich wieder aufgefordert werde.«

Wir beobachten das Treiben um uns herum, fragen uns, wie Adamast-Brause schmeckt (eine besonders edle Variante von Perlwein, die wir beide noch nie getrunken haben), stellen fest, dass der Onkel des Königs alt geworden ist (er hält sich einen auffällig großen Trichter ans Ohr, um zu verstehen, was man ihm erzählt) und entdecken Pompi, die uns stürmisch zuwinkt, doch so viele Tanzpartner hat, dass sie die Tanzfläche praktisch nie verlässt.

Ich dagegen lehne im Laufe unseres Gesprächs vier Aufforderungen ab. Einer der Herren ist bereit, Helena als Ersatzpartnerin zu akzeptieren. Als sie nach dem Tanz zu mir zurückkehrt, erzählt sie mir in betrübtem Tonfall, dass der Vater ihres Tänzers einen Knopfladen besitzt.

»Was ist so schlimm daran?«

»Schlimm daran ist, dass es was Gutes ist«, antwortet sie. »Stell dir vor, er würde mich heiraten – dann könnte ich eine richtige Verkäuferin werden, statt auf dem Markt herumgescheucht zu werden, als Mädchen für alles. Aber ich glaube nicht, dass ich mich jemals unsterblich in ihn verlieben könnte. Obwohl er wirklich nett ist. Also was soll ich machen, wenn er Interesse zeigt? Ihm einen Korb geben und womöglich arm und einsam sterben? Oder zuschlagen und das Gefühl haben, dass mein Leben um einen großen Traum ärmer geworden ist? Was würdest *du* tun?«

»Was heißt schon arm und einsam?«, frage ich. »Ich finde es gar nicht so schlimm, arm zu sein, solange ich satt werde und sagen darf, was ich will. Und so richtig einsam bin ich auch nie. Etwas, das ich gernhaben kann, finde ich immer.«

»Etwas *gernhaben*?«, wiederholt Helena. »Claerie, ich rede von Leidenschaft!«

Als sie das sagt, flackert sofort die Erinnerung an den Kuss in meinen Gedanken auf. Ich will mich nicht davon mitreißen lassen, daher antworte ich so nüchtern wie möglich: »Wenn so etwas über mich hereinbricht, sage ich nicht Nein. Aber ich komme auch ohne aus.«

»Manchmal«, sagt Helena schwärmerisch, »wünsche ich mir, ein dunkelhäutiger Fremder aus fernen Landen würde unseren Markt besuchen und mir das unverschämte Angebot machen, für viel Gold seine dritte Frau zu werden!«

»Na, das …«

»Und wenn ich dann in seinem Palast am anderen Ende der Welt unglücklich wäre, käme ein Abenteurer vorbei, der mich befreit und mit mir von einem Dschungel in den nächsten flüchtet. Wir entdecken uralte Tempelanlagen mit verborgenen Schätzen und natürlich verbindet uns sehr bald eine verrückte, leidenschaftliche Liebe!«

»Wenn du …«

»Aber dann treffen wir auf diesen untoten Piraten, der mich unwiderstehlich anzieht, und ich verlasse den Abenteurer, um mein Leben auf einem Geisterschiff zu verbringen, verfolgt von menschlichen

Jägern und untoten Meerjungfrauen, die es ebenfalls auf meinen Piraten abgesehen haben.«

»Fertig?«

»Nein, ich wäre niemals fertig. So müsste es immer weitergehen! Und obwohl ich weiß, dass all das nie geschehen wird, möchte ich es nicht aufgeben, indem ich einen braven Mann heirate, der mal einen Knopfladen erbt.«

»Du könntest immer noch durchbrennen, wenn der dunkelhäutige Fremde in eurem Laden auftaucht.«

»Das wird er niemals tun. Dafür ist der Laden viel zu spießig.«

»Dann vergiss den Knopfladen und trink noch ein Glas Perlwein!«

Sie holt uns beiden noch zwei Gläser und während wir den Wein trinken, erwähne ich, dass ich zu spät gekommen bin, weil es bei mir zu Hause gebrannt hat. Helena kippt fast um vor Überraschung.

»Und das erzählst du mir erst *jetzt*?«

»Ich hatte es verdrängt.«

»Ich fasse es nicht!«

»Ja, ich dachte erst, ich könnte nicht kommen, weil ich nach der Löschaktion ziemlich wüst aussah.«

»Das musst du mir sowieso noch erklären: Wo hast du dieses fantastische Kleid her?«

»Das? Äh … das hat mir meine gute Fee besorgt.«

»So eine tolle Fee möchte ich auch haben!«

»Nein, möchtest du nicht, glaub mir.«

Plötzlich steht Wip, der Kronprinz vor mir, und bittet mich um einen dritten Tanz. Und da er mich so erwartungsvoll anlacht, sage ich zu. Während ich mit ihm auf die Tanzfläche schreite, fällt mein Blick auf die riesengroße Uhr an der Stirnseite des Saals. Elf Uhr! So spät schon. Ich merke, wie die Erkenntnis meiner Stimmung eine melancholische Kapuze überstülpt: Er wird nicht mehr kommen. Hätte er vorgehabt, den Ball zu besuchen, wäre er längst hier gewesen. Ich verstehe es nicht, aber ich sollte mich nicht beklagen. Ich tanze gerade mit dem begehrtesten Junggesellen im Saal und er ist eine durchaus angenehme Gesellschaft.

»Und?«, frage ich. »Mit wie vielen Mädchen hast du inzwischen getanzt?«

»Fünfundzwanzig, glaube ich.«

»Das ist wacker!«

»Ich habe nur einen Tanz ausgelassen. Und als mir eine der Damen sehr kräftig auf die Stiefelspitze getreten ist, habe ich nicht geheult!«

»Du bist gereift. Ich bin beeindruckt!«

»Nur oberflächlich. Mein inneres Kind versinkt immer noch in Verzweiflung, wenn ich nicht bekomme, was ich will.«

»Wie oft passiert das?«

»Auf der Militär-Akademie ziemlich oft! Denen war es egal, ob ich ein Kronprinz bin. In den Augen der Kaisergetreuen ist unser Land sowieso nur ein Stück Fliegenschiss auf der Landkarte.«

»Mir bedeutet dieses Stück Fliegenschiss sehr viel.«

»Mir auch. Hoffen wir, dass es niemand von der Landkarte wischt, bevor unsere Enkel alt und grau geworden sind.«

»Und darüber hinaus.«

Unser Gespräch ist auf einmal ernst geworden. Mir ist bewusst, dass er um die Gefährdung unseres kleinen Reiches weiß. Ist er wirklich zu gutgläubig? Gerade kommt es mir nicht so vor.

»Ich habe übrigens noch eine Überraschung parat!«, erklärt er in einem ganz anderen Tonfall. »Du wirst staunen. Alle werden staunen!«

»Wieso, was ist es denn?«

»Eine Überraschung, wie ich schon sagte«, erklärt er mir strahlend. »Was wäre ich für ein Gastgeber, wenn ich sie dir verderben würde?«

Wir wirbeln herum, die Musik trägt mich davon und plötzlich blicke ich in Kanicklas Gesicht. Sie steht am Rand der Tanzfläche, mit offenem Mund und großen Augen und starrt mich an. Dann sind wir auch schon vorübergetanzt und bewegen uns auf das gegenüberliegende Ende des Saals zu. Sie hat mich erkannt! Wir sind ihr nahe genug gewesen, sie hat mir direkt in die Augen geblickt.

Nicht, dass das von Bedeutung wäre. Und doch ist mir unwohl bei dem Gedanken, dass sie nun zu Etzi und meiner Stiefmutter läuft und diese über meine Anwesenheit aufklärt. So, wie Kanickla mich angesehen hat, war ihr bisher noch nicht klar gewesen, dass die Fremde, die viel zu spät kam, ihre Stiefschwester ist, ausnahmsweise mal mit gekämmten Haaren, was in den letzten drei Jahren nicht vorgekommen sein dürfte.

Der Tanz endet, der Prinz verbeugt sich.

»Die Überraschung ruft!«, erklärt er mir.

Er lächelt mir zum Abschied zu und wandert zum Podest am Ende des Saals, auf dem die anderen Mitglieder seiner Familie sitzen. Dem Orchester macht er ein Zeichen, mit dem nächsten Tanz zu warten, und als er schließlich das Podest bestiegen und sich an dessen Rand gestellt hat, der Menge zugewandt, wird es im Saal ganz still.

»Meine lieben Gäste!«, ruft er und man kann ihn in jedem Winkel des Saals gut verstehen, auch ganz am Rand, im hinteren Bereich, in den ich mich verkrochen habe, damit mich meine Familie nicht findet. »Ich danke euch für euer Kommen! Worte können nicht beschreiben, welch große Freude mir dieser Abend macht, und ich wünschte, er würde auf ewig so andauern. Doch ich mache mir nichts vor – meine Person allein besitzt nicht die Strahlkraft, eine ganze Nacht zu erhellen, darum möchte ich euch einen ganz besonderen Gast vorstellen, der mir die Ehre zuteilwerden lässt, meinem kleinen bescheidenen Ball einen Glanz von Welt zu verleihen.«

Er macht eine Pause und sieht hinüber zu der großen Treppe, die ich vor zwei Stunden hinabgestiegen bin, um die Tanzfläche zu erreichen.

»Unglaublich, aber wahr: Ich darf ein Mitglied der kaiserlichen Dynastie auf unserem Fest willkommen heißen. Es ist mein guter

Freund Yspér, Bruder des kaiserlichen Kronprinzen und zweitgeborener Sohn des mächtigsten Mannes dieser Erde, des Kaisers. Fühl dich wie zu Hause, Yspér, aber lass die Finger von meiner zukünftigen Braut!«

Die Leute im Saal lachen, doch ich finde es gar nicht lustig, was ich da gerade gehört habe. Yspér – das klingt wie Jasper – und mir wird schlagartig klar, dass der vermeintliche Kammerdiener niemand anderes ist als der Sohn des Kaisers! Da steigt er auch schon die Treppe hinab, flankiert von sechs Soldaten, die dafür sorgen sollen, dass dem Mitglied der nicht überall beliebten kaiserlichen Dynastie kein Messer zwischen die Rippen gestoßen wird.

Mein Kammerdiener. Sein Haar hat eine andere Farbe als in meiner Erinnerung. Man könnte fast sagen, es besitzt die goldbraune Karamellfarbe meiner Augen. Er sieht gut aus, keine Frage. Würdevoll und gleichzeitig locker. An Wips Stelle wäre ich geknickt über das plötzliche Auftauchen einer solchen Konkurrenz.

»Vielen Dank für die freundliche Vorstellung!«, ruft Yspér quer durch den Saal dem Kronprinzen zu. »Aber bloß keine Umstände, feiern wir weiter.«

»Genau, feiern wir weiter!«, wiederholt Wip und gibt dem Orchester ein Zeichen, dass der nächste Tanz beginnen kann.

Kapitel 11

Ich drücke mich an die Wand in meinem Rücken. Eigentlich müsste ich auf Yspér zulaufen, schließlich habe ich den ganzen Abend auf ihn gewartet, aber die Neuigkeit haut mich um. Ich kann auch nicht behaupten, dass ich das toll finde. Ein Kammerdiener, das hätte vielleicht geklappt. Aber das hier?

Jetzt wird mir auch klar, warum er die Tarnzauberei so perfekt beherrscht: Die Kinyptische Kaiserfamilie besteht durchweg aus Zauberern, schon seit Generationen, und mächtig und viel beachtet, wie sie sind, greifen sie natürlich gerne auf so etwas wie Tarnzauber zurück. Diese Methode des Versteckspiels erlaubt ihnen einen Rest Freiheit.

Er weiß genau, wo ich bin, und kommt auf mich zu. Alle gehen Yspér aus dem Weg. In unserer Welt ist der Kinyptische Kaiser ein Mythos. Etwas, das zu groß ist, um wahr zu sein. Wie kann ein Mensch fast die ganze Welt regieren? Niemand in diesem Saal, von der Königsfamilie einmal abgesehen, hätte jemals damit gerechnet, ein Mitglied der Kinyptischen Dynastie aus der Nähe betrachten zu können, nur einen Meter entfernt, leibhaftig und in echt!

Darum weichen ihm alle aus, als er den Weg in meine Richtung einschlägt, und als er schließlich vor mir steht und ich erstaunt feststelle, dass er nicht schwarze, sondern blaue Augen hat, reicht er mir die Hand.

»Tanzen? Ja oder nein?«

Alle starren mich an. Natürlich will ich tanzen, aber ich fürchte, ich habe vergessen, wie Tanzen geht. Ich nehme die Hand, die er mir reicht, lasse mich auf die Tanzfläche führen und dann tanzen wir. Wortlos.

Ich kann es noch. Ich schaue ihm in die blauen Augen und mein Hirn arbeitet. Tarnzauber. Täuschungszauber. Die Sommersprossen und die Narben sind echt. Seine Haarfarbe ist etwas anders, sonst ist alles gleich. Fast gleich. Die ganze Zeit starre ich ihn an, während wir tanzen. Er starrt zurück, ziemlich ernst für seine Verhältnisse. Ich glaube, ich bin schockiert. Deswegen bekomme ich den Mund nicht auf. Doch als die Hälfte des Tanzes vorüber ist, bricht es aus mir heraus: »Du bist ein verdammter Lügner!«

Er lacht.

»Wie redest du denn mit einem Mitglied der kaiserlichen Dynastie! Hat dir keiner beigebracht, was sich gehört?«

»Kammerdiener, dass ich nicht lache!«

»Da habe ich schön hochgestapelt, nicht wahr?«

»Weißt du was, Hoheit? Ein Kammerdiener wäre mir wesentlich lieber gewesen.«

»Siehst du, ich wollte nicht, dass du mich von Anfang an aussortierst, deswegen habe ich dir die Wahrheit verheimlicht.«

»Du hast gelogen.«

»Na, meinetwegen. Aber du siehst doch wohl ein, dass dieses Kaiser-Ding jede angenehme, unkomplizierte Unterhaltung zwischen zwei Menschen, die sich kaum kennen, im Keim erstickt.«

Sein Argument leuchtet mir ein, aber ich finde es trotzdem nicht gut. Daher schweige ich.

Der Tanz endet, die Musik bricht ab. Das gibt ihm die Gelegenheit, einen Schritt zurückzutreten und mich von Kopf bis Fuß zu betrachten. Schließlich nickt er anerkennend.

»Das Kleid passt!«, stellt er fest. »Und es steht dir gut.«

»Ja«, sage ich und bin auf einmal verlegen. »Es hat mir auch sehr aus der Klemme geholfen. Also vielen Dank dafür.«

»Du meinst, ich habe mal was richtig gemacht?«

»Ich könnte dir vorwerfen, dass das Kleid unangemessen wertvoll ist. Alle fragen mich, woher ich es habe, und wenn ich behaupte, meine Fee hätte es mir geschenkt, hält man sie für eine Superfee.«

»Du kannst ja erzählen, dass das Kleid von mir ist.«

»Und wie sieht das aus? Was denken die Leute dann?«

»Vermutlich denken sie, ich wäre hinter dir her.«

»Ja«, sage ich. »Genau das werden sie denken.«

»Dabei war es nur eine kleine Aufmerksamkeit von mir, um dir eine Freude zu machen.«

Er sagt es mit einem Ich-weiß-du-wolltest-etwas-anderes-hören-Lächeln und ich antworte mit einem Du-nimmst-dich-viel-zu-wichtig-Schulterzucken.

Das Orchester fängt wieder an zu spielen. Ich bin dankbar dafür. Ich mag es, mit Yspér zu tanzen. Wir harmonieren, wenn wir uns bewegen. Wann immer ich ihn anfasse, fühle ich mich lebendiger als sonst. Daran hat auch die Enthüllung seiner wahren Identität nichts geändert.

»Ich dachte schon, du kommst nicht mehr.«

»Ja, tut mir leid, ich bin aufgehalten worden.«

»Was für eine Floskel!«

»Es ist aber wahr – ich habe heute Nachmittag schlechte Nachrichten bekommen. Ich musste mich darum kümmern.«

»Was für schlechte Nachrichten waren das?«

»Reden wir nicht darüber. Es würde uns den Spaß verderben.«

Der Ernst ist in sein Gesicht zurückgekehrt. So hat er auch schon zu Beginn unseres Tanzes ausgesehen und ich habe das Gefühl, dass es sich um wirklich bestürzende Nachrichten handelt.

»Ich will es aber wissen.«

»Und ich will dir nicht die Ohren volljammern. Ich weiß doch, was du von blaublütigen Waschlappen hältst.«

Ich bin überrascht, dass er mich fast im Originalton zitiert. Woher weiß er von der Torten-Geschichte?

»Du hast deinen Freundinnen davon erzählt«, erklärt er mir. »An dem Tag, an dem wir uns geküsst haben.«

»Du hast mich *belauscht?*«

»Nein, ich habe nur darauf gewartet, dass ich dich unauffällig von der Menge fortlocken kann. Hätte ich das nicht tun sollen?«

Darauf möchte ich nicht antworten, darum schweige ich und überlasse mich dem Tanz. Ich muss ihn die ganze Zeit ansehen. Ich sehe ihn mir sehr gerne an!

»Willst du immer noch wissen, wo die Narben herkommen?«, fragt er.

Ich nicke.

»Sie stammen von einem Anschlag«, erklärt er mir. »Das Attentat galt eigentlich meinem Bruder. Damals waren wir noch Kinder.«

»Was?«, frage ich entsetzt. »Das ist ja furchtbar!«

Jetzt, da er es erwähnt hat, fällt mir ein, dass ich mal davon gehört habe. Eine Gruppe von Aufrührern versuchte, den Sohn des Kaisers zu ermorden, als dieser fünf oder sechs Jahre alt war. Er überlebte den Anschlag nur knapp. Ich dachte immer, es wäre der Erstgeborene gewesen, den sie überfallen haben.

»Wir sind Zwillinge«, erzählt Yspér. »Sie hielten mich für ihn, denn wir sehen genau gleich aus. Oder wir sahen gleich aus, bevor das passierte. Jetzt kann man uns ganz gut unterscheiden.«

Ich muss sehr bestürzt aussehen, denn er fügt schnell hinzu: »Alles ist gut verheilt, keine Sorge. Ich habe es verkraftet. Bemitleide lieber die Attentäter. Mein Vater hat sie erwischt und wurde seinem Ruf, ein erbarmungsloser und rachsüchtiger Herrscher zu sein, gerecht.«

Der Tanz endet. Wir stehen uns gegenüber und ich habe so gut wie vergessen, dass ich auf einer Tanzfläche stehe, unter so vielen anderen Menschen, die uns vermutlich beobachten. Ich sehe nur ihn und seine Augen, die manchmal von einem dunklen Blau sind, bis wieder dieser Effekt eintritt, dass ich denke, dass sie gar keine Farbe haben, sich in ihrem Inneren jedoch eine Dunkelheit bildet, die sie schwarz erscheinen lassen.

»Hat dein Bruder die gleichen Augen?«

»Wie meinst du das?«

»Die Farbe deiner Augen wechselt ständig.«

»Oh«, sagt er. »Alte Gewohnheit.«

Und prompt werden seine Augen wieder blau. Nicht strahlend blau, sondern eher dunkelgraublau, aber sie sehen zum ersten Mal so aus, wie man das von Augen gewohnt ist. Nichts ist durchsichtig und gleichzeitig schwarz.

»Was für eine Gewohnheit ist das?«

Die Musiker spielen wieder, wir tanzen.

»Mich verbergen, andere täuschen, das mache ich, seit ich denken kann. Vor allem seit dem Attentat. Ich bewege mich gerne ohne diese Aufpasser.«

Er zeigt kurz in die Richtung seiner Bewacher, die am Rand der Tanzfläche stehen und uns und all die Tänzer, die nahe an uns herankommen, nicht aus den Augen lassen.

»Ich bin geübt in Tarn- und Täuschungszaubern aller Art und es ist mir so ins Blut übergegangen, dass der Zauber nie ganz von mir abfällt. Das lässt meine Augen vermutlich so seltsam erscheinen. Jedenfalls den Leuten, denen ich nicht vertraut bin.«

Er sagt es auf eine Weise, die mich beunruhigt. Als wäre es fatal, dass er mir nicht vertraut ist. Er wirkt nun auch wieder sehr ernst und mich beschleicht das Gefühl, dass etwas nicht stimmt. Ich spüre die Berührung seiner Hände, während er mich tanzend durch den Ballsaal führt, und möchte nicht, dass das aufhört. Dieser Abend, dieser

Tanz, dieses Licht – ich bin mittendrin und der Traum ist zu schön, um aufzuwachen.

»Es ist so«, sagt er. »Ich muss abreisen. Noch in dieser Nacht.«

Würde er mich nicht festhalten und weitertanzen, wäre ich stehen geblieben. Aber so lasse ich mich mitziehen, doch ich tanze anders als zuvor. Ich bin aus dem Takt gekommen, die Musik harmoniert nicht mehr mit meinem Inneren.

»Warum?«

»Ich muss meinen Bruder an der Grenze im Osten unterstützen. Taitulpan hat mehrere Provinzen angegriffen, was bedeutet, dass uns wahrscheinlich ein langer und schwieriger Krieg bevorsteht. Eigentlich hätte ich schon heute Nachmittag abreisen müssen, wenn ich meine Pflicht ernst genommen hätte. Aber … ich wollte noch warten. Du hättest mich in schlechter Erinnerung behalten, wenn ich nicht gekommen wäre.«

Ich absolviere die letzten Tanzschritte fast mechanisch, dann hört endlich die Musik auf und wir bleiben stehen.

»Wollen wir ins Freie gehen?«, fragt er. »Du siehst so aus, als könntest du frische Luft gebrauchen.«

Da ich nicht widerspreche, führt er mich von der Tanzfläche auf eine der hohen, geöffneten Türen zu, durch die ein wenig Wind in den Ballsaal weht, ein Lufthauch, der dafür sorgt, dass wir hier drin nicht alle ersticken.

Obwohl es im Freien noch sehr warm ist, kann ich hier besser atmen. Es war mir gar nicht klar, wie drückend die Luft im Inneren des Schlosses ist. Ich atme tief durch, während mich Yspér über die Terrasse führt und die Stufen hinab in einen Garten mit Blumenrabatten, runden Büschen und Springbrunnen. Wir setzen uns an den Rand des größten Brunnens, beobachtet von den Bewachern, die uns gefolgt sind und in respektvollem Abstand hinter den Hecken herumlungern.

»Ich muss dir etwas gestehen«, sagt er. »Es wird dir nicht gefallen.«

»Ist es noch schlimmer als der Krieg?«, frage ich.

»Na ja, wie man es nimmt.«

»Ich höre.«

»Du kennst mich nicht besonders gut«, sagt er. »Was schade ist, denn ich weiß nicht, wie lange du mich im Gedächtnis behalten wirst, wenn ich weg bin. Aber dafür kenne ich dich umso besser. Ich habe ein bisschen Mondgesichtkunde betrieben, in den letzten Wochen.«

»Mondgesichtkunde?«, frage ich. »Was soll das heißen?«

»Das heißt, dass ich mein Talent dazu missbraucht habe, dich zu beobachten. Ich weiß nun, dass du deine Tage damit verbringst, ein riesiges Herrenhaus samt Garten in Ordnung zu halten. Ich weiß auch, dass es in eurem Garten ein Grab gibt, auf dem dein Name steht – der Zauber, der es verbirgt, ist keine Meisterleistung. Ich weiß, dass du deine richtigen Eltern verloren hast und für deine Stiefmutter und deine Stiefschwestern hart arbeitest. Ich weiß, dass du dafür keinen Dank erhältst. Nicht mal Anerkennung. Du hättest jeden Grund dazu, unglücklich zu sein, aber du bist es nicht.«

»So, so.«

»Ganz gleich, was du den lieben langen Tag machst, in deinen Augen sehe ich immer diese Liebe zu den Dingen und den Geschöpfen, die dich umgeben. Du regst dich über sie auf, aber du liebst sie gleichzeitig. Wusstest du das? Wenn ich deine Schwestern und deine Mutter auf die Art und Weise betrachte, wie du es tust, dann verliere ich die Fähigkeit, sie zu verachten. So etwas habe ich noch nie erlebt!«

»Du verwechselst mich. Ich bin sehr gut im Verachten. Ich verachte ständig irgendwas oder irgendjemanden! Hast du eine Ahnung, was für unfreundliche Dinge ich manchmal über meine gute Fee denke?«

Er schüttelt den Kopf.

»Du hast sie sehr gern.«

»So, das weißt du also? Weil du in mich hineinsehen kannst?«

»Keine Sorge, deine Gedanken kann ich nicht lesen, aber das macht nichts, denn sie sind dir größtenteils ins Gesicht geschrieben. Diese Mischung aus Ärger und Mitgefühl, Frustration und Faszination, Zorn und Treue – die habe ich sorgfältig studiert. Ich sehe mir dein Mondgesicht sehr gerne an und all die Regungen, die du nicht verbirgst. Im Gegensatz zu mir. Ich verstecke alles. Ich habe gelernt, dass ich auf diese Weise am besten überlebe.«

Es gibt keine Worte für den Zustand, in dem ich mich jetzt befinde. Ich fühle mich überrumpelt und entdeckt. Ausgerechnet von der Person, die meine Gefühlswelt so durcheinanderbringt wie sonst niemand. Es ist, als hätte er mich ausgezogen gesehen und würde … Halt! Er *hat* mich doch hoffentlich nicht ausgezogen gesehen? Jetzt fallen mir doch ein paar Worte ein!

»Du hast mich heimlich beobachtet?«, frage ich. »In meinem Haus? In meinem Garten? Versteckt unter Tarnzaubern?«

»Ich weiß, dass das …«

»Hast du weggeguckt, wenn ich mich umgezogen oder gewaschen habe?«

»Ich habe dich nicht rund um die Uhr belauert, also …«

»Hast du oder hast du nicht?«

»Hey, ich weiß, was sich gehört! Ich bin zwar nur der Sohn eines Kaisers, aber ein paar Manieren habe ich schon mitbekommen.«

Ich sehe ihm direkt in die Augen, er erwidert meinen Blick. Das Schlimme ist, es macht mir gar nichts aus. Ich *will*, dass er mich kennt.

»Ich weiß, dass es falsch war«, erklärt er mir, »aber es gibt einen Grund, warum ich das getan habe. Ich habe ja schon mal erwähnt, dass du meine Instinkte ansprichst …«

»Nicht nur erwähnt – du hast es mir auch sehr eindrücklich vorgeführt!«

»Mit deiner tatkräftigen Unterstützung.«

»Ja«, sage ich, leicht abgelenkt. Ich bin berauscht von der Erinnerung.

»Ich musste die Person kennenlernen, die das mit mir macht«, fährt er fort. »Denn jedes Mal, wenn ich dich leibhaftig vor mir sehe, habe ich diesen Impuls, dich zu packen und zu küssen, ohne einen Gedanken an die Folgen zu verschwenden. Da musste ich gegensteuern. Den Menschen erkennen, den ich unbedingt haben will, damit ich nicht irgendwann feststelle, dass die Person, die ich küsse, nicht diejenige ist, die ich mir währenddessen zusammenfantasiere. Hätte ich gemerkt, dass du mir als Person nicht viel bedeutest, wäre ich aus deinem Leben verschwunden, um dir keinen Schaden zuzufügen. Verstehst du? Ich musste begreifen, wer du bist, um das Richtige tun zu können.«

»Und?«, frage ich wesentlich gefasster, als ich mich fühle. »Hast du es begriffen?«

»Ich habe mich verliebt«, sagt er und stellt damit mein Universum auf den Kopf. »Die Person, die ich ausspioniert habe, fesselt mich noch viel mehr als das Mädchen, das ich geküsst habe. Meine Instinkte müssen mir den richtigen Weg gewiesen haben. Und ich kann nicht behaupten, dass der Drang, über dich herzufallen, nachgelassen hätte. Es sind nur tausend Gefühle dazugekommen, die es mir fast unmöglich machen, von hier wegzugehen.«

Meine Instinkte müssen ebenso heftig ausgeprägt sein wie seine. Seit er erwähnt hat, dass er mich am liebsten packen und küssen würde, will ich das auch. Hier, jetzt, sofort!

»Ist es gefährlich da?«, frage ich. »An der Grenze zu Taitulpan?«

»Kriege sind immer gefährlich. Und dieser hier ganz besonders – es geht um viel.«

»Aber du musst doch nicht kämpfen, oder?«

Damit bringe ich ihn zum Lachen.

»Ich weiß ja nicht, was eure Könige in Kriegen so treiben, aber wir kämpfen natürlich. Wozu sind wir Zauberer? Sicher nicht, um in sicherem Abstand auf einer grünen Wiese ein Zelt aufzuschlagen und Gänseblümchen zu verhexen. In Taitulpan herrscht ein Orden aus mächtigen Zauberern. Mit denen werden wir uns anlegen müssen. Das ist kein Spaß. Zauberer kämpfen Auge um Auge. Dem Verlierer ergeht es immer schlecht.«

»Könntest du mir bitte noch etwas Beruhigendes erzählen?«

»Das Kaiserreich hat seit hundertdreiundzwanzig Jahren keine Schlacht mehr verloren.«

»Gut.«

»Weil es relativ friedlich war. Hier und da gab es Aufstände oder ein Gerangel um Grenzen. Dass uns ein unabhängiges Reich auf diese Weise herausfordert, ist schon lange nicht mehr vorgekommen. Es wird nicht einfach werden.«

Ich kenne ihn kaum, das stimmt. Was er mir da erzählt über Kriege und Zauberer, ist mir völlig fremd. Ich kann mir überhaupt nicht vorstellen, was für ein Leben er normalerweise führt und was für ein Mensch er sein wird, wenn er an der Grenze zu Taitulpan kämpft. Aber ich weiß, dass ich ihn vermissen werde. Ich werde dieses Gefühl vermissen, das ich in seiner Gegenwart habe.

Es ist nicht mehr viel Abstand zwischen uns, er wurde immer kleiner, während wir geredet haben, doch er ist immer noch zu groß. Ich nähere mich ihm, in eindeutiger Absicht. Was sollen wir noch reden? Unsere Zeit läuft aus, wir müssen sie nutzen! Er fasst mich an, mit beiden Händen, und wir küssen uns.

Überraschenderweise tun wir es anders als beim letzten Mal. Nicht so wild, wenn auch irgendwie dringend, aber es passiert gefühlvoller, ernster, intensiver. Ich weiß, dass mir sechs wildfremde Männer beim Küssen zusehen, aber es ist mir egal. Ich schließe die Augen und küsse das Mitglied der kaiserlichen Dynastie, als hinge mein Leben davon ab.

Ich kann seine Liebe deutlich spüren, bei jeder einzelnen dieser leidenschaftlichen Berührungen. Das ist kein reines Verlangen, das ihn antreibt. Er versucht mich zu erfassen, das Mädchen, das ich bin, die Lumpenprinzessin, das struppige Mondgesicht. Mehr noch als das, er teilt mir mit, was er findet, und das erstaunt mich. Mein Herz hinter den Karamellaugen – er kennt es besser als ich. Er liebt es und ich bin bereit, es ihm zu schenken. Er wird schon alles richtig damit machen. So, wie er mich küsst, kann das nicht schiefgehen. Ich habe volles Vertrauen in ihn und seine Fähigkeiten.

Ich spüre seine Hände auf meinen Rippen und an meinem Rücken. Ich bin so aufgewühlt, dass ich wünschte, sie wären unter dem Stoff und nicht darüber, doch wir befinden uns hier im Garten des Königs, also praktisch in der Öffentlichkeit, und da kommt es gar nicht infrage, dass er sich an den Schnüren und Knöpfen meines Ballkleids vergreift.

Trotzdem verlangt es mich nach mehr, geradezu schmerzhaft. Sein Geruch, die Hitze zwischen uns, der Druck seiner Hände, das alles macht mich so liebestoll wie Gworrokko in seinen schlimmsten Phasen. Armer Kater, jetzt weiß ich, was dich quält! Seine Fingerspitzen tasten über meine Brust, sie stehlen sich unter den Rand des Stoffs, zögernd, aber mich durchfährt es heiß und kalt. Das fühlt sich gut an – ich brauche mehr davon! Aber er hält inne.

Es mag an den Geräuschen liegen, die ich auch wahrnehme, irgendwo im Hintergrund. Jemand kommt in den Garten gerannt, die Stufen hinab, und ruft atemlos: »Nachricht von Pery!«

Er entzieht meiner Haut die Berührung seiner Fingerspitzen, löst seinen Mund von meinem und springt auf, um nach dem Papier zu greifen, das ihm gereicht wird. Er liest.

»Wie ich befürchtet habe«, murmelt er. »Die Inseln sind gefallen.«

Er sieht mich an, nur kurz, seine Augen sind wieder schwarz.

»Ich muss los. Sofort. Schneller noch als sofort! Es wird lange dauern, bis ich wiederkomme. Ich *hoffe,* dass ich wiederkomme! Vergiss mich nicht.«

Er küsst mich ein letztes Mal, eilig und flüchtig, und läuft dann so schnell mit seinen Aufpassern und dem Boten davon, dass ich, selbst wenn ich hinter ihnen hergerannt wäre, Mühe gehabt hätte, Schritt zu halten.

Kapitel 12

Nachdem ich überprüft habe, ob mein Kleid noch sitzt und auch nicht zu verknittert ist, verlasse ich langsam den Brunnen, an dem ich mit Yspér gesessen habe. Ich will in den Ballsaal zurückkehren, jedoch nur, um diesen zügig zu durchqueren und zu verlassen und mich auf die Suche nach meiner Kutsche zu begeben. Der Schneider hat mir zwar erklärt, dass das mit den zwölf Schlägen um Mitternacht ein lächerlicher Aberglaube sei, aber meine Fee zaubert auf die althergebrachte Art, da kann man nie wissen.

Es muss fast Mitternacht sein. Trotzdem beeile ich mich nicht, ich gehe wie benommen die Stufen zur Terrasse hinauf und bleibe dort stehen, um über mir in den Sternenhimmel zu blicken. Es könnte alles so schön sein. Wenn er doch bloß ein Kammerdiener wäre!

Schließlich reiße ich mich von den Sternen los, meine Zeit ist knapp. Ich fresse einen Besen, wenn die Kürbiskutsche nach Mitternacht noch im Vorhof des Schlosses steht, ich kenne meine Fee zu gut! Daher steuere ich auf den hell erleuchteten Ballsaal zu und eile durch die Tür ins Innere. Kaum bin ich drin, greift jemand nach meinem Arm.

»Claerie!«, ruft der Prinz. »Ich wollte gerade im Garten nachsehen, ob du da bist. Ich hatte schon Angst, du wärst gegangen!«

»Ich war …«

Weiß er denn nicht, dass ich mit seinem Ehrengast im Garten gewesen bin? Hat er nicht gesehen, wie wir zusammen den Ballsaal verlassen haben? Ich war fest davon überzeugt, dass alle Augen auf uns gerichtet gewesen waren. Oder war da wieder einer von Yspérs Tarnzaubern am Werk?

»Komm mit!«, sagt Wip mit einem Strahlen in den Augen, das ich nur ungern zerstören möchte, indem ich ihn abschüttele und wegrenne.

»Ich muss gehen«, erwidere ich, doch offenbar nicht überzeugend genug. Er zieht mich auf eine unschuldig enthusiastische Art und Weise in Richtung des Podests, das den Mitgliedern der Königsfamilie vorbehalten ist.

»Es gibt ein Feuerwerk, kurz nach Mitternacht«, erklärt er mir. »Wir müssen uns beeilen, damit wir im Zeitplan bleiben.«

»Was für ein Zeitplan?«

»*Mein* Plan«, sagt er und lacht.

Ich stolpere an seiner Seite auf das Podest hinauf, sehe, wie er sich an dessen Rand stellt, der Menge zugewandt, so wie vorhin, als er den besonderen Gast angekündigt hat. Die Musiker beenden den Tanz frühzeitig, es wird still, alle sehen uns an. Zu meinem großen Schrecken rückt in diesem Moment der Zeiger der großen Uhr auf die Zwölf – der erste Schlag erklingt!

»Meine lieben Gäste!«, ruft der Prinz. »Dieser Abend nähert sich dem Höhepunkt und unweigerlich auch seinem Ende. Bevor ich euch in den Garten bitte, um das Spektakel zu betrachten, das ein Feuerwerkskünstler für uns in den Himmel zaubern wird, will ich noch etwas verkünden.«

Schlag zwei.

»Wir haben diesen Ball veranstaltet, damit ich die Gelegenheit erhalte, einige Mädchen in meinem Alter besser kennenzulernen. Hier in Amberling halten wir nichts davon, blaues Blut so lange mit blauem Blut zu vermischen, bis es so blau ist, dass wir zu Narren mutieren.«

Schlag drei.

»Meine Mutter war eine Bürgerliche, wie ihr alle wisst, mein Vater entdeckte sie in einem Blumenladen in Ammerlu und alles andere ist Geschichte. Ich verdanke diesem Blumenladen mein Leben und soweit ich weiß, hat mein Vater den Blumenkauf jenes Tages nie bereut!«

Gelächter und anerkennendes Murmeln im Saal. Ja, diese Geschichte ist berühmt und wir lieben sie alle, da es angeblich eine echte Liebesgeschichte ist. So, wie die Königin gerade lächelt, muss es stimmen. Vor lauter Rührung habe ich ein paar Schläge verpasst. Ich glaube, die Uhr schlägt jetzt schon zum siebten Mal!

»Nachdem mein Vater mit so gutem Beispiel vorangegangen ist«, fährt der Prinz fort, »habe ich ebenfalls sehr gründlich nach einer passenden Partie Ausschau gehalten und ich glaube, ich bin heute Abend fündig geworden.«

Oh Schreck – hoffentlich redet er nicht von mir!

Schlag acht.

»Wir kennen uns kaum, aber ich hoffe, wir können unsere Bekanntschaft vertiefen.«

Er sieht mich an, ich erwidere alarmiert seinen Blick.

Schlag neun.

»Die entzückende Claerie Farnflee, die ihr bestimmt ebenso wie ich den ganzen Abend heimlich bewundert habt, ist das Mädchen, das ich nach diesem Ball noch öfter treffen möchte. Wie diese Geschichte ausgeht, kann ich nicht sagen, ein Abend ist zu kurz, um das zu beurteilen. Aber ich habe es im Gefühl, dass uns viel verbindet. Oder was meinst du, Claerie?«

Schlag zehn.

»Ich … ich hatte einen schönen Abend«, stammele ich und finde, dass meine Stimme in dem großen Saal schrecklich dünn und leise klingt. »Aber ich muss jetzt gehen!«

Ich lasse die Hand des Prinzen los, raffe meine Röcke hoch und renne los. Alle Anwesenden sind zu überrascht, um mich aufzuhalten.

Sie treten beiseite und machen mir die Bahn frei. Es ist gar nicht so leicht, in Ballschuhen zu rennen, und so passiert, was passieren muss: Ich verliere einen meiner gläsernen Schuhe, als ich die große, weiße Treppe hinaufrenne.

Es gelingt mir, nicht hinzufallen und in Bewegung zu bleiben. Irgendwie kann ich auch den anderen Schuh ausziehen und in die Hand nehmen, während der elfte Schlag erklingt, was es viel einfacher macht, weiterzurennen. Ich blicke nicht zurück, während ich die Treppen emporhaste. All das muss schrecklich peinlich sein, für den Rest meines Lebens wird das ganze Land darüber reden, aber ich muss hier weg. Ich will nach Hause!

Ohne Schuhe laufe ich aus dem Saal, die Flure entlang bis zum Ausgang. Der zwölfte Schlag erschallt und verklingt. Nichts ist mehr zu hören, als ich ins Freie trete und nach meiner Kutsche Ausschau halte. Sie ist leicht zu finden zwischen all den anderen Wagen, denn sie ist einzigartig: eine Schubkarre, auf der vier verschüchterte Hühner sitzen. Sie steht mitten auf dem Hof! Ich bleibe stehen, ziemlich ratlos, und über mir am Himmel fängt es bunt und farbenfroh an zu knallen. Das Feuerwerk hat begonnen!

Rote, blaue und goldene Lichter flackern über den Hof voller Kutschen und meine Schubkarre mit Hühnern. Was mache ich jetzt? Schiebe ich den Karren mit den Hühnern im Ballkleid nach Hause? Ohne Schuhe? Eine Stimme hinter mir reißt mich aus meinen Gedanken.

»Ich verstehe das nicht, Mama!«, ruft Etzi. »Warum müssen wir jetzt gehen? Ich will das Feuerwerk ansehen!«

»Sei still. Jetzt kriegen wir noch eine Mietkutsche, nachher müssen wir stundenlang warten.«

Eine Mietkutsche, natürlich, das ist die Lösung! Nur dass ich kein Geld bei mir habe. Nicht eine Münze.

»Mama, woher hatte Aschenkindel das schöne Kleid?«, fragt Kanickla. »Sie sah gar nicht schmutzig aus!«

»Weiß ich auch nicht, Schatz.«

»Wird sie den Prinzen heiraten?«

»Tja, wer weiß. Sie scheint ihm ja mächtig zu gefallen.«

Die drei hasten aus dem Schloss ins Freie und als sie mich im Hof erblicken, erstarren sie, als hätte man sie plötzlich in Stein verwandelt.

»Könnt ihr mich mitnehmen?«, frage ich verzagt. »Mich und unsere vier Hühner?«

Sie antworten nicht, sondern bleiben immer noch wie versteinert stehen. Daher nehme ich die Sache in die Hand. Ich spreche einen Mietkutscher an, in dessen Kutsche vier Damen und vier Hühner passen, nötige meine Mutter, ihn zu bezahlen, und schiebe meine Schwestern ins Innere. Dann hole ich die Hühner, eins nach dem anderen, lasse meine wertvolle Schubkarre im Hof zurück (hoffentlich ist sie morgen noch da, damit ich sie abholen kann) und nachdem ich meine Mutter fast gewalttätig zu meinen Schwestern und den Hühnern in die Kutsche gedrängelt habe, steige ich selbst ein und setze mich, den gläsernen Schuh auf dem Schoß, in die letzte freie Ecke. Rumpelnd setzt sich die Kutsche in Bewegung.

Auf der ganzen Fahrt sagen meine Mutter und meine Schwestern kein Wort. Wenn die Kutsche über eine unebene Stelle holpert, gackern die Hühner verschreckt auf und flattern ein bisschen mit den Flügeln, dann wird es wieder still. In der Ferne knallt und donnert das Feuerwerk.

»Es hat einen kleinen Unfall gegeben«, gestehe ich meiner Mutter und meinen Schwestern, als die Kutsche die Einfahrt zu unserem Haus hinauffährt.

Sie reagieren nicht, sie starren mich nur an. Die Kutsche hält und der Kutscher öffnet die Tür, um uns aussteigen zu lassen. Doch wir bleiben alle sitzen, auch die Hühner.

»Ich weiß, dass euch das nicht interessiert«, rede ich weiter, »weil ihr sowieso wieder mir die Schuld für alles geben werdet, aber ich sage euch trotzdem, dass es Natascha und Gworrokko waren, die die brennende Öllampe umgeworfen haben.«

Meine Schwestern und meine Mutter sehen jetzt nicht nur versteinert aus, sondern auch paralysiert.

»Ja, die traurige Wahrheit ist: Ihr werdet den Salon verändert vorfinden.«

Der Kutscher steht an der Tür, seine Ungeduld ist ihm anzusehen. Je schneller er zum Schloss zurückkommt, desto mehr Fuhren kann er noch erledigen und desto höher wird sein Lohn ausfallen. Heute gibt es viel zu verdienen, aber seine Gäste sitzen mit vier Hühnern in der Kutsche herum und wollen nicht herauskommen.

»Gworrokko geht es gut«, füge ich hinzu. »Natascha hoffentlich auch. Sie war noch nicht so ganz auf dem Damm, als ich zum Ball aufgebrochen bin.«

Schweigen.

»Na gut. Das wollte ich euch noch sagen, damit ihr keinen Schrecken bekommt.«

Ich reiche dem Kutscher meinen Schuh und danach ein Huhn nach dem anderen. Dann steige ich selbst aus, bedanke mich und gehe in Richtung Haus. Ist mir egal, wie er meine Mutter und meine Schwestern aus der Kutsche bekommt, das ist nicht meine Angelegenheit.

Ich bringe die vier Hühner in den Stall zurück, wo sie sich dankbar auf ihre Stange setzen, und ich verspreche ihnen, dass sie morgen am Uferstück oberhalb des Flusses herumpicken dürfen, jenseits des Gartentors, wo sie normalerweise nicht hindürfen. Als Entschädigung für die erlittene Aufregung.

Anschließend steige ich in mein Turmzimmer hinauf. Auf dem Weg nach oben sehe ich, wie die Kutsche davonfährt. Der Kutscher muss es geschafft haben, meine versteinerte Familie in den Garten zu tragen. Oder vielleicht sind sie auch wieder zum Leben erwacht und haben ihre Bewegungsfähigkeit zurückerlangt, nachdem sie mich nicht mehr ansehen mussten. Ist mir auch egal.

Ich erreiche mein Zimmer, endlich, freue mich darauf, mich auf mein Bett zu werfen und mich auszuruhen, da entdecke ich, dass dort schon jemand sitzt. Meine Fee, umringt von weißen Tauben.

»Und?«, fragt sie neugierig. »Wie lief es?«

Was soll ich dazu sagen? Ich schüttele nur müde den Kopf.

»Nicht gut?«

»Ich brauche dringend Schlaf. Ich erzähle dir morgen, was los ist.«

»Claerie! Nach allem, was ich für dich getan habe, bist du mir eine Erklärung schuldig. Wo ist dein zweiter Schuh?«

»Na gut, wenn du es unbedingt wissen willst: Der Kronprinz will sich mit mir verabreden, aber das kann er sich abschminken, ich habe kein Interesse.«

»Das mit dem Abschminken kannst *du* dir abschminken«, sagt meine gute Fee. »Er hat vertraglich das Recht, diese Verabredungen einzufordern.«

»Wie bitte?«

»Du hast es unterschrieben«, gesteht sie angemessen kleinlaut. »Du weißt schon, deine Zusage, die ich im Schloss abgeben musste. Darauf waren ein paar Bedingungen vermerkt.«

»Ich *wusste* es!«

»Warum hast du es dann unterschrieben?«

»Ach!«, sage ich verärgert und winke ab. »Was soll's. Nach meinem Auftritt heute Abend wird er sowieso keine Lust mehr auf weitere Treffen haben.«

Die kleinlaute Stimmung meiner Fee schlägt in helle Empörung um.

»Wieso, was hast du angestellt? Was meinst du mit *Auftritt*?«

»Ich liebe deinen Prinzen nicht. Vergiss es.«

»Ich habe die Krone auf deinem Kopf gesehen! Ich weiß, dass du dazu ausersehen bist, unser Land zu retten! Ich bin mir ganz sicher!«

»Hör bloß auf! Ich habe dir schon mal gesagt, du sollst mich nicht verwünschen, indem du mich in deine unheimlichen Vorahnungen miteinbeziehst.«

»Findest du ihn immer noch hässlich?«

»Gute Nacht, gute Fee!«

»Das ist nicht die traditionelle Formel.«

Ich seufze lang und demonstrativ.

»Geistergrüße, gute Fee!«

»Geisterdank, mein Kind.«

Sie steht auf und geht, immerhin. Sie weiß, wann sie auf verlorenem Posten steht. Abgesehen davon muss sie auch müde sein, der vergangene Abend war ebenso anstrengend für sie wie für mich. Nachdem ihre Schritte verklungen sind, ziehe ich mein Kleid aus, öffne mein Haar, ziehe die halb verwelkten Blüten heraus und steige in meinen Kittel, in dem ich normalerweise schlafe. Ich gähne, die Tauben flattern auf die Verstrebungen ganz oben unter dem Dach und stecken ihre Köpfe ins Gefieder.

Ich bin zu müde, um zu denken.

Ich liebe ihn.

Weiß auch nicht, wie es dazu kommen konnte.

KAPITEL 13

Es ist seltsam, aber der nächste Morgen verläuft wie so viele Morgen zuvor. Ich stehe auf, kaum, dass es hell geworden ist, ziehe mein tausendmal geflicktes Kleid an, binde meine Haare zu einem Turm auf meinem Kopf zusammen, steige verschlafen in die Küche hinab, hole Wasser, mache Feuer, bereite das Frühstück zu.

Zwischendurch lasse ich die Hühner frei, öffne ihnen wie versprochen das Tor zum Flussufer, fülle Gworrokkos Napf und stelle erleichtert fest, dass es Natascha geschafft hat, etwas benommener als sonst in der Küche zu erscheinen, um mir zwischen den Füßen herumzuwuseln. Ich gebe ihr ein verunglücktes Ei, das sie innerhalb von Sekunden verschlingt.

Anschließend trage ich das Tablett mit dem Frühstück die Treppen hinauf, genauso wie jeden Tag. Ich verteile Kaffee und Teller in den Schlafzimmern meiner Schwestern und meiner Mutter und wie immer rekeln sie sich verschlafen in ihren Betten, stöhnen unwillig und geben mir mit Blicken zu verstehen, dass ich schuld daran bin, dass die Nacht viel zu schnell vorübergegangen ist.

Nachdem ich Gworrokko und das Tablett im Schlafzimmer meiner Mutter zurückgelassen habe, will ich schnell auf den Flur schlüpfen, doch ihre Stimme hält mich zurück.

»Aschenkindel?«

Oh, ich hasse das. Wenn sie schon am frühen Morgen in der Laune ist, mich zurückzurufen, dann hat sie meistens Aufträge für mich. Einen ganzen Berg davon.

»Ja, was ist?«

»Danke für das Frühstück.«

Mich trifft fast der Schlag. Verwundert drehe ich mich nach ihr um, doch sie zerteilt seelenruhig ihr Ei, nimmt einen Schluck Kaffee und streichelt Gworrokko, der es sich an ihrer Seite im Bett bequem gemacht hat.

»Das war es dann auch schon«, sagt meine Mutter. »Du kannst gehen.«

Ich schließe behutsam die Tür hinter mir. *Jetzt* ist nicht mehr alles so wie immer!

Den ganzen Vormittag, an dem ich erstaunlich unbehelligt bleibe und gemütlich vor mich hinarbeiten kann, beschäftigt mich dieser Stimmungswechsel meiner Mutter. Ich nehme an, sie hat sich ausgerechnet, dass ich mal Königin werden könnte. Und dass es dann praktisch wäre, wenn ich nicht zu schlecht von ihr denke. Womöglich hofft sie, dass ich Etzi und Kanickla mal ins Schloss einlade, damit sie dort ein paar nette, vermögende Herren kennenlernen.

Ich muss daran denken, was Yspér zu mir gesagt hat. Dass ich meine Familie trotz allem, was sie mir täglich zumutet, liebe. Womöglich hat er sogar recht. Ich würde meine Schwestern ins Schloss einladen. Ich würde mich an Etzis Vorträgen ergötzen und an den Gesichtszügen ihrer Zuhörer, wenn sie nicht wissen, ob sie lachen oder weinen sollen. Und ich würde mich an Kanicklas aufgeregtem Strahlen und Schnaufen erfreuen, wenn ihr ein Diener gebackene Köstlichkeiten vor die Nase stellt, Erdbeerpfannkuchen und Pilzpasteten bis zum Abwinken. Ja, das würde ich tun, doch dazu wird es nie kommen. Denn ich werde den Prinzen nicht heiraten, auch wenn das bedeutet, dass ich mein Leben lang arm bleiben werde – von der kleinen Truhe mit Goldmünzen, die ich bekomme, wenn ich volljährig bin, einmal abgesehen.

Das Mittagessen trage ich heute im Garten auf, denn der Salon ist verwüstet. Niemand macht Anstalten, ihn aufzuräumen oder zu putzen, ich auch nicht. Niemand hat mir befohlen, es zu tun. Meine Mutter und meine Schwestern tun so, als gäbe es diesen Schaden gar nicht. Wozu auch darüber reden – das Geld, um ihn ausbessern zu lassen, haben wir gerade nicht. Alle Ersparnisse gingen für den Ball drauf und das Monatskonto ist überzogen, was bedeutet, dass wir bei etlichen Händlern in der Stadt in der Kreide stehen. Die nächste Zahlung von der Mine kommt aber frühestens in drei Wochen.

Die Sonne scheint und mal abgesehen davon, dass ich verliebt bin und mir um den Geliebten Sorgen mache und immer noch nicht glauben kann, dass mir ausgerechnet ein Sohn des Kaisers über den Weg gelaufen ist und mir das Herz gestohlen hat, bin ich eigentlich ganz froh. Der gestrige Abend hat mir gefallen, vielleicht war es sogar der schönste Abend meines Lebens. Und das, obwohl er so chaotisch und verrückt verlief – oder gerade deswegen. Yspér hat recht. Ich liebe das Leben und egal, was passiert, ich finde es meistens unterhaltsam und bin zufrieden. Oder ich war es, bevor ich ihm begegnet bin.

Gegen vier Uhr werde ich aus meiner friedlichen, versonnenen Stimmung gerissen. Die Pferde dreier Reiter tänzeln unsere Einfahrt hinauf, einer der Reiter steigt ab und kommt in den Gemüsegarten gelaufen, in dem ich gerade Bohnen pflücke.

»Hallo, Claerie!«

Es ist der Prinz. Er ist heute eher alltäglich gekleidet. Die Reitjacke hat er wegen der Hitze zu Hause gelassen und so steht er in Stiefeln, Reithose und Hemd vor mir, die roten, gelockten Haare fliegen ihm ins Gesicht, weil er so schnell in den Garten gerannt kam. Er streift sie hinter seine Ohren und verbeugt sich andeutungsweise.

»Entschuldige, dass ich hier so unangemeldet eindringe, aber ich wollte dir etwas bringen, das du gestern im Schloss zurückgelassen hast.«

»Meine Schubkarre!«, rufe ich freudig und bin tief beeindruckt, dass er sich die Mühe gemacht hat, sie mir extra vorbeizubringen.

Er stutzt.

»Von einer Schubkarre weiß ich nichts«, sagt er. »Ich dachte eher an deinen gläsernen Schuh.«

»Ach so«, sage ich enttäuscht. »Wo ist der Schuh?«

Denn seine Hände sind eindeutig leer und seine Hosentaschen nicht aufgeplustert genug, um meinen Schuh zu verbergen.

»In meiner Satteltasche. Ich hole ihn gleich. Bei der Gelegenheit … falls es dir keine Umstände macht …«

»Ja, was?«

»Ich dachte, wir könnten uns vielleicht unterhalten. Ein wenig.«

»Ich werde dich nicht heiraten«, sage ich schlicht. »Ich will nicht.«

»Das war auch kein Heiratsantrag!«, erwidert er. »Von einem solchen Schritt bin ich weit entfernt.«

»Na ja, wenn das so ist«, erkläre ich zögernd, »wenn du wirklich sehr weit davon entfernt bist, dann habe ich nichts dagegen, wenn wir uns fünf Minuten lang in den Garten setzen. Ich koche dir auch einen Tee, wenn du möchtest.«

»Großartig!«, sagt er strahlend. »Ich bin gleich wieder da!«

Ich wette, meine Mutter und meine Schwestern drücken sich gerade irgendwo an einem der zahlreichen Fenster ihre Nasen platt. Doch während des gesamten Besuches des Kronprinzen treten sie nicht einmal in Erscheinung. Nur Natascha kreuzt irgendwann auf und wischt in mir die letzten Zweifel fort, dass sie beim gestrigen Brand zu Schaden gekommen sein könnte. Sie klettert unauffällig auf die Linde, unter der unser Gartentisch steht, und springt von dort aus sehr plötzlich und überraschend auf die Schulter des Prinzen, wobei sie laut und aufgekratzt keckert.

»Nanu, wer bist denn du?«, fragt der Prinz, ganz ohne zu kreischen, und dann versucht er, Natascha zu streicheln, was ihm aber nicht gelingen will, da sich Natascha nur von meinen Schwestern anfassen lässt. Und von mir, wenn ich etwas Essbares in der Hand halte.

Da sich dieser fantastische Sprung für Natascha als riesengroße Enttäuschung erwiesen hat (er hätte ja wenigstens zusammenzucken können), hüpft sie nach kurzer Zeit ins Gras und verschwindet. Ich blicke ihr misstrauisch hinterher, denn dieses Frettchen jagt gerne Hühner. Sie weiß, dass sie es nicht darf, aber die Federn fliegen immer so schön und die Hühner gackern so kräftig und so laut und Natascha ist in der Laune, etwas anzustellen. Das sehe ich ihr an.

Aus den fünf Minuten, die ich dem Prinzen zugestanden hatte, wird eine Stunde und ich gebe zu, ich unterhalte mich gern mit ihm. Es ist wie auf dem Ball: Man kann ganz einfach mit ihm plaudern, er ist ein angenehmer Gesprächspartner. Mein gläserner Schuh steht auf dem Tisch, gleich neben der Teekanne, und erinnert mich daran, dass ich verliebt bin. Ich weiß nicht, ob ich es dem Prinzen verraten soll. Es wäre richtig, damit er sämtliche Pläne, die sich auf meine Person beziehen, aufgibt. Doch auf der anderen Seite geht es ihn nichts an.

Ich versuche, das Thema auf den Kaisersohn zu lenken, möglichst unauffällig, doch wie immer, wenn ich etwas unauffällig versuche, falle ich sehr laut und ungeschickt mit der Tür ins Haus.

»Hast du etwas von Yspér gehört? Er sagte mir, er müsse seinem Bruder helfen, irgendwo an der Grenze zu Taitulpan, und jetzt frage ich mich, was das bedeutet und ob sein Leben in Gefahr ist.«

»Das hat er dir verraten?«, fragt Wip erstaunt. »Habt ihr denn lange miteinander gesprochen?«

»Äh … gesprochen? Ja. Eigentlich die ganze Zeit.«

»Wirklich? Das habe ich gar nicht gemerkt. Ich dachte, er hätte einen Tanz mit dir getanzt und wäre dann wieder verschwunden.«

»Vielleicht war es ja auch so.«

Der Prinz sieht mich prüfend an. Sehr lange. Ich fühle mich zunehmend unwohl und durchschaut.

»Er erzählte mir, er hätte ein Mädchen kennengelernt. Im Wald, als er nach Annie gesucht hat.«

»Wer ist Annie?«, frage ich beunruhigt.

Ich fürchte, es klingt eifersüchtig.

»Annie ist der Gehörnte Panzerschuppen-Dragofant, der seit Wochen unser Königreich unsicher macht. Oder vielmehr die Dragofantin – es ist ein Mädchen.«

»Ich habe keine Ahnung, was ein Dragofant ist.«

»Das ist kein Wunder«, erwidert der Prinz, »denn diese Tiere sind sehr selten und existieren normalerweise nur in den schwer zugänglichen Urwäldern von Fischlapp. Ein Onkel von Yspér fand die Dragofantin verlassen vor, als sie noch ein Baby war. Ihre Eltern waren von Pantols getötet worden und irgendwie brachte es dieser Onkel nicht übers Herz, das kleine, unförmige graugrüne Ding mit den Stampferbeinen und dem winzigen Horn auf der Stirn im Urwald zurückzulassen. Er nahm es also mit, den ganzen weiten Weg bis nach Hause, und dort beschloss der Kaiser, dass es für ein Tier, das einmal sehr groß, sehr gefährlich und sehr stachelig werden würde, keinen Platz in Tolovis gibt. Er ordnete die Tötung des Tiers an und versprach den Wissenschaftlern, dass sie es sezieren und erforschen dürften, vorausgesetzt, sie einigten sich mit den Alchemisten, die sehr scharf auf das getrocknete Blut und die zerriebenen Knochen der Dragofantin waren.«

Ich höre wie gebannt zu.

»Woher weißt du das alles?«

»Ich weiß es von Yspér, der mich davon abbringen wollte, das Ungeheuer auszuräuchern oder ihm eine tödliche Falle zu stellen. Er wollte unbedingt, dass wir es lebend einfangen, was uns aber nicht gelungen ist.«

»Wie ging es weiter? Offensichtlich wurde es damals doch nicht getötet.«

»Jener Onkel von Yspér hatte sich ein bisschen in die Dragofantin verliebt und sann nach einer Lösung für das Problem. Also führte er den kleinen Yspér, der damals noch sehr angegriffen war, weil der

Anschlag auf ihn noch nicht lange zurücklag, in das Gehege, in dem Annie untergebracht war. Yspér spielte mit Annie und nach den langen und schweren Wochen seiner Genesung, in denen der Junge nicht ein einziges Mal gelacht oder den Mund zu einem Lächeln verzogen hatte, war er nun wie ausgewechselt. Annie – ein kleines Ungeheuer, das ihn damals schon um zwei Köpfe überragte – hatte ihn wieder glücklich gemacht. Der Kaiser ist ein harter Mann, doch er liebt seine Kinder über alles. Als ihm Yspérs Onkel vorführte, wie Annie seinen Sohn zum Lachen bringt, durfte die Dragofantin weiterleben. Sie bauten ihr außerhalb von Tolovis ein Gehege in der Größe eines riesigen Waldes. Im Laufe der Jahre wuchs sie zu einem starken, gefährlichen Tier heran, doch Yspér gegenüber blieb sie immer freundlich. Bis sie ihn vor zwei Monaten plötzlich angriff.«

»Vielleicht tat ihr etwas weh? Oder sie hatte Angst? Löwenherz ist der zahmste Flugwurm der Welt, aber als ich ihm mal einen Dorn aus der entzündeten Tatze gezogen habe, hätte er mich fast zerfetzt, weil ihn der Schmerz verrückt gemacht hat.«

»Yspér vermutete etwas Ähnliches. Annie ist zu wild und zu gefährlich, als dass man sie bei Bewusstsein untersuchen könnte, daher betäubte er sie mit einem Pfeil und ließ ihr von den Wissenschaftlern Blut abnehmen. Bei der Untersuchung fanden sie einen Virus, der bei uns Menschen ein harmloses Fieber auslöst, doch Annie wurde davon ernsthaft krank. Der Virus hatte sich in ihrem Blut leicht verändert und beeinträchtigte nicht nur ihr Wohlbefinden, sondern auch ihre Wahrnehmung. Sie erkannte Yspér nicht mehr und ging auf alles los, was sich bewegte. Sie war bisher immer zufrieden gewesen in ihrem riesengroßen Gehege, doch nun war sie es nicht mehr. Sie rannte gegen die Zäune an und eines Tages gelang es ihr, sie niederzureißen. Sie brach aus, jagte wochenlang durch die Gegend und lief schließlich vom Kinyptischen Reich aus in den Verbotenen Wald.«

»Deswegen kam Yspér hierher?«, frage ich. »Um Annie zu finden und zurückzubringen?«

»Er kann sie nicht zurückbringen. Sie hat im Kaiserreich mehrere Menschen angegriffen und hier auch, wie du sicher gehört hast. Der Kaiser verlangt, dass das Tier getötet wird, damit es keine weiteren Bürger seines Reiches gefährdet. Was außerhalb des Kaiserreichs mit dem Tier passiert, ist ihm allerdings egal. Deswegen hat Yspér mich und meinen Vater gebeten, Annie im Verbotenen Wald leben zu lassen und sie nicht zu töten.«

»Ich verstehe, dass er an ihr hängt. Mir würde es mit Löwenherz genauso gehen, aber er kann doch nicht in Kauf nehmen, dass sie regelmäßig auf Menschen losgeht und sie mit diesem seltsamen Virus ansteckt!«

»Annie hat seit dem letzten Angriff niemanden mehr attackiert. Yspér konnte sie im Wald ausfindig machen, sie hat ihn erkannt. Er behauptet, sie werde nie wieder einen Menschen angreifen. Die Nebenerscheinungen des Fiebers seien abgeklungen, die Wahnvorstellungen verschwunden. Ich weiß nicht, ob ich es glauben kann. Wir beobachten nun die Männer, die gebissen wurden. Gerade sieht es so aus, als erholten sie sich, aber ein paar Merkwürdigkeiten bleiben.«

»Du meinst, weil sich einer von ihnen für einen Kameltreiber aus Gorginster hält?«

»Nicht mehr so oft, aber es kommt immer noch vor. Sag mal, Claerie … bist *du* das Mädchen, von dem Yspér gesprochen hat? Das aus dem Wald?«

Ich nicke und sehe ihm die Enttäuschung an. Gleichzeitig sterbe ich vor Neugier: Was hat ihm Yspér über mich erzählt?

»Pass auf, Claerie«, erklärt er mir plötzlich sehr viel ernster als zuvor. »Ich sage das jetzt nicht, um die Konkurrenz schlechtzumachen. Bitte glaub mir das!«

Ich nicke und glaube ihm. Dieser Prinz kommt mir sehr ehrlich und rechtschaffen vor. Das war schon beim ersten Tanz so und bis jetzt hat sich an meinem Eindruck nichts geändert.

»Diese Kinyptische Kaiserfamilie«, fährt er fort, »ist sehr mächtig. Das kannst du dir vorstellen, schließlich regieren sie fast die ganze Welt. Sie sind alle, ausnahmslos, sehr fähige Zauberer. Das ist seit zweihundert Jahren so und sie achten darauf, dass es so bleibt. Zauberer heiraten Zauberer und setzen noch stärkere Zauberer in die Welt, damit die Kaiserfamilie ihre Macht behält. Kannst du mir folgen?«

»Natürlich.«

»Und?«, fragt er. »*Bist* du eine mächtige Zauberin?«

»Nein, bin ich nicht, aber er liebt mich!«, entfährt es mir. »Und er ist ja nicht der Erstgeborene!«

»Spielt keine Rolle. Erstens, weil dem Erstgeborenen jederzeit etwas zustoßen kann, und dann ist plötzlich der Zweitgeborene der nächste Kaiser. Und zweitens dulden die Mitglieder der Dynastie keine Versager in ihrer Mitte. Nicht, dass ich dich für eine Versagerin halte«, sagt er schnell, da er meinen Gesichtsausdruck sieht, »aber in den Augen des Kaisers bist du eine!«

Das ist hart. Ich weiß gar nicht, was ich sagen soll. Ich dachte, mein größtes Problem sei der Krieg an der Grenze zu Taitulpan, doch offenbar ist es Yspér selbst. Oder seine Familie.

»Du willst mir damit sagen, dass er mich niemals heiraten wird?«

»Ganz genau. Vielleicht besucht er dich ab und zu und erzählt dir, dass er dich liebt, und womöglich meint er es auch so. Ihr verbringt eine schöne Zeit zusammen und dann wird er wieder verschwinden. Ein Leben an seiner Seite ist nicht möglich. Nicht für ein Mädchen wie dich. Und falls ich das noch hinzufügen darf: Sie mögen auch keine Ausländerinnen. Wenn du eine sehr, sehr fähige Zauberin wärst, könnten sie vielleicht darüber hinwegsehen. Aber unbegabt *und* eine Bürgerin eines dieser kleinen Reiche, die sie belächeln und eines Tages zu schlucken gedenken – das würde der Kaiser niemals akzeptieren.«

Ich sehe ihm an, dass er in großer Sorge um unser Königreich lebt. Ich fühle mit ihm, denn auch ich habe Angst um die Unabhängigkeit von Amberling. Wir dürfen niemals geschluckt werden – schon gar nicht von diesem unersättlichen Kaiser, der Mädchen wie mich nicht schätzt!

»Yspér hat gesagt, du seist zu gutgläubig. Du solltest auf der Hut sein und deinen Feinden nicht vertrauen.«

»Es gibt verschiedene Methoden, den Feind in Sicherheit zu wiegen«, sagt Wip. »Harmlos zu erscheinen, vertrauensselig zu wirken und immer freundlich zu bleiben, ist eine davon.«

»Dann seid ihr gar keine Freunde, Yspér und du?«

»Wer weiß das schon? Würden wir nicht in zwei unterschiedlichen Reichen leben und wären wir nicht die Söhne der Herrscher dieser beiden Reiche, dann könnten wir wahrscheinlich Freunde sein. Ich mag ihn. Ich glaube, er mag mich auch. Aber wir müssen uns belauern, die ganze Zeit. Yspér weiß, er schuldet mir einen Gefallen, wenn ich Annie leben lasse. Und nur deswegen lebt sie noch.«

Eine Wolke verdeckt die Sonne und unser Tisch liegt auf einmal im Schatten. So wie mein Herz. Was ich heute erfahren habe, macht mich nicht glücklicher. Das mit mir und dem Kaisersohn kann niemals gut ausgehen. Dabei bin ich so in ihn verliebt! Wip sieht mir an, wie ich mich fühle. Er streckt vorsichtig die Hand aus, legt sie auf meine.

»Ich bin jetzt länger geblieben als fünf Minuten und habe dir auch noch Kummer gemacht. Das war nicht meine Absicht. Ich wollte eigentlich einen guten Eindruck hinterlassen.«

»Oh, das hast du«, versichere ich ihm und ziehe meine Hand weg. »Ich bewundere es, wenn jemand mutig genug ist, einem die Wahrheit ins Gesicht zu sagen.«

»Wirklich?«, fragt er. »Dann bringe ich jetzt noch mehr Mut auf und sage dir, was ich denke: Ich glaube, du tätest gut daran, ihn zu vergessen und dich stattdessen in mich zu verlieben.«

Diese Direktheit überrascht mich.

»Das ist ein charmanter Vorschlag«, beteuere ich. »Und die allermeisten Mädchen dieses Landes würden ihm sofort Folge leisten. Aber mir ist das leider unmöglich. Ich liebe einen anderen und bin hartnäckig in solchen Dingen, fürchte ich.«

»Wie ich auch«, erwidert er. »Ich werde nicht so schnell aufgeben.«

»Warum?«, frage ich überrascht. »Es schmeichelt mir, das gebe ich zu, aber ich kenne so viele Mädchen, die schön und klug und praktisch veranlagt sind. Sie hätten es verdient, einen Kronprinzen heiraten zu dürfen, und du hättest es verdient, mit so einem Mädchen glücklich zu werden! Mit mir wird man nicht glücklich. Ich bin störrisch und von Natur aus weder elegant noch bereit, mich auf ein Leben bei Hofe einzulassen!«

»Und da willst du in die Kinyptische Kaiserfamilie einheiraten?«

»Will ich ja gar nicht. Ich will nur ihn.«

Oh je, das klingt jetzt trotzig und kindisch. Er denkt offensichtlich das Gleiche.

»Du hast zehn Jahre lang im Gedächtnis behalten, dass ich eine blaue Torte wollte statt einer gelben«, erklärt er in gespielter Empörung, »und bist selbst *kein bisschen* besser?«

»Zwei Prinzen und zwei Torten, das ist ja wohl ein riesiger Unterschied.«

»Im Grunde kaum. Es geht um Vernunft und die Fähigkeit, sich von einer Besessenheit zu lösen, die einen nur einschränkt und lächerlich macht. Ich habe meine Lektion gelernt. Du bist nicht die Erste, die mir die Geschichte mit der Torte um die Ohren gehauen hat.«

»Dann geh mit gutem Beispiel voran und such dir eine andere Braut!«

»Ich sagte dir schon, ich bin reifer geworden. Statt zu plärren und zu schreien, gehe ich es jetzt subtiler an. Ich werde aufgeben, sobald ich erkenne, dass ich die blaue Torte nicht bekommen kann. Aber noch glaube ich, dass du deine Meinung ändern könntest.«

»Wozu? Wo ist dein Stolz? Ich würde keinen Jungen wollen, der mich als zweite Wahl betrachtet.«

»Ich erkläre dir mal was«, sagt er und gießt sich seelenruhig den letzten Rest kalten Tee in seine Tasse. »Gestern auf dem Ball bist du mir sofort aufgefallen. Weißt du, warum? Weil ich sofort wusste: Dieses Mädchen ist nicht auf den Ball gekommen, um sich einen Prinzen zu angeln. Sie ist nicht auf der Jagd, sie hat schon alles, was sie braucht. Das ist es, was dich von den anderen unterscheidet, Claerie: Statt dem Glück hinterherzujagen und es in einem Prinzen oder sonst wo zu vermuten, findest du dein Glück genau da, wo du gehst und stehst, so unvollkommen dieser Ort auch sein mag. Das sieht man dir an und genau das verleiht dir diese Ausstrahlung, um die dich alle auf dem Ball beneidet haben. Es war nicht das Kleid, es war dein inneres Leuchten. Mach das nicht kaputt! Lass dir dein Glück nicht von einem kaiserlichen Prinzen stehlen. Bleib das Mädchen, das in jeder Torte etwas Besonderes erkennt – ob sie nun blau, gelb, grau kariert oder in Wahrheit nur ein trockenes Stück Brot ist. Das zeichnet dich aus und dafür schätze ich dich!«

Er trinkt den Tee aus, setzt die Tasse ab und steht auf.

»Ich habe dich viel zu lange aufgehalten. Darf ich wiederkommen? Oder möchtest du mich im Schloss besuchen?«

Ich denke spontan an die Schubkarre. Bevor ich mich entscheiden kann, ob ich ihn darauf ansprechen soll, verabschiedet er sich.

»Überleg es dir. Du bist jederzeit willkommen!«

Er geht zurück zum Eingang, wo die anderen Reiter auf den Stufen sitzen und geduldig auf ihn gewartet haben, und verlässt mit ihnen unser Grundstück. Ich räume den Tisch ab und trage das Geschirr und meinen gläsernen Schuh gedankenvoll ins Haus.

Was ist bloß mit meinem Leben passiert? Wie kommt es, dass plötzlich die Prinzen bei uns ein- und ausgehen? Diese Fragen beschäftigen mich, während ich das Abendessen zubereite, doch ich komme zu keinem Schluss, außer zu dem, dass ich mich auf einmal nach der Ruhe und dem Frieden meines alten Lebens zurücksehne. An die Tage, die ziellos verstrichen sind, ohne Illusionen, ohne Sehnsüchte, ohne das Wissen um eine kaiserliche Dynastie, die mich verachtet.

Schließlich ist das Abendessen fertig und ich trage es an unseren neuen Essplatz in den Garten. Es ist, als hätte meine Stiefmutter ihren Töchtern unsichtbare Socken in die Mäuler gestopft, denn Etzi und Kanickla schweigen gequält und starren mich aus riesengroßen Augen an, als ich die Teller mit Linsen vor ihnen abstelle. Sie platzen vor Neugier, doch keine einzige Frage zum Besuch des Prinzen kommt über ihre Lippen.

Da es schon dämmert, verlasse ich den Tisch und gehe zu dem kleinen Tor, durch das man ans Flussufer gelangt, um die Hühner hereinzuholen. Schleier von Nebel liegen über dem dunklen Flusswasser, die Luft duftet feucht und kühl. Zu meinem Schrecken sind die Hühner weit und breit nicht zu sehen, nur einzelne Federn kleben verstreut an den nassen Grashalmen. Natascha! Ich hätte dieses Frettchen nicht aus den Augen lassen dürfen!

Ich laufe das Ufer entlang, arbeite mich durch dichtes Gebüsch und hohes Gras und rufe nach unseren Hühnern. Endlich entdecke ich sie auf einer kleinen Insel im Fluss, umspült von Wasser. Kleinlaut sitzen sie da und gackern mich vorwurfsvoll an. Ich habe keine Ahnung, wie sie dorthin gelangt sind, aber vermutlich haben sie sich auf der Flucht vor Natascha daran erinnert, dass sie Flügel haben, und sind heldenhaft über die Fluten hinweggeflattert.

Ich steige bis zur Hüfte ins Wasser und trage ein Huhn nach dem anderen zurück ans Ufer. Danach bewegen wir uns gemeinsam in Richtung Garten zurück, die Hühner schneller, ich langsamer. Mittlerweile ist die Sonne untergegangen, der Himmel ist zwar noch hell, doch unter den Bäumen und hier, wo ich mich durch die Büsche zwänge, ist es schon ganz dunkel. Der Nebel, der über dem Fluss hängt, verdichtet sich.

Ich betrachte die Szene verträumt und wundere mich kaum, als aus dem Nebel die Umrisse einer Gestalt auftauchen. Schemenhaft windet sich eine Nebelnymphe aus den Fluten und kaum wird mir klar, was ich da sehe, will mein Herz aufhören zu schlagen. Sie verweilt kurz über dem Wasser und löst sich auf.

Nein! Ich will es nicht wahrhaben – das darf nicht sein! Es bedeutet nichts, rein gar nichts, es ist nur ein alter, lächerlicher Aberglaube!

Leider weiß ich, dass mir meine Fee etwas anderes erzählen würde. Sie glaubt an die alten Geschichten, Geister und Ahnungen. Sie glaubt an solche Zeichen. Kälte krabbelt an mir empor. Ich klettere durch die Büsche, durchquere das Gras und erreiche das Gartentor, das ich hektisch hinter mir schließe, als könnte ich auf diese Weise das Unheil ausschließen.

Die ganze Zeit summt mir ein Lied im Kopf herum, das ich als Kind oft gesungen habe, zusammen mit einem Mädchen, das jeden Nachmittag vorbeikam, um auf mich aufzupassen. Sie kannte all die alten Geschichten, Lieder und Zaubersprüche.

Nymphe, Nymphe aus dem Nebel,
mach dein Zeichen ungeschehen!
Bitte, Nymphe aus dem Nebel,
keiner möchte von uns gehen.
Tanze, tanze, doch nicht hier,
schwimme weiter, glaube mir:
Der Fürst des Todes irrte sich,
er schickte dich versehentlich!
Lächle, lächle, gute Nymphe,
hülle uns in Zuversicht!
Nimm uns den Schmerz,
der uns zerbricht.

Wer eine weiße Gestalt im Nebel über dem Wasser sieht, heißt es in den alten Geschichten, soll alle Menschen umarmen, die er liebt. Denn einer von ihnen, so heißt es, wird den nächsten Winter nicht überleben. Die Nebelnymphe ist eine Todesbotin. Der Fürst schickt sie, um die Menschen zu trösten und zu warnen: Halte deine Lieben nah bei dir! Denn an jedem Tag könnte es für einen von ihnen zu spät sein.

Kapitel 14

Abgesehen davon, dass ich unsere Unterhaltungen sehr vermissen würde, wenn ich dem Prinzen aus dem Weg gehen würde, säße ich auch, was die Nachrichten vom Krieg an der Grenze zu Taitulpan betrifft, ohne meinen Kontakt zum Königshaus auf dem Trockenen. Die allermeisten Menschen in Amberling interessieren sich nicht für die Sorgen des Kinyptischen Kaisers und schon gar nicht für Schlachten, die seine Söhne am anderen Ende der Welt ausfechten.

Der Kaiser hat Ärger mit einem unabhängigen Reich? Schön. Dieses unabhängige Reich namens Taitulpan ist in mehrere Provinzen des Kaisers eingefallen, um diese zu erobern? Nun, dann sieht der Kaiser mal, wie das ist. Eine Inselkette vor dem Festland hat der Kaiser schon verloren? Macht nichts, der Kaiser ist mächtig genug. Da ist es doch nur erfreulich, wenn ihm ein tapferer Widersacher etwas von seinem großen Reichtum wegnimmt. So denken die Leute und mehr als das interessiert fast niemand. Entsprechend spärlich wird über den Krieg berichtet.

Der König und sein Sohn betrachten den Fall jedoch ganz anders und verfolgen den Krieg mit großer Sorge. Ganz gleich, wie die Sache ausgeht, erklärt mir Wip, es ist zu befürchten, dass der Kaiser seine Politik gegenüber den unabhängigen Reichen ändern wird, sobald er sich von den Anstrengungen und Verlusten, die dieser Krieg mit sich bringt, erholt hat.

»Der Kaiser ist ein aufbrausender und wütender Herrscher. Er wird sich rächen wollen, auch an denen, die ihn gar nicht herausgefordert haben. Ich weiß nicht, was ich mir wünschen soll. Wenn er siegt, fällt seine Rache vielleicht milder aus. Aber wenn er die umkämpften Provinzen verliert oder womöglich einen seiner Söhne, dann würde das allen Königreichen, die die Übermacht des Kaisers fürchten, Mut machen. Es würde bedeuten, dass es möglich ist, sich gegen den Kaiser aufzulehnen und zu gewinnen.«

»Wie kannst du so nüchtern über Yspérs möglichen Tod reden?«, frage ich aufgebracht. »Als würdest du ihn überhaupt nicht kennen!«

»Kenne ich ihn?«, fragt Wip zurück. »Weiß ich, wer er wirklich ist? Sagte er nicht selbst zu dir, ich solle meinen Feinden nicht vertrauen? Ich denke, ich habe als zukünftiger Herrscher eines vom Kaiserreich bedrohten Landes durchaus das Recht, nüchtern über die Möglichkeit seines Todes zu reden. Nicht, dass ich seinen Tod herbeiwünsche oder denke, er hätte ihn verdient. Aber ich darf mir überlegen, welche Auswirkungen es für uns hätte, wenn er oder sein Bruder fallen.«

»Ich verstehe, wie du es meinst, aber ich höre es nicht gern!«

»Natürlich. Um deinetwillen will ich ja auch, dass er unversehrt zurückkehrt.«

»Wirklich?«, frage ich.

»Wirklich«, antwortet er. »Denn wenn er stirbt, wirst du ihn für den Rest deines Lebens für deine große Liebe halten. Kommt er zurück, wird er auf seine menschliche Größe zusammenschrumpfen und du wirst womöglich erkennen, dass auch deine Liebe weniger groß und unausweichlich gewesen ist, als du es jetzt annimmst.«

»So, meinst du.«

»Sagen wir mal: Ich hoffe es.«

Meine Gedanken kehren zum Krieg zurück. Ich könnte mich nun wieder darüber auslassen, dass ich es nicht verstehen kann, wie ein Kaiser seine beiden einzigen Söhne in einen solch gefährlichen Krieg schicken kann. Doch Wip hat mich darüber aufgeklärt, dass die Söhne des Kaisers nicht nur starke Zauberer, sondern auch vortrefflich ausgebildete Strategen sind. Sie wurden ihr ganzes Leben darauf trainiert und dazu erzogen, die Grenzen des Reiches zu schützen oder gar auszuweiten. Ein Kaiser, der zu feige ist, um vor Ort die richtigen Entscheidungen zu treffen, wird auf Dauer unweigerlich an Macht und Autorität verlieren.

»Man kann der Kinyptischen Dynastie vorwerfen, was man will«, sagt Wip, »doch in der Beziehung gehen sie mit gutem Beispiel voran. Sie verheizen ihre Soldaten nicht, sie kämpfen gemeinsam mit ihnen, Seite an Seite, und das macht die Streitkräfte moralisch stark.«

»Aber der Kaiser selbst kämpft nicht?«

»Der Kaiser kämpft, indem er kompromisslos regiert. Seine Feinde lauern nur darauf, dass er Schwäche zeigt. Er kann sich nicht in eine Rüstung werfen und von der Bildfläche verschwinden. Er bleibt präsent, reist von Provinz zu Provinz und statuiert Exempel, während seine Söhne an der Front sind.«

Ich habe nun schon sehr oft mit Wip über den Kaiser und den Krieg gesprochen und je mehr ich über die Kinyptische Dynastie höre, desto unheimlicher finde ich sie. Es fällt mir schwer, mir vorzustellen, dass Yspér ein Teil dieser Familie ist, und zwar nicht irgendein Teil, sondern ein ganz wesentlicher, zusammen mit seinem Bruder und seinem Vater. Er ist damit auch verantwortlich für alles, was dieses Reich richtig oder falsch macht. Was bedeutet, dass er auch verantwortlich ist für die Zukunft unseres kleinen Landes.

Der Krieg, der Yspér von mir fernhält, verläuft wechselhaft. Zu Beginn sah es noch so aus, als könnten die kaiserlichen Heere die taitulpanesischen Angreifer schnell zurückwerfen, doch nachdem die Hälfte der überfallenen Provinzen zurückerobert war, erholte sich Taitulpan auf einmal von dem Rückschlag und rückte wieder vor. Täglich verschieben sich die Grenzen im äußersten Osten und wie es ausgehen wird, ist zurzeit vollkommen unklar.

Nachdem ich der ersten Einladung des Prinzen ins Schloss nur gefolgt war, um meine Schubkarre zurückzubekommen (was mir auch gelungen ist), nehme ich mittlerweile jeden Anlass wahr, den mir der Prinz bietet, um ihn zu treffen. Nicht nur, weil ich wissen will, was an der Front passiert, sondern auch, weil es mir Spaß macht. Mein apfelgrünes Kleid trage ich zurzeit sehr oft und bin froh, dass es im Feuer keinen größeren Schaden genommen hat. Die zwei versengten Stellen hat der Schneider ausgebessert. Er behielt tatsächlich recht mit seiner Ankündigung, dass ich mit diesem Kleid auf das Fest der Letzten Ernte gehen würde.

Heute ist es so weit: Ich begleite den Prinzen dorthin, in Pompis weißen Stiefeletten, das Haar voller Blumen, an einem der letzten warmen Tage des Jahres. Zum Fest der Letzten Ernte bringen alle Bauern des Landes symbolisch ihre schönste Frucht in die Königsstadt am Meer und legen sie auf den Platz der Letzten Ernte. Dort werden die Feldfrüchte dann zu einem kunstvollen Turm aufgebaut, der über Nacht auf dem Platz stehen bleibt, damit die Geister kommen und sich ihren Teil davon holen können.

Natürlich liegt am nächsten Morgen noch jede Rübe und jede Traube auf demselben Fleck wie am Tag zuvor, zumal der Turm die ganze Nacht von Soldaten bewacht wird. Meine gute Fee behauptet, die Geister holen sich die Gaben trotzdem. Sie verspeisen sie auf unsichtbare Weise und segnen sie dadurch. Ob ich das nun glaube oder nicht, spielt keine Rolle. Wichtiger finde ich, dass dieser ganze wunderbare Berg am nächsten Tag an die Armen verteilt wird.

Zum Fest der Letzten Ernte ist immer die ganze Stadt auf den Beinen, ja, das ganze Land. Nach und nach treffen die Bauern auf dem Platz der Letzten Ernte ein, mit ihren dicksten, größten und prachtvollsten Früchten, und die dienstältesten guten Feen arrangieren die dargebrachten Früchte zu einem prachtvollen Ernteberg. Der Kronprinz ist traditionell die Person, die einen allerletzten Apfel aus dem Schlossgarten zum Ernteberg trägt. Wenn das geschehen ist, wird das Fest eröffnet und die ganze Stadt feiert und tanzt bis Mitternacht.

Heute stehe ich neben dem Prinzen, der einen goldfarbenen, saftigen Apfel in der Hand hält, und warte wie alle anderen anwesenden Menschen darauf, dass er an diesem wunderbar sonnigen Tag die Stufen zum Ernteberg hinaufsteigt, um den Apfel auf ein rotes Kissen zu legen. Er lächelt mich an, ich lächle zurück und ehe ich mich versehe, hat er meine Hand ergriffen, sie herumgedreht und den Apfel hineingedrückt.

»Mach du das!«, fordert er mich auf. »Die Geister werden sich über deinen Anblick freuen.«

Beobachtet von so vielen Menschen kann ich jetzt nicht widersprechen und eine Diskussion darüber beginnen, ob das denn wirklich sein muss und was er sich eigentlich dabei gedacht hat. Ich gebe also ganz pragmatisch nach, behalte den Apfel in der Hand und steige die Treppen zum Platz der Letzten Ernte empor.

Bin ich aufgeregt? Schon ein bisschen. Doch ich stolpere nicht und schaffe es auch, den Apfel nicht fallen zu lassen, sondern ihn behutsam auf das Kissen zu legen. Kaum berührt der Apfel das für ihn vorgesehene Kissen, klatschen und jubeln alle Zuschauer, sie umarmen sich, gratulieren einander zur Letzten Ernte und stoßen auf das Ereignis an. Das Fest beginnt, ich lache erleichtert auf und kehre zum Prinzen zurück, der ebenso klatscht und jubelt wie alle anderen.

Spätestens seit diesem Tag ist jeder Mensch in diesem Reich davon überzeugt, dass ich die Gemahlin des Kronprinzen sein werde und damit die zukünftige Königin. Sie alle halten uns für ein glückliches Liebespaar und nur Wip und ich (und meine gute Fee, der ich es nicht oft genug auseinandersetzen kann) kennen die Wahrheit: Nämlich, dass mein Herz einem anderen gehört und ich die Tage zähle, bis der Feind in unser Land zurückkehrt.

Während die Blätter fallen, erfüllt mich eine innere Unruhe, die ich mir kaum erklären kann. Liegt es daran, dass ich eine Nebelnymphe gesehen habe und mich deswegen vor dem Winter fürchte? Oder bin ich einfach nur traurig, dass ein Sommer, der anders war als alle anderen Sommer zuvor, zu Ende gegangen ist?

Ich backe jeden Tag einen Apfelkuchen, um mich zu beruhigen. Ich weiß nicht, warum mich das beruhigt, aber es tut mir einfach gut. Außerdem kann Kanickla ihre Begeisterung darüber kaum bändigen.

Meine Schwestern waren in den ersten Tagen nach dem Ball sehr zurückhaltend und geradezu höflich. Wie alle anderen Menschen im Land glauben sie, dass ich eines Tages den Prinzen heiraten werde, und ihr gesunder Menschenverstand (ja, sie besitzen welchen, ignorieren ihn aber meistens) hat ihnen sicherlich geflüstert, dass es unklug wäre, die zukünftige Königin nachhaltig zu verärgern.

Also haben sie sich fast eine Woche lang zusammengerissen, doch danach war ihre Disziplin erschöpft. Sie sind nun in ihre alten Verhaltensmuster zurückgefallen und ich bin eigentlich ganz froh darüber. Denn wenn ich das Essen auftrage und Etzi laut und deutlich ruft: »Oh, wie vorzüglich das duftet!«, dann ist das eher gruselig – ungefähr so, als käme ein Mann mit dem Kopf unter dem Arm durch die Tür hereinspaziert. Ähnlich unnatürlich, meine ich.

Nun, da der Herbst eingekehrt ist, sind sie wieder so, wie sie immer gewesen sind. Nur manchmal, wenn wir uns zu dritt gegenseitig ankeifen, werden sie plötzlich still und sehen mich an, als könnte ich jeden Moment mit dem Besen ausholen und sie erschlagen. Dann ist ihnen wieder eingefallen, dass sie es vermutlich mit der zukünftigen Königin zu tun haben und statt wie früher ihre Mutter zu rufen, damit sie mich bestraft oder mir unmögliche Arbeiten aufbürdet, verschwinden sie tuschelnd und flüsternd in einem ihrer Zimmer und kommen bis zum Abendbrot nicht mehr heraus.

Der Salon ist mittlerweile notdürftig instand gesetzt worden. Die letzte Zahlung der Minenbetreiber fiel bescheiden aus, deswegen fehlen neue Tapeten und Vorhänge, aber immerhin können meine Schwestern wieder dort sitzen und reden und Apfelkuchen essen und über ihre Mitschülerinnen lästern, die, wenn man den Erzählungen glauben darf, allesamt hässlich und bemitleidenswert beschränkt sind. Diese Schule für höhere Töchter scheint ein Sammelbecken für Missgeburten zu sein, doch immerhin behandeln ebendiese Missgeburten meine Schwestern neuerdings mit viel mehr Respekt als früher. Tja, warum ist das wohl so?

Meine Stiefmutter ist schweigsam geworden. Sie lässt mich selbst entscheiden, was getan werden muss, und wenn sie mir etwas aufträgt, was selten geworden ist, sagt sie bitte und danke. Wie ein Schatten streift sie durchs Haus, nachdenklich und in düstere Stimmungen versunken. Sie war schon immer eine schlanke Frau, doch in letzter Zeit isst sie noch weniger als sonst. Ihre Wangenknochen treten hervor, sie ist abgemagert. Selbst mit ihren Töchtern spricht sie nur das Nötigste, meist schließt sie sich in ihrem Arbeitszimmer ein – das Zimmer, in dem ich lebte, bevor ich in den Turm verbannt wurde.

An einem Tag im Spätherbst, nach einer stürmischen Nacht, in der der Wind die letzten Blätter von den Bäumen holte, steht meine Mutter plötzlich neben mir, als ich den Flur im zweiten Stock kehre. Ich habe sie nicht kommen hören, sie ist auf einmal da und spricht mich an: »Aschenkindel! Wir müssen ein ernstes Gespräch miteinander führen.«

Ich blicke auf und erschrecke darüber, wie tief ihre Augen in den Augenhöhlen liegen. Habe ich sie so lange nicht mehr richtig angesehen? Wie konnte mir entgehen, in welchem Zustand sie sich befindet? Oder hat sie es mit ihren Zaubercremes geschafft, den Eindruck von Krankheit zu übertünchen und somit die Wahrheit gekonnt vor uns zu verbergen?

Vor mir steht eine dem Tod geweihte Frau! Das Zeichen der Nebelnymphe – es galt meiner Mutter!

Sie öffnet die Tür zu ihrem Arbeitszimmer, meinem ehemaligen Zimmer, das ich nie betreten durfte. Sie macht selbst darin sauber und schließt es immer ab. Ich weiß nicht, was ich darin erwartet habe: vielleicht okkulte Gegenstände oder wertvolle Bücher, irgendetwas Seltenes oder Verbotenes jedenfalls, doch das Zimmer ist geradezu bescheiden eingerichtet und normal.

Ich sehe einen Sekretär, einen Schreibtischsessel und Regale, in denen sich Mappen mit Papieren befinden – Abrechnungen von der Mine vermutlich und, der Menge nach zu urteilen, auch die alten Akten meines Vaters, die mittlerweile bedeutungslos sein dürften, die sie aber nicht weggeworfen hat.

Ich sehe außerdem ein Sofa, einen kleinen Tisch und eine Stickarbeit, die angefangen auf dem Polster liegt, sehr lange schon, denn es ruht eine dicke Staubschicht darauf. Das ist alles.

»Setz dich!«, sagt sie und zeigt auf den Stuhl gegenüber dem Sekretär.

Ich setze mich, während sie die Tür hinter mir schließt und den Schlüssel wieder herumdreht. Das Wetter draußen vor den Fenstern ist grau, die Zweige der kahlen Bäume bewegen sich im Wind. Meine Stiefmutter nimmt auf ihrem Schreibtischsessel Platz und faltet die knochigen Hände auf dem Tisch.

»Ich habe es lange verborgen gehalten«, sagt sie, »um meiner Töchter willen, doch nun schaffe ich es nicht länger. Eine Krankheit, die mich in meiner Heimat überfiel, als ich noch ein Kind war, und die ich später noch einmal als junge Frau überwand, brach nach dem Tod deines Vaters ein drittes Mal aus. Diesmal erwies sie sich als unheilbar. Ich konnte sie jahrelang bändigen und im Zaum halten, doch seit dem letzten Winter zehrt sie mich aus und raubt mir endgültig alle Kraft. Der Arzt hat für mich getan, was er tun konnte. Nun ist er mit seinen Künsten am Ende, ebenso wie ich. Meine Zeit ist gekommen, Aschenkindel, den nächsten Frühling werde ich nicht mehr erleben.«

Ich weiß es, ich sehe es ihr an. Sie muss uns getäuscht haben, die ganze Zeit. Nun weiß ich, was mich diesen Herbst über beunruhigt hat. Der Tod hat unser Haus betreten, er will meine Mutter abholen. Ein gruseliger Gast. Aber lieber sehe ich ihm offen ins Gesicht, so wie jetzt, als ihn zu erahnen, doch nirgendwo zu entdecken.

»Meine große Sorge«, fährt meine Stiefmutter fort, »meine *einzige* Sorge gilt meinen zwei Töchtern. Ich hatte so sehr gehofft, sie versorgt und gut aufgehoben zu sehen, bevor ich gehe. Darum habe ich mich in Unkosten gestürzt, habe sie auf die Schule für höhere Töchter geschickt, obwohl das Schulgeld und die damit verbundenen Kosten unsere Einnahmen sprengen. Ich habe zu Geld gemacht, was ich irgendwie zu Geld machen konnte, um ihnen dieses Leben zu ermöglichen und ihnen eine komfortable Zukunft zu bieten. Doch du kennst die beiden – sie sind nicht dazu gemacht, ihr Leben selbst in die Hand zu nehmen. Jemand muss sich um sie kümmern und ihnen ein Auskommen bieten. All meine Hoffnungen in diesem Sommer lagen auf dem Ball. Mein Wunsch war, dass wenigstens eine von ihnen das Glück hat, auf einen wohlhabenden Mann zu treffen, eine gute Partie, und dass die beiden Mädchen durch diesen Mann auch nach meinem Tod versorgt sein würden. Ich habe nie erwartet, dass sie den Prinzen für sich gewinnen. Ein Adeliger oder ein wohlhabender Geschäftsmann, mehr wollte ich nicht für sie, doch dieser Traum hat sich nicht erfüllt.«

Sie atmet tief durch und ich höre, wie schwer ihr das Atmen fällt. Sie holt ein Taschentuch aus ihrem Kleid, hustet kurz hinein, und verstaut es wieder.

»Ich werde sterben«, sagt sie und sieht mir dabei direkt in die Augen, »und meine Mädchen in einer Welt zurücklassen, in der sie nicht zurechtkommen. Es sei denn, ein Mensch mit Verstand und der nötigen Durchsetzungskraft sorgt dafür, dass es ihnen gut geht. Du, Aschenkindel, bist ein solcher Mensch. Ob dich der Prinz nun tatsächlich heiratet oder nicht, darauf kommt es nicht an. Du wirst immer durchs Leben kommen und du kannst auch dafür sorgen, dass meine Mädchen es ebenfalls tun. Ich bitte dich – es ist mein letzter inniglicher Wunsch – kümmere dich um meine Töchter, wenn ich nicht mehr da bin! Versprich mir, dass du sie nicht im Stich lässt und dich um ihr Glück bemühen wirst!«

Ich bin überrascht. Bodenlos überrascht. Ich weiß gar nicht, was ich sagen soll. Ich starre meine Stiefmutter an, sie und den Tod, der unsichtbar hinter ihr steht.

»Die Anteile an der Mine«, erklärt sie mir, »werden an euch drei zu gleichen Teilen gehen. So hat es dein Vater verfügt. Damit könnt ihr auskommen, wenn ihr euch einschränkt. Es fällt nicht mehr viel ab, das weißt du, aber wenn ihr gut haushaltet und du Etzi und Kanickla von der Schule nimmst, dann seid ihr versorgt und kommt auch noch in zehn Jahren damit über die Runden.«

»Du glaubst, ich könnte Etzi und Kanickla von der Schule nehmen? Gegen ihren Willen?«

»Natürlich. Du meldest sie einfach ab und erklärst ihnen, dass das Geld nicht reicht. Das ist die Wahrheit.«

»Warum erklärst du es ihnen nicht selbst?«

»Weil ich ihnen schon erklären muss, dass ich sie verlasse«, sagt meine Stiefmutter mit Tränen in den tief liegenden Augen. »Das ist schlimm genug.«

Ich kann mich dieser Traurigkeit nicht entziehen. Sie greift an mein Herz, ich merke, wie mich der Kummer zu überwältigen droht. Ich dachte, das Leben nimmt jahrein, jahraus, den immer gleichen Lauf. Ich wäre nie, in all dieser Zeit, auf die Idee gekommen, dass uns meine Stiefmutter verlässt. Dass sie aus diesem Haus und von dieser Welt verschwindet. Yspér hatte recht: Ich liebe meine Familie, trotz allem. Ich kann mir nicht vorstellen, dass ich meine Stiefmutter sehr bald, in diesem Winter schon, begraben muss.

»Aschenkindel!«, sagt sie eindringlich. »Wirst du das für mich tun?«

Ich könnte taktieren. Forderungen stellen. Aber so bin ich nicht. Natürlich werde ich mich um ihre Töchter kümmern, wenn es sonst niemanden gibt, der sich das antun möchte. Ich hätte es auch getan, ohne dass sie mich darum gebeten hätte. Und ich werde einer todkranken Frau diesen letzten Wunsch nicht verweigern, egal, was sie mir angetan hat.

»Ja«, sage ich. »Du kannst dich auf mich verlassen.«

»Danke«, erwidert sie und ich sehe, wie eine schwere Last von ihr abfällt. Sie sieht noch genauso todkrank aus wie zuvor, doch nun wirkt sie viel friedlicher, fast seelenruhig. »Zwei Angelegenheiten müssen wir noch besprechen. Eigentlich drei.«

Sie zögert, scheint sich nicht entscheiden zu können, ob es zwei oder drei sind.

»Ja?«, frage ich. »Was für Angelegenheiten sind das?«

»Die erste betrifft deinen Flugwurm. Ich habe versucht, ihn zurückzubekommen, schon lange vor dem Ball. Ich war auf dem Amt, das für beschlagnahmte Tiere zuständig ist, und wollte meine Anschuldigung zurückziehen. Ich erklärte ihnen, es sei ein Missverständnis gewesen, das sich nun aufgeklärt habe. Doch sie konnten mir den Flugwurm nicht aushändigen. Er war an einen Ort jenseits der Grenze gebracht worden, an dem lauter solche Fälle untergebracht sind, und die übliche Prozedur ist, dass man die Tiere auf ihr Wesen überprüft. Anschließend wird eine Bescheinigung ausgestellt, die der Behörde übermittelt wird, die das Tier in diese Einrichtung geschickt hat. Je nachdem, wie das Prüfungsergebnis ausfällt, gelangt das Tier zu seinem ursprünglichen Besitzer zurück oder nicht. Das alles kann sehr lange dauern, sagte man mir. Und bevor das Ergebnis feststeht, gibt es keine Möglichkeit, einzugreifen.«

In meinem Magen spielen sich wahre Seeschlachten ab, seit meine Mutter den Flugwurm erwähnt hat. Jetzt, da ich weiß, wie die Lage ist, wird mir fast schlecht vor Angst um mein Löwenherz.

»Ich hatte vor, Wip darauf anzusetzen. Wenn er nachhakt …«

Meine Stiefmutter schüttelt den Kopf.

»Jenseits der Grenze hat er wenig zu melden. Bevor dieser Krieg zwischen dem Kaiserreich und Taitulpan ausgebrochen ist, hätte er vielleicht seine guten Beziehungen spielen lassen können. Aber gerade dürften sämtliche Vertreter von unabhängigen Reichen schlechte Karten haben, wenn sie bei den Kinyptischen Behörden anklopfen und eine Gefälligkeit erbitten. Ich wage zu behaupten, dass sie damit das Gegenteil erreichen könnten. Das ist meine Einschätzung. Du kannst es versuchen oder auch lassen. Es … tut mir leid.«

Ich höre diese Entschuldigung, die reichlich späte und in keiner Weise angemessene, für ihren Verrat an mir und Löwenherz, doch was soll ich machen? Ich könnte ihr einen Vortrag darüber halten, wie viel Kummer sie mir damit gemacht hat – und Löwenherz auch – aber ich erspare uns das. Es bringt niemanden weiter.

»Was ist die zweite Angelegenheit?«

»Sie betrifft die Truhe mit Goldmünzen, die dein Vater dir vermacht hat. Wie du weißt, befindet sie sich in einer Tresorkammer der Bank, tief unter dem Schlossberg. Ich habe das Gold nie gesehen, aber dein Vater sagte mir, die Truhe sei voller Gold, also nehme ich an, dass es so ist.«

»Es ist so!«, sage ich bestimmt. »Er hat mir die Truhe gezeigt, bevor er sie zur Bank brachte.«

»Dann ist es ja gut. Jedenfalls steht im Testament deines Vaters, dass du diese Truhe erhalten sollst, sobald du volljährig bist. Ich habe von einem Anwalt prüfen lassen, wie dieser Begriff zu verstehen ist. Als dein Vater das Testament aufsetzte, war mit Volljährigkeit noch die magische Volljährigkeit gemeint, die man mit siebzehn Jahren erlangt. Mittlerweile wurde das Alter der Mündigkeit auf achtzehn Jahre hinaufgesetzt. Dennoch gibt es den Begriff der magischen Volljährigkeit noch, auch wenn er in unserer Zeit an Bedeutung verloren hat. Der Anwalt hat den Fall geprüft und ein Gutachten eingeholt, das ich dir hiermit überreiche.«

Sie holt ein gefaltetes Pergament aus der Schublade und überreicht es mir.

»Darin steht, dass du die im Testament genannte Anforderung der Volljährigkeit erfüllst, auch wenn du erst siebzehn Jahre alt bist. Wenn du mit diesem Gutachten zur Bank gehst, werden sie dir die Truhe aushändigen.«

Ich nicke und stecke das Papier in meine Rocktasche, ohne es anzusehen.

»Danke.«

Meine Mutter schweigt. Ich warte.

»Und die dritte Angelegenheit?«, frage ich, als ich ihr Schweigen nicht länger ertragen kann.

»Ist heikel.«

»Warum?«

»Indem ich es dir sage, indem ich überhaupt eine dritte Angelegenheit erwähne, verletze ich den Wunsch deines Vaters und wecke in dir eine Neugier, die den Lauf der Dinge ändert. Aber nun ist es zu spät, also werde ich dir erklären, worum es geht.«

»Ja, ich bitte darum.«

»Dein Vater hat dir einen Brief geschrieben, als du noch recht klein warst. Damals lebten ich und deine Stiefschwestern noch nicht hier, es ist also schon lange her. In diesem Brief erklärt er dir die Umstände des Todes deiner Mutter. In diesem Brief wird ebenfalls erklärt, warum dein Name auf dem Grab deiner Mutter steht.«

»Wo ist dieser Brief?«, frage ich aufgeregt.

»Lass mich ausreden!«, befiehlt sie mir. »Er hat mir diesen Brief später gezeigt, ich habe ihn gelesen. Er konnte sich nicht entschließen, ob er ihn dir jemals zu lesen geben soll. Wie oft habe ich ihn am Feuer stehen sehen, den Brief in der Hand, kurz davor, ihn zu verbrennen. Und dann tat er es doch nicht. Das ist der Grund dafür, warum ich den Wunsch deines Vaters missachte und dir davon erzähle. Hätte er wirklich gewollt, dass du nie etwas darüber erfährst, hätte er den Brief zerstört. Da er es nicht getan hat, habe ich es auch nicht getan.«

»Wieso? Was genau war der Wunsch meines Vaters?«

»Bevor er zu seiner letzten Reise aufbrach, ermahnte er mich wie schon oft zuvor, dass ich dir den Brief, falls ihm etwas zustieße, unter keinen Umständen geben solle. Er sagte nicht: ›Zerstöre ihn!‹ Er sagte: ›Gib ihn ihr unter keinen Umständen.‹ Ich habe mich daran gehalten und in gewisser Weise werde ich mich auch daran halten, bis ich sterbe. Aber ich händige dir den Schlüssel zu meiner eigenen Kammer bei der Bank aus, damit du dir den Brief dort abholen kannst, wenn du das willst. Überlege es dir gut! Vor dem Hintergrund, dass du vielleicht in die Königsfamilie einheiraten wirst, wäre es vielleicht besser, wenn du ihn ungelesen zerstörst und damit die Vergangenheit auslöschst. Wenn ich tot bin und du den Brief nicht gelesen hast, gibt es nur noch einen Menschen auf dieser Welt, der die Wahrheit kennt. Und der hat in seinem Leben schon so viel Schnaps getrunken, dass er die Geschichte längst vergessen haben dürfte.«

Meine Mutter holt den Schlüssel aus der Schublade, ebenso wie zuvor das Pergament, und schiebt ihn mir über den Schreibtisch hinweg zu.

»Hier. Du wirst meine Kammer bei der Bank ansonsten erschreckend leer vorfinden. Alles, was ich jemals von Wert besessen habe, habe ich inzwischen verkauft. Sobald du den Brief aus der Kammer geholt hast, kannst du den Vertrag mit der Bank auflösen. Die Kammer wird nicht mehr gebraucht.«

Sie steht auf, die schmale, ausgemergelte Frau, ein langer, hoher Schatten vor dem Grau des Fensters.

»Ich möchte im Garten begraben werden, möglichst nah am Fluss«, sagt sie. »Das war es dann. Du kannst gehen.«

KAPITEL 15

Ich laufe für den Rest des Tages wie in Trance herum. Zuerst will ich sofort in die Stadt zur Bank rennen, doch während ich die Treppen zu meinem Turmzimmer hinaufsteige, um meinen Umhang zu holen, ändere ich meine Meinung. Ich will erst nachdenken, will erst erfassen, was mir meine Stiefmutter heute erzählt hat, und innerlich zur Ruhe kommen. Die Wahrheit liegt im Inneren des Schlossbergs verborgen, sicher aufbewahrt, seit dem Tod meines Vaters. Sie wird dort auf mich warten, bis ich bereit bin, mich darauf einzulassen. Morgen vielleicht oder übermorgen.

Abgesehen davon, dass ich mich innerlich wappnen sollte, damit mich der Inhalt des Briefes nicht aus der Bahn wirft, fällt es mir auch schwer, den Wunsch meines Vaters, dass ich den Brief nie erhalten dürfe, zu missachten. Doch ich denke, ich habe ein Recht auf die Wahrheit, auch wenn es offenbar keine schöne Wahrheit ist, sondern ein Schrecken in Buchstabengestalt, der mich womöglich für den Rest meines Lebens nicht mehr loslassen wird.

Während ich also versuche, die Zeit ein wenig anzuhalten, werde ich von derselben überrannt: Meine Stiefmutter kann am nächsten Morgen nicht mehr aufstehen. Ob sie die Unterredung mit mir bis zum letzten Moment hinausgezögert hat oder ob sie das Wissen darum, dass ihre Töchter nicht auf sich allein gestellt sein werden, so erleichtert hat, dass sie nun loslassen kann, weiß ich nicht. Ich betrachte nur ihr fahles, eingesunkenes Gesicht in den Kissen und frage mich, wie ich es Etzi und Kanickla beibringen soll, dass dieser Schatten nicht vorüberziehen, sondern unser Leben für immer verändern wird.

In den ersten beiden Wochen verbringen die beiden viel Zeit im Zimmer ihrer Mutter, schnattern ihr die Ohren voll, sorgen für zweifelhafte Aufmunterungen und treiben den Arzt mit ihren guten Ratschlägen in den Wahnsinn. In der dritten Woche kommentieren sie meine Handgriffe am Krankenbett zunehmend hysterisch und kritisch.

»Fass sie nicht so grob an, wenn du sie aufrichtest!«, schreit Etzi. »Du hast ihr wehgetan!«

»Warum servierst du ihr den Tee nicht in einer Tasse?«, fragt Kanickla. »Sie mag solche Becher nicht, sie mag nur dünnes Porzellan!«

»Bestimmt will sie mal frische Luft schnappen – du solltest sie zwischendurch in den Garten tragen!«

»Wir halten dir auch die Tür auf.«

»Mama, willst du deinen Kuchen nicht mehr? Ich könnte ihn für dich aufessen.«

»Aschenkindel, du musst ihr neue Umschläge machen! Kein Wunder, dass das Fieber nicht sinkt.«

»Mama, schläfst du? Oder bist du wach? Mama?«

»Ich verstehe das nicht – warum hat sie überhaupt nichts gegessen? Du musst ihr besseres Essen kochen, Aschenkindel!«

»Und alles schön klein schneiden. Damit sie es gut kauen kann.«

»Glaubst du, sie ist nächste Woche wieder gesund? Wir wollten doch neue Mäntel kaufen. Im alten Mantel ist mir ganz kalt!«

»Musst du immer reinkommen, ohne anzuklopfen? Wir sprechen hier vielleicht über persönliche Dinge!«

»Igitt, Gworrokko hat gepupst! Was hast du ihm gefüttert? Tu ihn raus, Aschenkindel, das hält ja keiner aus.«

»Warum ist sie bloß krank geworden? Es muss doch einen Grund dafür geben!«

»Ob es ansteckend ist?«

»Aschenkindel, pass bloß auf, dass du die Krankheit nicht von ihr auf uns überträgst! Immer gut die Hände waschen!«

»Mama? Es macht mir Angst, wenn du so bist!«

»Wir passen gut auf dich auf, Mama. Wir sind für dich da.«

»Alles ist so düster geworden, Aschenkindel. Machst du noch ein Licht an?«

»Gute Nacht, Mama!«

»Morgen bist du wieder gesund.«

In der vierten Woche werden Etzi und Kanickla ungeduldig, in der fünften Woche, als ihre Mutter weiß im Gesicht ist wie ein Leichentuch und überhaupt nichts mehr essen möchte, überwältigt sie die Angst.

»Sie wird doch nicht … sie wird doch nicht …«, beginnt Etzi in Anwesenheit des Arztes.

Sie kann den Satz nicht vollenden, weil die Vorstellung für sie zu schrecklich ist, doch der Arzt hat verstanden. Er dreht sich nach Etzi und Kanickla um und sagt ruhig: »Doch. Wird sie.«

Als die beiden Schwestern ihrer Verzweiflung Luft machen wollen, werfe ich sie aus dem Zimmer.

»Ihr dürft nur noch reinkommen, wenn ihr tapfer seid und nicht heult!«, fahre ich sie an. »Verstanden?«

Sie gehorchen mir. Es ist, als wären sie mutterlos geworden und als solche Geschöpfe völlig verloren. Geradezu dankbar nehmen sie es auf, wenn ihnen jemand sagt, was zu tun ist. Sie weinen viel, doch sie kommen nie weinend in das Krankenzimmer. Nach sieben Wochen werden sie still. Sie kritisieren mich nicht mehr, sie schauen mir nur noch zu, versunken, immer noch ungläubig, doch tränenlos.

Unsere Mutter stirbt in der Nacht der Wintersonnenwende. Normalerweise ist dieser Tag ein Festtag, man feiert das Ende der dunkelsten Zeit. Doch wir feiern nicht, wir verbringen den Abend still am Krankenbett einer Frau, die schwer atmet und geistig nicht mehr anwesend zu sein scheint. Eine Stunde vor Mitternacht gehen Etzi und Kanickla schlafen, ich bleibe noch wach, weil ich ahne, dass die Kranke den Morgen nicht mehr erleben wird.

Kurz nach Mitternacht öffnet die Frau, die nie wie eine Mutter für mich gewesen ist, die Augen. Sie sieht mich an. Es liegt viel in diesem Blick, so viel Unausgesprochenes. Ich beuge mich zu ihr vor, damit sie mich deutlich sehen und genau verstehen kann: »Ja«, sage ich. »Mach dir keine Sorgen. Alles ist gut.«

Daraufhin werden ihre Augen starr und leer. Der Mensch, der sie war, ist fort.

Kapitel 16

Wie es ihr Wunsch war, wird das Grab im Garten ausgehoben, in der Nähe des Tors, durch das man an den Fluss gelangt. Es kommen nicht viele Gäste, die Zahl ihrer Freunde war klein. Schnee bedeckt den Garten, nur dort, wo sie beerdigt ist, ist die Erde frisch aufgeworfen und bildet einen schmucklosen Hügel. Nachdem alle Gäste gegangen sind und meine Schwestern die Flucht ins Haus angetreten haben, weil sie »von Kopf bis Fuß erfroren« sind, stehe ich mit meiner guten Fee alleine am Grab.

»Ich habe im Herbst eine Nebelnymphe gesehen«, sage ich. »Ich wusste, dass jemand sterben wird.«

»Aber du glaubst doch gar nicht an die alten Zeichen?«

»Na ja, in dem Fall hat es gestimmt, aber das heißt nicht, dass ich jede blöde Vorahnung, in der Prinzen und Kronen vorkommen, ernst nehmen muss.«

»Prinzen und Kronen kommen nur sehr selten in Vorahnungen vor.«

»Aber in deinen doch immer wieder!«

»Nein«, sagt meine Fee. »Das ist mir nur ein einziges Mal passiert. Streng genommen war da auch kein Prinz zu sehen, nur das Schloss und eine Krone auf deinem Kopf. Und ich *wusste*, du wirst unser Land retten.«

»Wo genau hast du diesen Unfug gesehen?«

»Im Dampf.«

»Was war das für ein Dampf?«

»Es war Dampf, der aus einem Topf stieg, in dem ich gerade herumgerührt habe.«

»Erbsensuppe? Kartoffelbrei? Kloßbrühe? Aus welcher beeindruckenden Flüssigkeit ist meine heroische Zukunft zu dir emporgestiegen?«

Meine Fee schweigt und starrt das Grab an.

»Sag's mir!«

»Whiskeymarmelade.«

»Du meinst, in dem Gebräu war Whiskey?«

Meine Fee nickt.

»Puh, da bin ich jetzt aber erleichtert. Das erklärt so einiges. Wahrscheinlich hast du ordentlich was reingeschüttet in den Topf und auch zwischendurch immer wieder probiert, ob der Whiskey noch gut ist. Weil du nämlich gerade von einem nervenaufreibenden Besuch bei mir nach Hause gekommen bist und dich gefragt hast, wie das mit dir und mir noch enden soll.«

Meine Fee fixiert den Haufen Erde im Schnee und ich weiß, dass ich den Nagel auf den Kopf getroffen habe. Umso besser. Wenn sich meine Fee diese Vision im Whiskey-Rausch zusammenfantasiert hat, kann ja nichts mehr passieren.

Wir stehen andächtig vor dem Grab, es ist sehr still, nur den Fluss hört man leise unter einer dünnen Eisschicht rauschen.

»Ich mochte deine Stiefmutter überhaupt nicht«, sagt meine Fee nach längerem Schweigen. »Aber dass sie jetzt hier unter der Erde liegt, tut mir leid.«

»Mir tut es auch leid. Weißt du, was mich tröstet? Ich glaube, sie war mal glücklich. Damals, während sie mit meinem Vater verheiratet war. Wenn man stirbt und auf ein paar glückliche Jahre zurückblicken kann, dann ist das doch was.«

»Worauf würdest *du* zurückblicken, Claerie?«

Ich überlege. Was würde mir durch den Kopf gehen, wenn ich hier und heute von einem Blitz getroffen werden würde, einer barmherzigen Sorte Blitz, die mir noch fünf Minuten Gnadenfrist lässt, bevor sie in meinem Hirn alle Lichter ausknipst?

»Momente«, sage ich. »Da wären so viele Momente, die um mich herumflattern würden, sie hätten gar nicht alle Platz in meinem Kopf! Sie sind nicht immer sonnig, manche sind auch düster, so wie dieser Tag heute. Ich sehe den Schnee, sehe, wie schön er leuchtet, obwohl der Himmel grau ist. Ich kann mich darin verlieren. Oder hast du vorhin das Eichhörnchen gesehen, das plötzlich angeflitzt kam, als das Grab zugeschaufelt wurde, mit einer Nuss im Maul – und wie es dann erschrocken angehalten hat, als wäre es gegen eine Wand geknallt, weil wir alle dort standen? Das meine ich, wenn ich von Momenten rede. Mein Leben besteht aus – ich weiß nicht – *Millionen* solcher Augenblicke! Und die würden mir alle durch den Kopf gehen und ich würde denken, dass ich in diesen Augenblicken glücklich gewesen bin.«

»Das hast du schön gesagt, Claerie.«

Es fängt an zu schneien, der Schnee bedeckt uns und die Erde. Erst als die Dämmerung einsetzt, können wir uns losreißen.

Am nächsten Morgen ziehe ich mein bestes Winterkleid an und schlüpfe – mit dem Einverständnis meiner Schwestern – in den Mantel meiner Stiefmutter. Normalerweise wandere ich mit einem Umhang los, der ähnlich oft geflickt worden ist wie meine Kleider, doch da ich zur Bank gehen möchte und die Leute dort immer so vornehm sind, will ich halbwegs ordentlich aussehen.

Ich finde es sehr einschüchternd, wenn man von einem Bankangestellten, der wie ein zu schick gekleideter Gefängniswärter aussieht, durch ein Gittertor nach dem anderen geführt wird. Ich war einmal mit meinem Vater hier, als Kind, und kann mich noch sehr gut daran erinnern, weil es so gruselig war, im Inneren des Schlossberges herumzulaufen. Im Dunkeln, hinter dem Bankangestellten her, der mit einer Lampe vorausgeht, vorbei an zahllosen Kerkertüren.

Natürlich sind hinter den Türen keine Kerker und es gibt auch keine Fenster oder Schlitze in den Türen, sie haben nur Nummern und jeweils ein Schlüsselloch. Die Kammer, die mein Vater für meine Truhe mit Goldmünzen angemietet hat, öffnen wir als Erstes. Der Bankangestellte leuchtet mit seiner Lampe ins Innere und ich gebe zu, ich bin beim Anblick meiner Truhe enttäuscht. Sie ist so klein!

Damals, als ich zusah, wie mein Vater die Goldmünzen hineinschüttete, da kam sie mir so groß vor! Ich habe mir nächtelang ausgemalt, was ich von dem Gold alles kaufen werde: eine eigene Insel, einen zahmen Eisbären, ein fliegendes Schiff, ein Schloss aus Glas, solche Dinge eben. Natürlich wusste ich, dass mein Vater etwas Praktischeres im Sinn hatte, als er das Gold für mich zurücklegte, doch niemals hätte ich gedacht, dass ich das Geld einfach nur zum Überleben brauchen würde. Für mein tägliches Brot. Ich hatte ja alles und noch viel mehr, als ich klein war.

Heute steht die Kiste klein und verloren in der Ecke der Kammer, meine Truhe voller Träume, und ich gehe hin und hebe sie auf. Sie ist erstaunlich leicht. Was ist das für ein Gold? *Luft*gold? Ich stelle die Truhe auf einen Absatz an der Steinwand und nehme den Schlüssel entgegen, den mir der Bankangestellte reicht. Als ich die Truhe öffne, bin ich beim Anblick des Inneren kaum noch überrascht: Die Truhe ist leer. Nur ein einziges Goldstück liegt noch darin.

»Wie kann das sein?«, frage ich den Mann, der hinter mir steht. »Das Gold ist doch sicher nicht geklaut worden?«

Der Mann zieht die Akte, die er bisher unter seinen linken Arm geklemmt hatte, hervor und öffnet sie. Sein Finger fährt über die handschriftlichen Daten und Eintragungen und bleibt bei der letzten stehen.

»Ihr werter Herr Vater war vor sechs Jahren zum letzten Mal hier.«

Ich klappe die leere Truhe wieder zu und sehe auf das Papier, das mir der Bankangestellte zeigt. Das Datum kenne ich! Es war der Tag, an dem mein Vater das letzte Mal in die Welt hinausgesegelt ist. Er war knapp bei Kasse, er hat sich die Goldmünzen ausgeliehen, in der festen Absicht, die Kiste wieder aufzufüllen, sobald er mit Schiffen voller Waren zurückgekehrt wäre und diese verkauft hätte. Wer weiß, wie oft er das so gemacht hat, vielleicht vor jeder Reise. Nur diesmal kam mein Vater nicht zurück – die Kiste blieb leer. Bis auf das eine Goldstück, das er zurückließ.

»Nun ja«, sage ich. »Am Ende war es sein Geld. Er durfte damit machen, was er wollte.«

Der Bankangestellte nickt. Ihm ist diese Situation sichtlich unangenehm.

»Gehen wir zur nächsten Kammer«, bitte ich ihn. »Hier – das ist der Schlüssel dazu!«

Ich zeige ihm den Schlüssel, er prüft die Nummer und führt mich wieder durch die Dunkelheit des Schlossberges. Während ich die fast leere Truhe vor mir hertrage, denke ich daran, wie wichtig diese Kiste voller Luft mein Leben lang für mich gewesen ist. Wie hätte ich all die Jahre überstanden ohne den Glauben an ein kleines Vermögen, das mir am Tag meiner Volljährigkeit meine Freiheit und Unabhängigkeit schenken würde?

In der schwersten Zeit nach dem Tod meines Vaters, da hat mich diese Kiste stark gemacht, sie hat mich zum Durchhalten ermutigt und mir Trost gespendet. Ich hatte immer das Gefühl, dass mir keiner wirklich etwas anhaben kann, weil es da eine Truhe voll Gold gibt, die nur mir gehört, unantastbar, sicher verwahrt, weggeschlossen vor meinen Feinden, tief drinnen im Schlossberg unter dem Königssitz.

Was für eine Ironie! Sie hat ihren Zweck erfüllt, die Kiste voller Nichts. Zu glauben, dass sie existiert, war viel wichtiger für mich, als das Gold jetzt, da ich erwachsen bin, zu besitzen und auszugeben. Ich komme zurecht, ich bin versorgt. Fast scheint es mir, als würden die Männer in meinem Leben, die mir etwas bedeuten, immer ein Goldstück bei mir zurücklassen, als Zeichen ihrer Liebe. Doch klarkommen muss ich ohne sie, ganz alleine. Und das tue ich auch.

»Hier ist es!«, sagt der Mann mit der Lampe. »Sie wollen die Kammer auflösen?«

»Ja, beide Kammern.«

»Aus Kulanz erhalten sie einen Teil der Miete zurück. Ihre Mutter hatte die Miete im letzten Frühling für ein Jahr im Voraus bezahlt.«

Kulanz! Ich lache still in mich hinein. Das ist doch nur, weil ich so ein langes Gesicht gemacht habe und es ihm leidtut. Oder weil er denkt, dass er die zukünftige Königin vor sich hat.

»Wie viel wird das sein?«

»Ich muss es noch ausrechnen. Rund zwanzig Silbermünzen, schätze ich.«

»Fein, das reicht für einen Feststollen und ein Paar neue Handschuhe.«

Er blickt mich pikiert an, da er denkt, ich hätte eine zynische Bemerkung gemacht. Dabei freue ich mich wirklich auf den Stollen und die Handschuhe! Ich lächle, um ihm klarzumachen, dass ich seine Kulanz sehr zu schätzen weiß, und dann öffnet er die Kammer meiner Mutter.

Sie ist leer, wie angekündigt. Nur der Brief lehnt in einer Nische an der Wand. Meine Hände zittern, als ich ihn ergreife. Ich lege ihn in die Kiste zu dem Goldstück, verlasse mit dem Bankangestellten die Kammer und fürchte mich vor der Wahrheit.

KAPITEL 17

Ich bringe es nicht fertig, mit dem Brief erst bis nach Hause zu laufen. Stattdessen gehe ich hinunter an den Hafen. Dort, wo Pompi und ich im Sommer unser Seetang-Melonen-Pfefferminz-Eis gekauft haben, wird im Winter immer eine Halle mit kleinen Kohleöfen eingerichtet, in der sich die Leute ausruhen und aufwärmen können. Es gibt Menschen, die haben es zu Hause so kalt und ungemütlich, dass sie im Winter praktisch hier einziehen, weswegen die feinere Gesellschaft einen großen Bogen um diese Halle macht.

Doch ich habe mich bisher in jedem Winter hier aufgehalten, wann immer ich die Zeit dazu hatte, denn durch die Glasscheiben kann man auf das winterliche Meer hinaussehen, ohne zu frieren, und man hört bei der Gelegenheit auch eine Menge Neuigkeiten und Klatsch und Tratsch.

Nach Neuigkeiten ist mir nun allerdings nicht zumute. Ich betrete die große und doch durch die Vielzahl der dort sitzenden Menschen beengte Halle und ziehe mich in eine dunkle, unauffällige Ecke zurück, wo ich die Kiste auf meinen Schoß stelle, den Brief heraushole und das Siegel breche.

»Meine liebste Claerie«, steht dort in der Handschrift meines Vaters geschrieben.

Meine Augen wandern über die Zeilen, ohne sie zu lesen. Es ist so seltsam! Es ist, als würde ich eine Zeitreise machen an den Ort und den Tag, an dem mein Vater diese Worte für mich aufschrieb.

Indem ich die Tinte berühre, scheine ich *ihn* zu berühren. Und doch ist das ein Irrtum. Er ist fort, auch wenn ich seine Stimme deutlich in meinem Inneren vernehmen kann, als ich mich endlich dazu überwinde, weiterzulesen. Ich höre ihn in mir, als würde er direkt zu mir sprechen.

»Gerade hast du mich am Grab überrascht, mein Mädchen, und dich gewundert, deinen Namen auf dem Stein zu sehen. Ich habe den Namen schnell wieder verschwinden lassen, doch womöglich wirst du dich daran erinnern und beunruhigt sein. Ich habe daher beschlossen, die Wahrheit für dich aufzuschreiben, damit ich sie dir eines Tages – oder vielleicht auch nie – zu lesen geben kann.

Ich werde abwarten und den Fall abwägen. Die Entscheidung, ob du über die Vorfälle jener Nacht deiner Geburt Bescheid wissen solltest, ist schwer zu treffen. Du versäumst nichts, wenn ich dich über die wahren Ereignisse im Dunkeln lasse, und doch möchte ich dir mein Herz ausschütten, damit keine Rätsel zwischen uns stehen.

Wie du weißt, habe ich die besondere Frau namens Elve, die in unserem Garten begraben liegt, sehr geliebt und umgekehrt war es genauso. Alles, was uns zu unserem Glück noch gefehlt hat, war ein Kind. Wir haben lange darauf gewartet, wir hatten schon fast die Hoffnung aufgegeben, da geschah eines Tages das Wunder: Der Arzt erklärte uns, dass wir Eltern werden.

Elve war sich von Anfang an sicher, dass wir ein Mädchen bekommen würden. Wir wollten sie Claerie nennen. Einen Jungennamen haben wir uns gar nicht überlegt, Elve hielt das für überflüssig. Anfangs konnten wir unsere Vorfreude kaum bändigen. Ich richtete ein Zimmer für mein Kind ein, *dein* Zimmer, so, wie du es heute kennst. Elve nähte unserer Claerie Kleider, sie sprach mit ihr, sie sang ihr etwas vor. Elves Stimme erfüllte das Haus wie Vogelgezwitscher!

Doch die Schwangerschaft kostete Elve Kraft und ich beobachtete die Veränderungen, die mit ihr vorgingen, zunehmend mit Sorge.

Ihr Bauchumfang wuchs, doch sie selbst schien immer weniger zu werden. Ich sprach mit dem Arzt über ihren Zustand und er bestätigte mir, dass etwas mit Elve nicht stimmte. Nach einer eingehenden Untersuchung stellte sich heraus, dass sie krank war: Ihr Herz arbeitete zu unregelmäßig und zu angestrengt, eine Beeinträchtigung, die sie schon lange gehabt haben musste, die jedoch durch die Belastung einer Schwangerschaft deutlich und schwerwiegend zutage trat.

Elve schonte sich. All ihre Sorge galt unserer Claerie. Sie wollte ihre geliebte Tochter gesund zur Welt bringen, das war ihr Ziel. Die letzten zwei Monate verbrachte sie liegend. Sie kämpfte, denn ihre Schwächeanfälle nahmen zu. Manchmal erschrak ich darüber, wie grau ihr Gesicht war, doch dann versuchte sie zu lächeln und sprach mir Mut zu.

›Wir schaffen das!‹, sagte sie zu mir. ›Wenn Claerie erst mal auf der Welt ist, kann ich mich erholen. Und sie wird mir so viel Freude machen, dass ich ganz schnell wieder zu Kräften kommen werde!‹

In der Nacht, meine liebe Claerie, als du geboren wurdest, trieb mir das Schicksal einen Pfeil aus Eis durch mein Herz. Ich glaube, ich habe mich nie richtig davon erholt. Das Herz heilt, aber die Narbe bleibt. Ab und zu schmerzt sie, nicht immer, zum Glück, doch vergehen wird der Kummer nie.

Die Geburt war schwer! Ich sah der Hebamme zu, verfolgte die halbe Nacht lang ihre Bemühungen und ging ihr zur Hand, wenn ich es konnte und sie es zuließ. Endlich war es so weit: Die Hebamme holte unser Kind mit entschlossenen, doch sanften Griffen in diese Welt und blickte es an. Sie tat es einen Moment zu lange. Zu ernst. Zu endgültig.

Ich war ungeduldig, streckte die Arme nach meinem Kind aus. Sie nickte mir behutsam zu, mit einem Blick, der mich warnen sollte, und legte mir das Neugeborene in die Arme. Ich wusste es sofort, als ich ihr Gesicht sah: Meine geliebte Claerie, das Glück, auf das wir so lange gewartet hatten, war tot.

›Ist sie gesund?‹, fragte Elve, mehr im Wahn als bei Bewusstsein, denn die Geburt hatte ihr viel abverlangt.

›Ja!‹, sagte die Hebamme laut und deutlich. ›Ein kräftiges, gesundes Kind! Sie wird Ihnen noch viel Freude machen. Aber nun ruhen Sie sich aus. Schlafen Sie. Sie haben hart gearbeitet und ein bisschen Frieden verdient.‹

Ich blickte die Hebamme erstaunt an, sie nickte mir beschwichtigend zu.

›Zeigen Sie ihr das Kind, damit sie schlafen kann!‹, forderte sie mich auf.

Ich ging zum Bett, nicht zu nah heran, das tote Baby in meinen Armen, und wiegte es vor Elves Augen.

›Siehst du, wie hübsch sie ist?‹

Elve war zu erschöpft und zu krank, um die Wahrheit zu erkennen. Sie schloss beruhigt die Augen und überließ der Hebamme den Rest. Nachdem wir das tote Kind in das Bettchen gelegt hatten, das bereits für unsere Claerie aufgestellt worden war, bat mich die Hebamme vor die Tür.

›Hören Sie‹, beschwor sie mich. ›Sie müssen Ihrer Frau verheimlichen, dass das Kind tot ist. Machen Sie das so lange, wie es Ihnen möglich ist! Sie ist schwer krank und stark geschwächt. Ihr Leben hängt an einem seidenen Faden! Eine solche Enttäuschung würde sie nicht überleben, nicht jetzt. In ein paar Tagen, falls sie wieder zu Kräften kommt, schafft sie es vielleicht – doch jetzt müssen Sie lügen, um ihr Leben zu retten!‹

Es widerstrebte mir und doch leuchtete mir ein, dass sie recht hatte. Ich sah der Hebamme in die Augen und wollte ihr mein Versprechen geben – da passierte es. Wir hörten Elves Schrei und stürmten in das Schlafzimmer. Elve schlief nicht, sondern hatte es wie durch ein Wunder geschafft, aufzustehen und sich zu dem Kinderbettchen vorzutasten. Sie hatte das Baby auf den Arm genommen und erkannt, dass es nicht lebte. Nun starrte sie uns an, nicht vorwurfsvoll, nicht einmal unglücklich, sondern sehnsüchtig und entschlossen.

›Ich gehe dahin, wo sie ist‹, sagte sie. ›Mein Kind braucht mich!‹

Bevor wir es verhindern konnten, stürzte sie sich mitsamt der toten Claerie aus dem Fenster. Ich schrie wie von Sinnen, rannte in den Garten und fand sie beide, meine Frau und mein Kind, für immer schlafend im Gras, wie Engel.

Die Hebamme, die mir gefolgt war, hatte Angst um mich. Sie redete beruhigend auf mich ein: ›Ihre Frau war todkrank! Ich habe nie an ihre Genesung geglaubt! Ich wollte ihr nur einen friedlichen Tod schenken … Grämen Sie sich nicht! Es ist das Schicksal, gegen das Schicksal kann man nichts tun. Man kann es nur hinnehmen.‹

Ich hörte sie, ich verstand den Sinn ihrer Worte, doch ihr Trost kam nicht bei mir an. Ich wollte nicht mehr leben, sondern bei meiner Familie sein, und darum rannte ich in die Stadt, geradewegs in den verrufenen Alligator und bestellte einen Krug Schnaps. Ich wollte trinken, bis ich alles vergessen und tot umfallen würde, und der Wirt ließ mich den ersten Krug in einem Zug austrinken.

›Bring mir mehr!‹, befahl ich dem Wirt. ›Los, los!‹

›Du bekommst mehr‹, antwortete der Wirt, ›warte nur, ich gehe kurz in den Keller und hole dir ein neues Fass!‹

Ich harrte aus, fast wütend, weil ich nicht unablässig trinken konnte. Ich hatte noch nichts vergessen, ich musste mehr und schneller trinken, um mein Ziel zu erreichen. Und ausgerechnet jetzt ließ mich der Alligator, auf den sonst immer Verlass war, so lange warten!

›Hier!‹, rief der Wirt, als er wieder die Treppe hinaufgestiegen kam. ›Das ist noch besser gegen den Kummer als Schnaps, mein Freund!‹

Zu meinem Erstaunen hielt der Alligator-Wirt weder ein Fass noch eine Flasche in den Armen, sondern eine Decke. Ehe ich mich versah, lag die Decke und ihr Inhalt vor mir auf dem Tisch. Ich blickte auf einen Säugling hinab, klein, zierlich, zerbrechlich und noch ganz rot. Verdutzt starrte ich das Kind an.

›Kam heute Nacht auf die Welt‹, erklärte der Wirt. ›Ist von einem meiner Hinterzimmer-Mädchen und die kann es gerade so gar nicht gebrauchen. Du hast deine Tochter verloren, das ist schlimm. Aber hier ist ein kleines Ding, das braucht jemanden, der es aufzieht. Bei dir hätte sie's gut – du bist ein reicher Mann, kannst ihr alles kaufen! Was spielt's für eine Rolle, wo sie herkommt? Du kannst dieses kleine Ding glücklich machen und dann hat doch alles noch irgendeinen Sinn. Na, was meinst du?‹

Ich betrachtete das kleine Mädchen in der Decke, wie es lebte, wie es strampelte, wie es die Augen zukniff und komische, gepresste Laute von sich gab. Ich verliebte mich sofort in sie. Auf einmal war ich wieder nüchtern.

›Das bleibt unter uns?‹, fragte ich.

›Du, ich, die Mutter – sonst weiß keiner davon. Und so soll's bleiben.‹

›Das ist jetzt meine Claerie!‹, rief ich. ›Ich werde sie nicht aufziehen *wie* meine Tochter – sondern ich werde allen sagen, dass sie meine Tochter *ist!* Meine erste Claerie werde ich nie vergessen, aber die zweite hier, die soll all das Glück haben, das meinem eigenen Kind verwehrt blieb!‹

Ich trug dich nach Hause, mein liebes Mädchen, und ich übertreibe nicht, wenn ich sage, dass du mir das Leben gerettet hast. Jeder Tag, an dem du mich angelacht hast, war ein gesegneter Tag und hat mein gebrochenes Herz ein wenig mehr geheilt.

Ich ließ Elve und unsere Tochter im Garten begraben. Ich bat einen Zauberer, den ich gut kannte, Claeries Namen so zu verbergen, dass ich ihn nach Wunsch sichtbar machen und wieder verschwinden lassen konnte. Alle Welt dachte, dass du Elves Tochter seist, ein unglückliches Ding, dessen Mutter kurz nach der Geburt gestorben war. Erstaunlicherweise siehst du Elve sehr ähnlich, was mich in dem Glauben bestärkt, dass dich der Himmel zu mir geschickt hat.

Erinnerst du dich an das Mädchen, das immer mit dir gespielt hat, viele Sommer lang? Es war deine echte Mutter. Nachmittags, wenn sie ausgeschlafen hatte, kam sie vorbei, verbrachte einige Stunden mit dir, brachte dir Lieder bei – da war manch seltsames Zeug dabei – und erzählte dir Geschichten. Und abends brach sie dann wieder auf in den Alligator.

Sie war ein fröhliches Mädchen. Ich habe mich immer gewundert, wo sie das hernimmt. Ich glaube, diese Eigenschaft hat sie dir vererbt: die Fähigkeit, in allem etwas Schönes zu entdecken.

Sie hat immer so einen Husten gehabt, der mir nicht gefallen hat, doch der Arzt meinte, sie könne gut damit leben. Dann kam der Winter, in dem die Grippe aus Hornfall umging. Deine Mutter traf es wie so viele andere. Auch die Hebamme starb daran, sie war eine der Ersten. Ich schickte den besten Arzt, den ich finden konnte, in den Alligator, doch er konnte nichts mehr für deine Mutter tun. Sie war noch sehr jung, als sie dich auf die Welt brachte, und sie war jung, als sie starb.

Ich frage mich bis heute, ob es anders gekommen wäre, wenn ich sie beizeiten aus dem Alligator geholt und hier im Haus untergebracht hätte. Doch dazu fehlte mir der Mut. Sie war ein Freudenmädchen und ich ein Witwer, wie hätte das ausgesehen? Womöglich hätte sie es auch gar nicht gewollt. Nun ist es zu spät dafür und nicht mehr zu ändern.

Das ist die Geschichte, die ich dir erzählen wollte – und die ich vielleicht doch für mich behalten werde. Du bist meine Tochter, alles andere ist unwichtig. Ich werde immer für dich sorgen und immer für dich da sein, so wie du für mich da gewesen bist, als mir der Tod näher war als das Leben. Uns beide hat das Schicksal zusammengefügt. Wen interessiert das Wie oder das Warum? Du weißt in deinem Herzen, dass du zu mir gehörst. Nur darauf kommt es an.«

Der Brief ist nicht unterschrieben. Ich glaube, während mein Vater den letzten Satz schrieb, war er sich schon sicher, dass er mir den Brief nie geben würde.

Ich falte den Brief zusammen und lege ihn in die Truhe zurück. Danach schaue ich lange durch die Scheiben in das graue Licht, in dem sich schemenhaft das Meer abzeichnet.

Die Geschichte ist traurig. Aber ist sie wirklich schlimm? So schlimm, dass ich sie niemals hätte erfahren dürfen? Nein, ist sie nicht. Ich kann das gut verkraften. Ich habe sowieso immer geahnt, dass die Frau, die in unserem Garten begraben liegt, eine Fremde für mich ist, mit der mich nicht viel verbindet.

Doch an das Mädchen, das immer mit mir gespielt hat, kann ich mich gut erinnern. Ich habe sie vermisst, als sie plötzlich nicht mehr kam.

»Sie ist mit einem Schiff in ein fernes Land gereist!«, erklärte mir mein Vater, als ich nach ihr fragte. »Wenn sie wiederkommt, wird sie dich bestimmt gleich besuchen und dir eine Menge zu erzählen haben!«

Auf diesen Besuch habe ich immer gewartet. Ich dachte, irgendwann kommt sie zum Gartentor hereinspaziert, winkt mir zu und dann setzen wir uns zusammen ans Flussufer. Sie wird mir erzählen, was sie in der großen, weiten Welt erlebt hat, auf ihre eigene bunte, dunkle Art und Weise, die mich immer fasziniert und erschreckt hat, beides zugleich. Ich glaube, das ist es, was mich am traurigsten macht an diesem Wintertag: dass das nie passieren wird. Sie wird nie heimkommen, denn sie war nie fort.

Andererseits, und das hat wiederum etwas Tröstliches, hat sie mich auch nicht verlassen. Meine Vorstellung, dass sie auf ein Schiff gestiegen ist, um von mir fortzusegeln, wie es mein Vater auch immer getan hat, verändert sich. Sie hat mich nicht im Stich gelassen, sie wurde nur unsichtbar.

Während ich hier so sitze, wird mir klar, dass ich das Kind eines Freudenmädchens bin! Weiß der Himmel, wer mein Vater ist, vermutlich einer dieser Männer, die regelmäßig im »Alligatorschwanz« verschwinden und hinterher, wenn sie um eine Stange Geld ärmer geworden sind, herumerzählen, wie sehr die Frauen doch auf sie stehen. *Deswegen* meinte meine Stiefmutter, ich solle den Brief zerstören.

Wenn ich mir vorstelle, der König würde davon erfahren! Oder gar der Kinyptische Kaiser! Dieser Gedanke bringt mich zum Lachen. Ich lache still vor mich hin, bis ich bereit bin, aufzustehen und zu gehen. Wie immer, wenn ich es geschafft habe, mich zu stellen, erweist sich die Wahrheit als längst nicht so schlimm, wie es die Furcht davor gewesen ist.

Kapitel 18

Der Schnee liegt mittlerweile so hoch, dass es kein Durchkommen gibt. Etzi, Kanickla und ich sitzen seit zwei Wochen im Haus herum und sehen keinen Menschen. Als es schließlich aufhört zu schneien, findet der Kronprinz seinen Weg zu uns und bleibt für eine Stunde im Salon zum Tee. Ich bringe es nicht übers Herz, meine Schwestern aus dem Raum zu schicken, und so erhalten die beiden die Gelegenheit, Wip näher kennenzulernen und er sie.

Sie sind recht verlegen und daher weniger redselig als sonst, folglich blubbert auch weniger dummes Zeug aus ihren Mündern, wofür ich dankbar bin, obwohl ich mich ja eigentlich nicht dafür verantwortlich fühlen müsste.

»Hast du etwas vom Krieg im Osten gehört?«, frage ich so beiläufig wie möglich.

»Ja«, antwortet Wip, »die Truppen des Kaisers wurden vom Feind eingeschlossen.«

Ich kann mein Entsetzen kaum verbergen.

»Heißt das … dass der Krieg bald vorbei ist? Weil der Kaiser gerade verliert?«

»Es ist zumindest Bewegung in das Kriegsgeschehen gekommen. Aber diese neue Wendung muss kein schlechtes Zeichen sein. Womöglich ist es ein strategischer Trick der Kaisersöhne, ein Winkelzug, der den Feind zu Fall bringen soll. Auch an der Grenze zu Taitulpan herrscht ein strenger Winter. Gerade kommt es nicht auf die Soldaten an, sondern einzig und allein auf die Strategie der Zauberer, die gegeneinander antreten.«

»Es kommt *immer* auf die Zauberer an!«, sagt Kanickla. »Mama hat geglaubt, dass sie alles bestimmen. Mehr als wir normale Menschen erkennen können.«

»Da ist etwas dran«, erwidert Wip. »Dummerweise ist unser Land nicht mit Zauberern gesegnet. Wir haben ein paar gute Feen und das war es dann auch. Wenn man sich die Weltkarte so betrachtet, konnten sich nur diejenigen Reiche aus eigener Kraft gegen das Kinyptische Reich behaupten, in denen sehr mächtige Zauberer regieren. Die Existenz unseres Landes wird geduldet, aber Fortinbrack, Taitulpan oder Gorginster können sich tatsächlich wehren, wenn sie angegriffen werden. Sie werden länger gegen den Kaiser bestehen als wir.«

»Wie kann man als Kronprinz so etwas sagen?«, fragt Etzi mit einem leichten Tadel in der Stimme. »Das klingt nicht sehr kämpferisch!«

»Wenn der Kaiser morgen beschließt, unser Land anzugreifen und in Besitz zu nehmen, gehören wir übermorgen nicht mehr uns selbst. Mein Vater und ich sind uns darin einig, dass wir eher nachgeben würden, als ein Blutbad in Kauf zu nehmen, das sowieso nur mit einer Niederlage für uns enden kann. Aber noch ist es nicht so weit. Grenzen werden nicht nur auf militärische Weise gesichert. Unsere Beziehungen zur Kaiserfamilie waren bisher gut. Wir haben sie nie provoziert, wir lassen sie von unserem Zugang zum Meer und unserem Handel profitieren. Wir geben Wissen weiter, das wir durch unsere Kontakte zu den unabhängigen Reichen erwerben, und versuchen uns dadurch als wertvoller Freund zu erweisen.«

»Heißt das«, frage ich erstaunt, »dass Amberling die anderen Reiche für den Kaiser ausspioniert?«

»Nein«, erwidert Wip. »Wir verhalten uns nur geschickt im Umgang mit Informationen, sowohl dem Kaiser als auch den unabhängigen Reichen gegenüber. Mal sind wir mitteilsam, mal verschwiegen. Unser Land zu regieren ist ein Balanceakt. Mein Vater versucht alle zufriedenzustellen – die unabhängigen Reiche, den Kaiser, sein Volk. Der Preis dafür ist hoch. Ohne unsere Verpflichtungen wären wir ein wohlhabendes Land, doch so ist die Not groß. Es gibt Orte auf dieser Welt, da ist ein kalter Winter einfach nur kalt. In unserem Land ist ein kalter Winter eine grausame und tödliche Gefahr und der König verfügt nicht über die Mittel, um sein Volk gegen diese Gefahr zu schützen.«

»Gut, dass wir die Anteile an der Mine in Fischlapp haben«, sagt Kanickla. »Sonst müssten wir womöglich auch hungern.«

»Was für eine Mine ist das?«, fragt Wip. »Was wird dort gefördert?«

»Magikalisches Magnesit«, erklärt Etzi. »Aber die Ausbeute lässt Jahr für Jahr nach. Die geben sich keine richtige Mühe mehr!«

»Wahrscheinlich sind die Vorkommen erschöpft oder man muss zu tief graben, um noch etwas zu finden«, sagt Wip. »Irgendwann werden sie die Mine schließen.«

»Was?«, fragt Kanickla. »Wovon sollen wir dann leben?«

»Das wird nicht heute oder morgen geschehen«, verspricht Wip schnell, da Kanickla vor lauter Schreck zu japsen angefangen hat und Etzi erschreckend bleich geworden ist. »Erst in ein paar Jahren. Vorher holen sie noch heraus, so viel sie können. So läuft das immer.«

Ich merke, dass er das mit einem kritischen Gesichtsausdruck sagt, gerade so, als würde er diesen Vorgang missbilligen.

»Was ist so schlimm daran?«, frage ich.

»Ich möchte euch nicht bekümmern. Ihr könnt nichts dafür und es steht auch nicht in eurer Macht, etwas daran zu ändern.«

»Woran denn?«, frage ich ungeduldig.

»Es ist so«, beginnt er zögernd, »dass in diesen Minen in Fischlapp schlimme Dinge passieren. Sie lassen Kinder darin arbeiten und die meisten von ihnen werden nicht alt. Das Geld, das ihr von der Mine erhaltet, wurde teuer bezahlt, menschlich betrachtet. Man kann die

Übermacht des Kaisers beklagen und die Art und Weise, wie er die Welt unter sein Joch zwingt, doch es gibt sicherlich keine einzige Mine im gesamten Kinyptischen Kaiserreich, in der ein Kind arbeiten muss. So etwas würde dort niemals geschehen.«

Seltsam. Ich habe nie groß darüber nachgedacht, wo unser Geld herkommt. Eine magikalische Magnesit-Mine, das war für mich immer ein wunderbarer Ort, an dem funkelnde, zauberkräftige Schätze abgebaut werden. Durch das Geschick meines Vaters, so mein naiver Glaube, verdienen wir an diesen Schätzen ein wenig mit. Nie habe ich mir diese Mine als einen Ort vorgestellt, in dem Kinder arbeiten müssen und ihre Gesundheit verlieren. Es gibt Wahrheiten, die sind zu hässlich, als dass man etwas Gutes darin finden könnte. Trotzdem muss man sie erkennen, sonst wird sich nie etwas ändern.

Ich bringe Wip an die Tür und den kleinen Weg entlang, den ich freischaufeln konnte, damit wir zur Not die Straße erreichen können. Wip ist bereits durch das Tor gegangen, wir haben uns schon verabschiedet, da dreht er sich noch einmal nach mir um.

»Weißt du überhaupt noch, wie er aussieht?«

Ich bin so überrascht über diese Frage, dass ich viel zu ehrlich antworte.

»Manchmal nur noch undeutlich«, sage ich. »Aber ich weiß noch ganz genau, wie er sich anfühlt. Wenn es nur mein Kopf wäre, der ihn vermisst, würde ich denken, ich bilde mir das alles nur ein. Ich kann nicht behaupten, dass ich ihn gut kenne. Schon gar nicht gut genug, um ihm mein Leben lang hinterherzutrauern. Aber wenn wir uns berührt haben, ist etwas passiert. Etwas, das immer noch in mir lebendig ist. Ich will es wiederhaben. Unbedingt! Ich sehne mich jeden Tag danach.«

»So genau wollte ich es gar nicht wissen.«

»Entschuldigung.«

»Danke für deine Ehrlichkeit.«

»Danke, dass du uns besucht hast. Wir haben uns sehr gefreut.«

Der Winter vergeht, ohne dass Neuigkeiten vom Krieg zu uns durchdringen. Der Schnee schmilzt, das Licht und die Wärme kehren zurück. Bei uns geht das immer sehr schnell. Täglich wird es wärmer, im Garten kämpfen sich die ersten Blumen ans Licht, die letzten Eisschollen am Rand des Flusses schmelzen.

Ich erfahre es nicht von Wip, sondern in der Stadt, während ich Besorgungen mache: Der Krieg an der Grenze zu Taitulpan ist vorüber. Der Kaiser hat alle vier verlorenen Provinzen zurückerobert, seine Söhne sind siegreich nach Tolovis zurückgekehrt.

Ich lasse fast meine Taschen fallen, als ich es höre. Mein Herz klopft wie wild. Nun wird er kommen! Er wird kommen, wie er es versprochen hat!

Ich erwarte ihn morgens, mittags, abends und nachts. Ich halte überall nach ihm Ausschau, wer weiß, womöglich ist er längst da, unter Tarnzaubern versteckt? Ich sammle sogar Umbra-Morcheln im Verbotenen Wald, es gibt nun wieder welche, doch niemand behelligt mich dort – kein Dragofant, kein Vampir und kein Kaisersohn.

Die ersten Kirschbäume fangen an zu blühen, doch kein Yspér hat sich bei mir eingefunden. Dafür hören wir, dass der Kaiser ein unabhängiges Reich überfallen hat, das Land Primgart-Salzstein im Nordwesten, und dass er es fast über Nacht in sein Reich eingegliedert hat. Die Nachricht ist noch frisch, als ich Wip bei einer Schiffstaufe treffe, zu der er mich eingeladen hat.

»Das ist erst der Anfang«, sagt er zu mir. »Der Kaiser greift durch! Primgart-Salzstein war ein Land wie unseres. Er wird nicht vor unseren Grenzen haltmachen, wir werden bald an die Reihe kommen. Darum hörst du nichts von deinem sauberen Yspér. Ich höre genauso wenig. Er oder sein Bruder werden mit Soldaten anrücken. Sie halten es nicht mehr für nötig, mit uns zu reden.«

Ich sehe ihm die Wut an und teile sie. Wie konnte es so weit kommen? Warum müssen wir für etwas büßen, das Taitulpan begonnen hat? Ich kenne die Antwort: Der Kaiser will seine Macht erhalten, um jeden Preis. Kleine Reiche werden geschluckt, die großen eingeschüchtert. Niemand treibt seine Späße mit dem Kaiser! Er wird dafür sorgen, dass er nicht noch einmal herausgefordert wird.

Als alle Obstbäume in voller Blüte stehen, spaziere ich mit Pompi durch den königlichen Schlossgarten. Ich habe von Wip die Erlaubnis bekommen, ihr den Garten zu zeigen, und so entdecken wir zusammen Orte darin, die ich noch gar nicht kannte. Eine kleine künstliche Grotte zum Beispiel, in der leuchtende Schildkröten schwimmen. Oder eine Schwarzweide, unter deren Blättern eine solche Dunkelheit herrscht, dass man darin Feuerhummeln herumtanzen sieht. Heute ist es so warm, dass wir uns am Ende unseres Spaziergangs auf die Wiese am Südhang setzen können. Von dort schauen wir hinab in die Bucht. Wir sehen die Schiffe aus der Vogelperspektive, ganz anders als im Hafen.

»Sieh mal, da oben!«, ruft Pompi plötzlich und zeigt in den Himmel über uns.

Mein Herz macht einen großen Sprung: Ein Flugwurm jagt dort oben durch die Luft! Ich würde diesen Flugwurm immer und überall wiedererkennen, auch noch aus einer viel größeren Entfernung. Es ist unverkennbar mein Löwenherz, seine goldbraune Farbe, seine Mähne, seine Art und Weise zu fliegen. All das ist mir so vertraut!

Löwenherz scheint das Gelände abzusuchen und als er entdeckt hat, was er sucht, schießt er auf mich zu. Pompi springt auf und rennt erschrocken zur Seite, da sie fürchtet, der Flugwurm könne sein eigenes Körpergewicht nicht rechtzeitig abfangen und werde mit voller Wucht auf uns prallen (was tatsächlich fatale Folgen für uns hätte), doch Löwenherz hat das Fliegen während seiner Gefangenschaft nicht verlernt. Kurz bevor er mich erreicht, macht er einen Schlenker, dreht sich elegant um seine eigene Achse und landet schließlich mit allen sechs Beinen gleichzeitig vor mir im Gras.

Für unsere Wiedersehensfreude gibt es keine Worte. Ich klammere mich an seinen Hals und stecke meinen Kopf in seine Mähne. Löwenherz zappelt ungeduldig und schlägt mit den Flügeln, doch er lässt sich meine Umarmung gefallen, sehr lange und geradezu hingebungsvoll. Doch schließlich schüttelt er mich ab und schubst mich sanft, wenn auch so vehement, dass ich Mühe habe, das Gleichgewicht zu halten. Er will fliegen, zusammen mit mir.

Ich habe mein grünes Kleid an, das sich kaum zum Ritt auf einem Flugwurm eignet, und Löwenherz ist weder gesattelt noch gezäumt. Ich werde wohl zum Prinzen ins Schloss hinaufsteigen und ihn bitten müssen, mir Reitkleidung und einen Sattel zu borgen. Ich will auch wissen, wie er es geschafft hat, Löwenherz zurückzuholen. Er hatte es schon einige Male versucht, jedoch ohne Erfolg. Biestig und arrogant seien die Behörden im Kinyptischen Reich, wenn man etwas von ihnen wolle, erklärte er mir. Früher, vor Ausbruch des Krieges, sei das anders gewesen.

Pompi verabschiedet sich und ich mache mich mit Löwenherz auf die Suche nach Wip. Als ich ihn schließlich im Innenhof des Schlosses finde, erschrecke ich. Meine Worte des Danks, die ich auf der Zunge habe, bleiben ungesagt. Sie wären gerade unangebracht, so niedergeschmettert, wie mir Wip vorkommt.

Er sitzt dort auf den Stufen und starrt die steinerne Reiterstatue an, die die Mitte des Hofes ziert. Dieser Reiter, von dem man nicht viel mehr weiß, als dass er Johart hieß und angeblich Steine mit der Kraft seiner Gedanken bewegen konnte, gründete laut der Legende unser Land. Nun – das sehe ich Wip an – soll diese Geschichte enden.

»Was ist passiert?«, frage ich. »Greift der Kaiser an? Und wo kommt Löwenherz so plötzlich her?«

Wip reißt seine Augen von dem Reiterdenkmal los und blickt mich an.

»Dein guter Freund Yspér hat ihn vorbeigebracht. Mit einem schönen Gruß an dich.«

»Mit einem Gruß?«, frage ich fassungslos. »Wo ist er denn jetzt?«

»Weitergezogen. Vorher bat er meinen Vater und mich um eine Unterredung. Oder sollte ich besser sagen: Vorher hat er uns im Namen seines Vaters erpresst? Ja, ich denke, das kommt der Wahrheit näher.«

»Das hat er getan? Wirklich?«

In mir bricht eine Welt zusammen. Ich sinke neben Wip auf die Stufen und es tröstet mich kaum, dass sich Löwenherz erstaunlich geduldig vor meine Füße legt, weil er merkt, dass mich etwas bedrückt.

»Wir hatten die Wahl«, sagt Wip düster. »Krieg oder Selbstaufgabe. Claerie – wir haben uns aufgegeben. Es war immer klar, dass wir so handeln werden, wenn wir vor diese Wahl gestellt werden.«

»Das heißt … das heißt …«

»Das heißt, dass unser Land eine Provinz des Kaiserreichs werden wird. Wir können uns selbst verwalten, was auch immer das bedeuten mag, schließlich müssen wir uns bei jeder Entscheidung an die Gesetze und Regeln des Kinyptischen Reiches halten. Alleingänge werden geahndet. Dafür werden uns die Abgaben erlassen, das Reich wird uns in Angelegenheiten, die wir aus Geldmangel nicht vorantreiben konnten, unterstützen. Angeblich. Es wird sich weisen, was von diesen Versprechungen zu halten ist.«

Ich kann es nicht glauben. Mein Land! Mein stolzes, unabhängiges Land!

»Werden wir noch … einen König haben?«

»Ja, aber einen mit sehr viel weniger Macht. Mein Vater wird ein Vermittler sein zwischen dem Kaiser und seinem Volk.«

»Ab wann werden wir nicht mehr uns selbst gehören?«

»Die Verträge sind in Arbeit. Es wird noch einmal Verhandlungen über die Einzelheiten geben, die könnten sich ein oder zwei Monate lang hinziehen. Sobald mein Vater unterschrieben hat, gehört das unabhängige Reich namens Amberling der Vergangenheit an.«

»Wie kann er so etwas tun?«, frage ich fassungslos. »Wie kann er uns so verraten? Wie kann er *mich* so verraten?«

»Er macht, was sein Vater ihm sagt. Und selbstverliebt, wie es die Kinyptische Dynastie nun mal ist, glaubt er auch noch, uns damit einen Gefallen zu tun. Denn was könnte schöner sein, als ein Teil des Kaiserreichs zu sein?«

Wir sitzen schweigend nebeneinander im Hof, bis die Dämmerung einsetzt. Ich bitte Wip nicht um Reitkleidung und einen Sattel. Ich beschließe, zu Fuß nach Hause zu gehen und den Ausritt auf morgen früh zu verschieben.

Löwenherz fliegt voraus. Als ich zu Hause ankomme, ist es schon dunkel geworden. Mein Blick wandert sofort zu dem flachen Dach zwischen den zwei höchsten Giebeln hinauf. Dort oben liegt mein Flugwurm, ich sehe seine schwarzen Umrisse. Er schläft. Dieses Dach war schon immer sein Lieblingsplatz. Auch tagsüber lag er oft dort oben und beobachtete alles, was rund ums Haus vor sich ging. Ich bin so glücklich, dass er wieder da ist! Und gleichzeitig bin ich tieftraurig. Wie konnte es mit Yspér und Amberling nur so weit kommen?

Ich steige die Stufen zu meinem Turmzimmer empor. Ich hätte nach dem Tod meiner Stiefmutter in mein altes Zimmer zurückziehen können, doch der Raum ist mir fremd geworden. So zugig und feucht mein Turmzimmer auch ist, ich liebe es. Ich liebe den Ausblick, ich liebe die Gesellschaft der Tauben, ja sogar der Fledermäuse und Spinnen. Als es im Winter sehr kalt war, habe ich unten im Haus geschlafen, doch jetzt, da es wieder wärmer geworden ist, mag ich es, in meinem Bett zu liegen und durch das Fenster geradewegs in die Sterne zu blicken.

Als ich mein Zimmer betrete, bemerke ich sofort den ungewohnten Geruch. Es duftet nach blauem Kurkuma und einer Andeutung von Sommerkräutern. Ich halte die Lampe höher und sehe, dass etwas auf meinem Bett liegt. Mein Tuch! Das Tuch, das ich im letzten Sommer im Wald verloren habe, als ich Yspér begegnet bin! Auf dem Tuch liegt ein Säckchen, das mit blauem Pulver gefüllt ist. Der Wert einer solchen Menge würde auf einem Gewürzmarkt drei bis vier Goldstücke betragen.

Ich drehe mich mit meiner Lampe im Zimmer um, leuchte in alle Ecken. Erst denke ich, er ist nicht hier, doch mein Gefühl sagt mir, dass ich nicht alleine im Zimmer stehe. Mehr noch – ich spüre eine Anwesenheit, die mich in Aufregung versetzt, in begeisterte, wütende Aufregung.

Da! Etwas flackert vor dem Fenster. Ich erinnere mich an einen Ratschlag, den mir das Mädchen, das in Wirklichkeit meine Mutter war, gerne gegeben hat: »Blinzle, wenn dir was entwischen will«, pflegte sie zu sagen. »Blinzle, denn deine Augen täuschen sich oft. Wenn du nicht so genau hinsiehst und dein Blick leicht verschwimmt, beginnt dein Herz zu suchen. Es findet, was deine Augen nicht festhalten können.«

Genau so mache ich es jetzt – und er, den ich so lange vermisst habe, wird sichtbar!

Kapitel 19

Großartig!«, sagt er und klatscht in die Hände. »Du hast es geschafft.«

Er tritt aus dem Tarnzauber hervor, sodass ich ihn jetzt richtig sehen kann: Er ist größer als ich, auch größer als Wip. Das war mir gar nicht mehr so bewusst gewesen. Die Sommersprossen bedecken wie damals seine Haut und ich stelle erleichtert fest, dass keine neuen Narben in seinem Gesicht hinzugekommen sind, trotz des Krieges. Die blauen Augen mit der Dunkelheit darin sehen mich intensiv an. Durchaus wohlwollend, wenn auch ein bisschen distanziert. Wir haben uns lange nicht mehr gesehen. Sehr, sehr lange. Von großer Vertrautheit kann keine Rede mehr sein.

»Weißt du, dass das ein gutes Zeichen ist?«, fragt er. »Wenn man jemanden unter einem Tarnzauber entdecken kann – noch dazu, wenn man magisch so unbegabt ist wie du – dann heißt das, dass einem die getarnte Person etwas bedeutet.«

»Oder, dass man sehr wütend auf die getarnte Person ist!«

»Du bist also wütend«, sagt er und es klingt so, als fände er das eher lustig als bestürzend.

Was mich noch wütender macht. Hatte er schon immer diese Hier-komme-ich-Ausstrahlung? Oder ist ihm der Sieg gegen Taitulpan zu Kopf gestiegen?

»Was fällt dir eigentlich ein?«, schreie ich ihn an. »Du wagst es, in dieses Land zu kommen, in *mein* Land, und den König zu erpressen?

Nur die schlechtesten Menschen auf dieser Welt trampeln über die Schwächeren hinweg und reißen an sich, was ihnen nicht gehört! Wie kann man nur so etwas tun? Ich hasse das! Ich hasse es, ohnmächtig zu sein und mir etwas bieten lassen zu müssen, weil ich keine andere Wahl habe! Weil irgendjemand daherkommt und sagt: ›Ich bin stärker als du! Ich nehme mir, was ich haben will, weil ich es *kann*!‹ Solche Menschen verachte ich. Ich verachte *dich!*«

Es scheint ihn nicht sonderlich zu belasten. Er unterdrückt ein Lächeln, was ihm nur schlecht gelingt.

»Wenn du das lustig findest«, erkläre ich drohend, »ist dir nicht zu helfen!«

»Entschuldige«, erwidert er, »ich habe mich nur an unser letztes Gespräch erinnert. Du sagtest, dass du eine Menge Leute verachtest. Und ich sagte dir, dass du diese Leute, die du verachtest, liebst. Du hast es nicht abgestritten.«

Tja. In diesem Fall kann ich es auch nicht abstreiten, aber das werde ich ihm ganz bestimmt nicht verraten. All das, was ich Wip im Winter am Gartentor erzählt habe, gilt nach wie vor: Ich will dieses verabscheuungswürdige Zauberer-Monster, das da vor mir steht, berühren. Ich will ihn in meinen Händen haben, es zieht mich unwiderstehlich dorthin. Aber ich besitze Ehre. Ich werde diesem schändlichen Impuls *nicht* nachgeben.

Blöd an der Sache ist nur, dass es ihm mit der Anziehungskraft genauso zu gehen scheint, doch er offenbar gar keine Ehre besitzt, die es gegen mich zu verteidigen gilt. Er kommt auf mich zu, umfasst meinen Kopf mit beiden Händen, als wäre er eine Melone auf dem Marktstand, die man sich einfach so nehmen kann, wie es einem gefällt, und kommt mit seinem Gesicht ganz nah an meins heran.

»Ich bin stärker als du!«, sagt er. »Viel stärker! Aber ich liebe dich – und genauso liebe ich dein Land. Du begreifst gerade überhaupt nicht, dass ich mich schützend zwischen euch und meinen Vater werfe, in der Absicht, das Beste für Amberling herauszuholen! Mein Vater hat es nicht nötig zu verhandeln. Er könnte hier aufkreuzen, mit einem Bruchteil seiner Streitkräfte, und eurem König diktieren, was als Nächstes passiert. In genau der Weise, die du so verabscheust. Und glaub mir, wenn ich nicht hier wäre, dann würde er das auch genauso machen, in dem Glauben, dass es für die ganze Welt das Beste wäre. Aber ich *bin* hier und ich bin bereit mir anzuhören, was dein König und Wip mir zu sagen haben. Schrei mich nicht dafür an, dass ich bei meinem Vater die größtmögliche Freiheit für euch erkämpft habe. Er ist bereit, die Verantwortung für Amberling in Zukunft mir zu überlassen, solange die Annektierung – ich gebe zu, dass es eine ist – reibungslos und schnell erfolgt.«

»Soll ich dich jetzt dafür küssen, dass du ein bisschen weniger grässlich bist als dein Vater? Weil du uns die *größtmögliche* Freiheit lässt?«

»Warum und wofür du mich küsst, ist mir eigentlich gleich, aber du kannst gerne loslegen!«

Er ist so verführerisch nah bei mir, dass ich versucht bin, es wirklich zu tun. Aber das geht nicht! Nicht so!

»Wie wäre es, wenn ihr uns einfach in Ruhe lasst und euch daran erinnert, was sich gehört?«

»Es liegt nicht in meiner Macht, euch eure Unabhängigkeit zu lassen. Schluss, fertig, aus.«

»Du weinst dir aber auch nicht die Augen darüber aus, dass du sie uns wegnimmst!«

»Stimmt.«

Ich war so nahe daran gewesen, meine Vorbehalte für ein paar Sekunden auszublenden, um mich ihm an den Hals zu werfen, aber jetzt kehren mein Zorn und mein Stolz mit aller Macht zurück. Ich nehme seine Hände, die immer noch meinen Kopf festhalten, und schleudere sie von mir weg, was gelingt, weil er sich das gefallen lässt. Ich glaube, wenn er versucht hätte, gegenzusteuern, hätte ich schlechte

Karten gehabt. Und bei rücksichtslosen Thronräubern, die sich einen Dreck um die Grenzen anderer scheren, kann man ja nie wissen …

»Pass mal auf, du bescheuertes Söhnchen von einem Kaiser: Ich heirate Wip, wenn du so weitermachst, weil ich ihn wesentlich sympathischer finde als dich! Weil er nie so herablassend sein könnte wie du und weil er Mitgefühl besitzt und sich sehr kluge Gedanken macht und weil ich ihm gerne zuhöre. Und weil er geduldig ist und über sich selbst lachen kann und weil er so tapfer ist in dieser Situation, in der man ihm sein Land, seine Tradition und seine Würde raubt!«

Zu meiner Überraschung lacht Yspér los.

»Der arme Wip, ich glaube, ich fange gleich zu heulen an, vor lauter Kummer über seine tragische Situation!«

»Ist sie etwa nicht tragisch?«

»Nein, ist sie nicht, mein Schatz! Es geht ihm gut, er verliert *nichts*. Was wäre denn, wenn euer Land die nächsten zehn oder hundert Jahre um die Unabhängigkeit kämpfen müsste? Der König und dein Wip würden sich abstrampeln, während das Land und das Volk langsam, aber sicher vor die Hunde gehen würden. Ihr könnt es euch nicht *leisten*, unabhängig zu sein, das ist die traurige Wahrheit. Wip und sein Vater werden immer goldene Löffel und Gabeln haben und einen Koch, der ihnen karamellisierte Erbsenschoten zubereitet, keine Sorge. Egal, ob sie ihr Königreich behalten oder es verlieren, denn sie werden immer die Monarchen in diesem Reich bleiben, vom Kaiser eingesetzt oder auch nicht. Aber du – genau du – müsstest am allerbesten wissen, dass es in diesem Land keinen Spaß macht, arm zu sein und *nichts* zu haben. Und mit Verlaub, es tut mir leid, wenn ich dir damit auf deiner Schleppe des Stolzes herumtrampele, aber in deinem Land gibt es viel zu viele arme Schlucker! Ist dir klar, wie viele Menschen bei euch an Krankheiten sterben? Wie viele Hunger leiden? Wie viele unter unmenschlichen Bedingungen aufs Meer hinaussegeln und wie wenige von ihnen heil, unversehrt und mit einem Auskommen hierher zurückkommen?«

»Natürlich weiß ich das. Und es liegt daran, dass wir uns freikaufen müssen. Bei deinem Herrn Vater!«

»Was für ein Unsinn! Mein Vater ist reich, das Kaiserreich ist wohlhabend, wir brauchen euer Geld nicht. Aber ihr braucht uns! Ihr braucht diese Stärke im Hintergrund, die du so verurteilst. Eine Stärke, die eingreift, wenn die Dinge nicht gut laufen. Ihr braucht einen Kaiser, der Mädchen wie dich, wenn sie mit zwölf Jahren ihren Vater verlieren, weiterhin zur Schule schickt. Einen Kaiser, der darauf achtet, dass Kinder wie du nicht von Erwachsenen ausgebeutet werden, schon gar nicht von ihren Verwandten. Ihr braucht einen Kaiser, der Jahr für Jahr Unsummen in die medizinische Versorgung seiner Untertanen steckt und den Ärmsten der Armen unter die Arme greift. Ihr braucht jemanden, der euch etwas von seiner Stärke abgibt, einen Kaiser, der darauf baut, dass es dem Land gut geht, wenn es den Leuten darin gut geht. Weißt du, warum wir die Provinzen zurückgewonnen haben, die Taitulpan erobert hatte? Weil sie unbedingt zu uns gehören wollten. Und nicht zu Taitulpan!«

»Seit ich ein kleines Kind bin, heißt es, dass wir dem Kinyptischen Kaiserreich Unsummen bezahlen müssen – dafür, dass wir frei bleiben!«

»Genau. Ihr kutschiert Abertausende Kisten von Gold über die Grenze, jedes Jahr, weil es irgendwo einen Vertrag gibt, in dem steht: Wenn ihr uns kein Gold gebt, kassieren wir euch ein!«

Ich runzle die Stirn.

»Ist es etwa nicht so?«

»Es ist totaler Quatsch! Natürlich fließt sehr viel Geld von Amberling ins Kaiserreich. Aber ihr bekommt ja auch etwas dafür. Alles, was ihr nicht habt, kauft ihr bei uns. Und ihr braucht sehr viel, denn euer Land ist klein, da kann man nun mal nicht alles selbst herstellen oder es wochenlang aus einem anderen unabhängigen Reich heranschaffen. Dein Flugwurm ist das beste Beispiel dafür. Ihr habt überhaupt keinen Platz für solche Fälle. Entweder tötet ihr solche Geschöpfe, die als problematisch gemeldet werden, oder ihr überantwortet sie unseren Einrichtungen und Gesetzen. Ihr habt euch für die zweite Möglichkeit entschieden, was sinnvoll ist. Der Flugwurm wurde also über die Grenze gebracht und bei uns einquartiert. Natürlich lässt sich das Kinyptische Reich diese Gefälligkeit bezahlen. Übrigens schickt ihr auch eure Verbrecher zu uns, sie sitzen in unseren Gefängnissen – dafür bezahlt ihr Geld. All das wird euch keine müde Kupfermünze mehr kosten, wenn wir *ein* Reich sind. Ihr profitiert von unserer Stärke, wir vergrößern dadurch unser Land, sichern unsere Grenzen und stabilisieren unsere Macht. So hat jeder etwas davon.«

Ich starre ihn trotzig an. So einfach ist das nicht. Bestimmt nicht!

»Alles, was es euch kostet – was es euch wirklich am Ende und unter dem Strich kostet – ist, dass über dem Schlossberg nicht mehr die gelb-blaue Flagge von Amberling weht, sondern der grüne Zweig auf brombeerfarbenem Grund – die Flagge des Kinyptischen Kaiserreichs. Ist das wirklich *so* schlimm?«

»Das ist *mein* Land und es soll gefälligst *unsere* Flagge auf dem Schlossberg wehen!«

»Es sind andere Farben und ein anderes Muster – das ist alles.«

»Ist es nicht! Es geht um Würde und um Tradition und um Freiheit!«

»Ihr werdet wohlhabender sein als vorher. Und wenn du mich fragst, macht es die Menschen wesentlich freier, wenn sie genug Geld zum Leben haben.«

»Die Flagge soll gelb-blau bleiben!«

»Das wird sie aber nicht.«

»Wird sie grün-brombeerfarben, musst du auf mich verzichten!«

»*Gelb-blau, gelb-blau.* Weißt du eigentlich, wie du dich anhörst? Wie ein gewisser achtjähriger Prinz, der über die Farbe seiner Torte nicht hinwegkommt!«

»Das kannst du ja wohl kaum vergleichen.«

»Und ob ich das vergleichen kann! In beiden Fällen geht es um Trotz und Vernunft. Vom Prinzen hast du vernünftiges Handeln erwartet, obwohl er erst acht war. Aber du – mit siebzehn Jahren – darfst mir mit deinem erpresserischen Gemaule die Pistole auf die Brust setzen? Da ist Trotz plötzlich heldenhaft und angebracht?«

»Wie redest du eigentlich mit mir? «

»Offen und ehrlich, wie man das mit seiner Zukünftigen machen sollte. Bei uns macht man das jedenfalls so, im bösen Kinyptischen Kaiserreich. Kann ja sein, dass man sich in Amberling gerne gegenseitig belügt und sich dabei gleich viel freier fühlt!«

Ich schnappe aus diversen Gründen nach Luft. Erstens, weil er so unglaublich unverschämt ist! Zweitens, weil mir gerade ein wenig die Argumente ausgehen, obwohl ich mir ganz sicher bin, dass mein Standpunkt nicht so dumm-trotzig ist, wie er ihn gerade darstellt. Und drittens, weil er mich soeben als seine Zukünftige bezeichnet hat. Am besten hänge ich mich jetzt an Punkt drei auf, denn zu diesem Thema fällt mir sehr viel ein!

»Ich bin also deine Zukünftige, ja?«

»Mit der Betonung auf dem Wort *Zukunft*«, erwidert er. »Ich habe nicht vor, dich morgen zu heiraten, aber ich beziehe dich gerade ganz gerne in meine Pläne mit ein. Seit dem letzten Sommer mache ich das und ich gebe zu, dass mir das durch einige dunkle Stunden geholfen hat. Mir ist natürlich bewusst, dass der arme Wip eine viel schlimmere Zeit hinter sich hat als ich. Womöglich hat er sich ab und zu eine kalte Nase geholt in diesem strengen Winter und dann ging dem Koch auch noch die Hirschleberpastete aus, weil die Jäger wegen des hohen Schnees keinen Nachschub liefern konnten. Dagegen war der Krieg das reinste Vergnügen. Es wird einem auch nicht so schnell langweilig wie in Friedenszeiten, weil man endlich mal gefordert ist, durch Hunger, Gefahr, Anstrengung und die tägliche Ungewissheit, ob man den nächsten Tag überlebt. Wenn du also ihn heiraten möchtest, da er dein ganzes Mitgefühl verdient, darfst du das gerne tun. Ich werde es dir nicht verbieten!«

»Obwohl du natürlich stark genug wärst, ein Verbot durchzusetzen!«

»Mir würden da schon Mittel und Wege einfallen …«

»Und wie ist das mit deiner geliebten, verantwortungsvollen, großartigen, heldenhaften Kinyptischen Kaiserfamilie? Dein Vater ist nicht zufällig dagegen, dass du ein Mädchen heiratest, das nicht zaubern kann und eine Ausländerin ist?«

»Eine Ausländerin bist du ja bald nicht mehr, das steht fest.«

»Aber ich werde magisch unbegabt bleiben.«

»Ja, das ist in der Tat ein Problem. Ich habe mich mächtig ins Zeug gelegt, um meinen Vater von dieser Verbindung zu überzeugen oder wenigstens zu erwirken, dass er sie mir nicht ganz und gar verbietet. Du kannst das nicht beurteilen, weil du ihn nicht kennst, aber ich sage dir, diese Auseinandersetzungen haben mir mindestens so viel Kampfgeist und taktisches Geschick abverlangt wie der ganze Krieg.«

»Und das alles, ohne die Braut zu fragen, ob sie überhaupt möchte?«

»Ich dachte, ich frage die Braut lieber erst, wenn sie die Bedingungen kennt.«

Ich komme nicht umhin, in meinem Bauch etwas zwischen Panik, Begeisterung und Lust zu verspüren. Von allem ein bisschen, obwohl ich mir gleichzeitig wie eine Verräterin vorkomme. Erst einem habgierigen Kaisersohn Vorhaltungen machen und ihn dann unbedingt haben wollen, das geht doch nicht!

»Was sind das für Bedingungen?«, frage ich möglichst kühl.

»Du hast kein Anrecht auf den Besitz meiner Familie, weder du noch deine – also unsere – Kinder, falls es dazu kommt. Sie bleiben von der Erbfolge ausgeschlossen. Des Weiteren wünscht mein Vater, dir nie zu begegnen, was bedeutet, dass du dich von sämtlichen Kaisersitzen, insbesondere dem Palast in Tolovis, fernhalten müsstest. Er erkennt dich nicht als Teil der Familie an, würde aber eine Heirat – wenn ich es absolut nicht lassen kann und auch nicht mehr zur Vernunft komme – nicht verhindern. Voraussetzung ist, dass du einen Vertrag unterschreibst, in dem du auf alle Rechte und Titel verzichtest, auch im Namen deiner Nachkommen.«

»Ah – und vermutlich ist das mal wieder so eine Maßnahme, die nur zu meinem Besten ist!«

»Da man als Mitglied der Kinyptischen Dynastie tatsächlich auch unbequeme Pflichten hat, hat ein solcher Vertrag auch Vorteile.«

»Und jetzt soll ich jubeln und dir um den Hals fallen?«

»Wie ich schon sagte, ich habe nicht vor, dich morgen zu heiraten. Wir sind ja noch jung. Überleg es dir einfach.«

Hier stehen wir nun einander gegenüber, im fast dunklen Turmzimmer, zu dem der Mond hereinscheint. Ich wünschte, ich könnte alles, was zwischen uns steht, einfach ausschalten, nur für eine Nacht. Ich wünschte, wir würden uns wieder so küssen wie im Garten während der Ballnacht, diesmal unbeobachtet und ungestört. Wir müssten nicht damit aufhören, wir könnten weitermachen bis zum nächsten Morgen.

»Ich bin übrigens keine Kaufmannstochter«, sage ich, um noch einmal gegenzusteuern. »Die echte Claerie starb. Also ist mein Vater in den Alligatorschwanz gegangen, hat sich das Baby eines Freudenmädchens geholt und es als seine Tochter aufgezogen. Na, was sagst du dazu?«

»Das ist die ganze Geschichte hinter dem mysteriösen Namen auf dem Grabstein? Ich bin ein wenig enttäuscht.«

»Ob dich die Geschichte enttäuscht oder nicht, ist mir egal. Ich will wissen, was du von meiner Mutter denkst!«

Er mustert mich sehr genau, sein Blick wandert von meinem Scheitel bis zur Sohle und wieder zurück, was ein wenig kitzelt. Ich fühle mich unsittlich beobachtet!

»Na ja, ich denke: Wenn sie dir auch nur ein bisschen ähnlich gesehen hat, muss sie in ihrem Metier sehr erfolgreich gewesen sein.«

Ich muss lächeln.

»Du verachtest uns nicht? Was ist mit deinem Vater?«

»In der Hinsicht würde ich dich sehr bitten, die Sache für dich zu behalten. Mein Vater wäre überhaupt nicht entzückt und das könnte zu Komplikationen führen. Mein Bruder und ich, wir halten es schon immer so: Wir erzählen ihm keine Dinge, die ihn nur unnötig aufregen. Davon hat niemand etwas, bei so einem mächtigen Mann.«

»Du bist der Einzige, dem ich bisher davon erzählt habe. Ich habe nicht vor, diese Geschichte an die große Glocke zu hängen.«

»Da bin ich beruhigt.«

»Macht es dir nichts aus? Ich meine – das sind keine Vorzeigeeltern! Wobei ich glaube, dass du meine Mutter gemocht hättest. Ich mochte sie jedenfalls sehr gern.«

»Dann hätte ich sie auch gemocht. Wie hieß sie?«

»Janah. Sie hieß Janah.«

Es ist, als hätte ich ein Zauberwort ausgesprochen. Ich glaube, ich habe diesen Namen nie mehr gesagt, seit mein Vater behauptet hat, dass Janah in die Welt hinausgesegelt sei. Meine Fee glaubt an den Zauber von Worten und sie vertraut der Macht der Ahnen. Vor allem glaubt sie an die Verbindung zwischen Mutter und Kind, gegen die der Tod nicht ankommt. Niemals endgültig.

Und so passiert es, als ich den Namen meiner Mutter ausspreche, dass ich weiß – ganz sicher weiß – dass sie auf mich aufpasst, auf eine ganz unaufdringliche Art und Weise. Leicht wie Schmetterlingsflügel legt sich ihre Fürsorge auf mich, so war es schon immer. Ich habe nie ein Gewicht gespürt, weswegen ich vielleicht dachte, es sei niemand da. Dabei war sie bei mir. Die ganze Zeit habe ich mich an der Liebe und der Zuversicht aufgerichtet, die sie mir geschenkt hat.

Die Geister, so behauptet es meine Fee, sind dem Leben nicht mehr so verhaftet, wie wir es sind. Sie sind frei und großmütig und sehen alles viel entspannter, als sie es zu Lebzeiten getan haben. Ihre Ketten sind gesprengt, ihre Seelen tanzen. Die tanzende Seele meiner Mutter kann die Welt besser erkennen als ich. Sie ist nicht von Zweifeln geplagt oder in der Verwirrung gefangen. Sie sieht alles deutlich und schön. Und weil das so ist, flüstert sie mir zu: »Du liebst ihn! Worauf wartest du noch?«

Sie hat vollkommen recht. Worauf warte ich?

Ich trete auf ihn zu, stelle mich auf die Zehenspitzen und berühre seinen Mund mit meinem. Mehr braucht es nicht, um uns vergessen zu lassen, worüber wir eben noch gestritten haben. Unsere Instinkte jagen uns immer noch einander in die Arme und weil wir das so lange entbehrt haben, stürzen wir uns aufeinander, ohne jeden Anstand.

Wenn wir uns berühren, passiert etwas mit mir. Etwas Heftiges. Ich bin von anderen Kräften angetrieben als sonst und obwohl es sich so anfühlt, als würde ich von diesen Gefühlen überrumpelt und verschlungen, bin ich doch ganz bei mir, so wie noch nie.

Jeder Zentimeter von mir, den ich aufgebe und ihm überlasse, ist ein Gewinn. Jeder Teil von ihm, den ich hungrig erobere, kostet mich die Herrschaft über mein Herz. Auf einmal ist mein Herz gebunden, verschmolzen mit diesen Erlebnissen. Nie mehr könnte ich mein Herz einfach einpacken und gehen. Es wird nie mehr unversehrt sein, es trägt Spuren, die gleichen Spuren, die ich seinem Herzen zugefügt habe.

So ergeben wir uns beide, werfen uns wie von Sinnen in diese Kapitulation, spüren den süßen Schmerz des Verlustes und berauschen uns an der Niederlage. Die Verbindung ist besiegelt, eine beschlossene Sache, es gibt kein Zurück. Doch die Einzelheiten können wir noch ausfechten und das tun wir auch, mal wild, mal dreist, mal zärtlich.

Ich glaube, wir werden das immer tun: um die Einzelheiten kämpfen, mit dem Herzen und dem Kopf, weil wir so sind. Stolze Rechthaber, verliebt und störrisch. Er wird kein leichtes Spiel mit mir haben, denn die Liebe ist mein Element. Das weiß ich seit dieser Nacht. Ich beherrsche diese Disziplin wie keine andere Magie und deswegen werde ich, wann immer ich mit diesem Thronräuber kämpfe, siegreich sein.

Kapitel 20

Am nächsten Morgen wache ich vom Gurren einer Taube auf. Ich blinzele träge, recke und strecke mich, so gut es innerhalb der Arme, die mich umschließen, möglich ist, und stelle fest, dass ich verschlafen habe. Die Sonne ist längst aufgegangen, um diese Zeit räume ich normalerweise das Frühstück ab!

Auf der Decke, unter der wir liegen, sitzen fünf weiße Tauben. Während ich mich noch wundere, warum es die Tauben heute Morgen so bequem finden, auf mir – beziehungsweise *uns* – zu sitzen, höre ich ein Geräusch, das so unwirklich ist, dass ich an meinem Verstand zweifle. Jemand steigt die Stufen zu meinem Turmzimmer empor und es ist nicht meine gute Fee! Deren tippelnde Schritte kenne ich, während die Person, die gerade anrückt, eher trampelt. Entschlossen und erzürnt, wie mir scheint.

»Wach auf!«, flüstere ich Yspér zu. »Du musst dich tarnen. Sofort!«

Zu spät. Er wird zwar wach, aber er tarnt sich ganz offensichtlich nicht, denn Etzi, die im nächsten Moment durch die offenstehende Tür tritt, zeigt einen Grad von Entsetzen, der nur durch den Anblick eines Mannes in meinem Bett hervorgerufen werden kann, noch dazu eines Mannes mit freiem Oberkörper. Seine Kleidung liegt ebenso wie meine kreuz und quer im Raum verstreut.

Etzi steht da, wie zur Salzsäure erstarrt, doch Gworrokko und Natascha, die sie begleitet haben, zeigen sich weniger schüchtern und erschüttert. Sie stürzen in Richtung Bett, beide im Jagdfieber und hungrig auf frische Tauben, doch da erlebe ich meinen Zauberer zum ersten Mal in Aktion. Er hebt die Hand, eigentlich ist es nur eine ganz kleine Bewegung, und Natascha und Gworrokko rennen gegen einen unsichtbaren Widerstand. Egal, wie sie sich abstrampeln, sie erreichen das Bett und die Tauben nicht!

»WAS ... UM ALLES ... IN DER WELT ... HAT DAS ... ZU ... BEDEUTEN?«, fragt Etzi, die mittlerweile ihre Sprache wiedergefunden hat.

Sie schnappt zwischen den Worten nach Luft, was nicht nur an ihrer Empörung, sondern auch an der Anstrengung liegen dürfte, die sie hinter sich hat. Es muss Jahre her sein, dass sie das letzte Mal die ganzen vielen Treppen zu meinem Zimmer hinaufgestiegen ist! Und es beweist, dass sie Kanickla wirklich gern hat, ganz gleich, wie garstig sie manchmal zu ihr ist. Kanickla hätte es niemals die ganzen Stufen hinaufgeschafft und so ist Etzi heldenhaft eingesprungen, um ihre Schwester vor dem Hungertod zu retten.

»Wir sind verlobt«, behaupte ich zu meiner Verteidigung.

»Ach ja?«, fragt Etzi höhnisch. »Natürlich. Wie konnte ich etwas anderes denken? Und wann wird geheiratet?«

Yspér und ich sehen uns an. Seine Augen sind genauso frei von Zweifeln wie meine.

»Im Sommer«, sagt er.

»So, so, im Sommer«, wiederholt Etzi, die uns offensichtlich kein Wort glaubt. »Wenn unsere Mutter das wüsste! Wie furchtbar – jetzt gerätst du auch noch auf die schiefe Bahn! Und *wir* müssen es ausbaden. Hast du dir mal überlegt, wie sehr unser Ruf darunter leiden wird? Nicki und ich werden *nie* einen Mann finden, wenn du solche Sachen machst!«

Jetzt bricht sie fast in Tränen aus und das Komische daran ist: Sie tut mir wirklich leid. Ich möchte ihr am liebsten sofort einen Mann besorgen, damit sie erkennt, dass ihre Sorgen unbegründet sind.

»Yspér hat bestimmt ein paar Freunde, die er euch vorstellen kann!«, sage ich. »Auf der Hochzeit.«

»Was *redest* du?«, ruft Etzi aufgebracht. »Wie willst du denn eine Hochzeit feiern? Wir haben kein Geld, so eine Feier können wir uns gar nicht leisten.«

»Er hat Geld«, sage ich und zeige auf den Mann neben mir. »Hast du doch, oder? Oder verbietet dir dein Vater auch, Geld für die Hochzeit auszugeben?«

»Ich kann so viel ausgeben, wie ich will«, erwidert er. »Und für was ich will. Deine Schwestern müssen sich gar keine Sorgen machen.«

Etzi zieht die Nase kraus. Missbilligend. Ihr ist deutlich anzusehen, was sie denkt: Warum hat Aschenkindel den Prinzen sausen lassen? Wie konnte sie nur etwas so Dämliches tun? Niemand ist reicher als der Kronprinz! Schon gar nicht dieser Typ, der sich einfach so in das Bett eines anständigen Mädchens legt. Ohne offizielle Verlobung. Wer macht denn so etwas? Der Kronprinz hätte das nie getan!

»Du wirst mir das jetzt nicht glauben«, erkläre ich Etzi, »aber er ist wirklich in Ordnung und kann sich so eine Hochzeit auch leisten. Erinnerst du dich an den Ball? Erinnerst du dich an den Sohn des Kinyptischen Kaisers, der kurz dort war? Na?«

Ich warte darauf, dass bei Etzi der Groschen fällt. Sie muss doch erkennen, dass der vornehme junge Herr, von dem der Kronprinz behauptet hat, er verleihe der Veranstaltung einen Glanz von Welt, der gleiche ist, der hier neben mir in meinem Bett liegt. Aber er fällt nicht – der Groschen steckt fest.

»Ja? Was soll mit dem sein?«

»*Er* ist es! Er ist der Sohn des Kaisers.«

Ich hätte jetzt gerne, dass jemand ein Gemälde von Etzis Gesicht malt, exakt so, wie es gerade aussieht, und das möchte ich mir dann in die Küche hängen, gleich über das Becken mit dem Abwaschwasser. Und jedes Mal, wenn sie in die Küche gerannt kommt und mir besserwisserisch erklärt, was ich zu früh, zu spät, zu schnell, zu langsam, zu falsch, zu krumm oder zu nachlässig gemacht habe, möchte ich mir dieses Bild ansehen. Das wäre toll!

»Das verstehe ich jetzt nicht«, sagt sie zögerlich. »Und was ist mit dem Prinzen?«

»Der ist noch zu haben. Vielleicht kommt er ja sogar zu unserer Hochzeit. Wenn du möchtest, Etzi, kannst du dir neue Modejournale bestellen. Ich verspreche dir, für meine Hochzeit bekommst du genau das Kleid, das du dir für den Ball erträumt hast! Es darf sogar brombeerfarben sein, denn ich fürchte, die Farben des Kinyptischen Reiches sind nicht mehr verpönt. Obwohl ich persönlich darauf hoffe, dass *unsere* Farben bei der Hochzeit überwiegen werden.«

Etzi weiß nicht, was sie sagen soll. Ihr Gesichtsausdruck schwankt zwischen vager Hoffnung und Verständnislosigkeit.

»Und wann machst du uns Frühstück?«, fragt sie zaghaft.

»Gleich«, verspreche ich. »Ich ziehe mich an und dann komme ich.«

Ich halte meine Versprechen. Eine Viertelstunde später bekommt Kanickla ihr Frühstück serviert und drei Monate später besucht Etzi in einem Traum von einem Kleid meine Hochzeit. Das Kleid steht ihr sehr gut, aber am besten steht ihr das Lächeln im Gesicht, während sie es trägt. Ich glaube, ich habe sie noch nie so glücklich gesehen wie an diesem Tag.

Die Sonne scheint an unserem Hochzeitstag und der Himmel ist makellos blau.

»Gelb und blau – siehst du?«, sage ich zu Yspér. »Der Himmel und die Sonne sind auf der Seite von Amberling.«

»Grüner Zweig auf brombeerfarbenem Grund«, erwidert er und zeigt auf die Flagge über dem Schlossberg. »Macht sich gut vor dem blauen Himmel und leuchtet schön in der Sonne!«

Ich kneife die Augen zusammen. Diese dummen neuen Flaggen wehen nun überall. Wir sind jetzt seit zwei Monaten eine Provinz des Kaiserreiches und ich kann nicht behaupten, dass ich mich daran gewöhnt hätte.

Immerhin hängt gleich neben der brombeerfarbenen Flagge eine weitere Flagge in Gelb-Blau. Die Farben unserer *Provinz.* Und sie hängt kaum tiefer als die andere. Darum habe ich gekämpft und weil mir Yspér verfallen ist – zum Glück immer noch – habe ich gewonnen. Der Kaiser wäre nicht erfreut, dass die Flaggen fast auf gleicher Höhe hängen, aber der Sturkopf ist ja nicht hier, also kann er es auch nicht sehen.

Ich ahnungsloses Mädchen hatte mir ursprünglich vorgestellt, dass wir ein kleines Fest feiern mit höchstens zehn oder fünfzehn Gästen. Als ich Wip davon erzählte, um vorsichtig herauszuhören, ob er auch eingeladen werden möchte oder nicht (denn ich wusste beim besten Willen nicht, was ihn mehr kränken würde – eine Einladung oder das Gegenteil davon), hat er mich schallend ausgelacht. Immerhin kann er noch lachen und darüber bin ich sehr froh.

»Das ist jetzt nicht dein Ernst! Wenn der Sohn des Kaisers, der zufälligerweise auch der Schirmherr unserer neuen kaiserlichen Provinz ist, ein Mädchen aus genau dieser Provinz heiratet, hier in unserer Hauptstadt – glaubst du, da könntest du nur zehn Personen einladen?«

»Ich würde dich ja auch gerne einladen, ich weiß nur nicht, ob du das unverschämt findest. Er hat dir schließlich dein Land weggenommen und noch dazu das Mädchen deiner Wahl, also …«

»Das Mädchen meiner Wahl habe ich nie besessen, folglich hat sie mir auch keiner weggenommen. Und wenn es mir auch gerade schwerfällt, Yspér als Freund zu betrachten, so ist mir trotzdem klar, dass er Schlimmeres verhindert hat. Also ja, ich möchte bitte auf die Hochzeit eingeladen werden. Zumal sowieso das gesamte Land eingeladen ist – ich meine, die gesamte *Provinz* – da wirst du mich ja wohl nicht ausschließen wollen.«

»Die gesamte Provinz ist eingeladen?«

»Soweit ich weiß, wird der Tag zu einem offiziellen Festtag erklärt und die Vermählung findet öffentlich auf dem Platz der Letzten Ernte statt. Euch zu Ehren wird ein Volksfest in allen Straßen gefeiert und bestimmt werden Menschen aus dem ganzen Land anreisen, um sich das anzusehen und mitzufeiern.«

Ich habe Wip daraufhin streng gemustert und mich gefragt, ob er mich verschaukelt. Obwohl mir im Grunde schon klar war, dass er es nicht tut.

»Claerie!«, rief er. »Du heiratest praktisch unser Staatsoberhaupt! Wie wäre das denn gewesen, wenn du *mich* geheiratet hättest, als unser Land noch unabhängig war? Hättest du da eine kleinere Feier erwartet?«

»Vermutlich nicht, aber darüber habe ich mir nie Gedanken gemacht, weil … «

»Ja, ich weiß. Weil du mich auch nie heiraten wolltest.«

»Der Kaiser ist aber nicht glücklich mit dieser Verbindung, deswegen dachte ich, wir machen das ganz inoffiziell.«

»Er hat sein Einverständnis gegeben, das ist das Wichtigste. Für uns ist das gut. Solange diese Ehe funktioniert, wird es auch unserem Land gut gehen, denn wir haben jetzt einen direkten Draht zur Kaiserfamilie. Also sei immer schön brav und artig zu Yspér und reize ihn nicht unnötig.«

»Aber *jetzt* machst du doch hoffentlich Spaß?«

»Ja, klar, sei unbesorgt!«, beteuerte er lachend. »Ich wette, er würde sich schnell langweilen, wenn du ihm keinen Widerstand mehr leistest. Deswegen mochte er das Mädchen aus dem Wald doch so gerne. Weil sie so widerborstig war.«

»Widerborstig? Das hat er gesagt?«

»Ja, ich glaube, das war eins der Wörter, die er benutzt hat. Schön, widerborstig und sehr von sich überzeugt.«

»Ich weiß nicht, ob mir diese Umschreibung meiner Person gefällt.«

»Ihm hat sie offensichtlich gefallen. Nun musst du so bleiben, für das Land ist es gut.«

Aus der kleinen Hochzeit wurde also nichts. Natürlich hätte ich mir das denken können, so grundsätzlich, aber ich war der Meinung, dass wir die Eheschließung aus Rücksicht auf den Kaiser so unauffällig wie möglich gestalten müssen. Dass mich ein widerwilliges, unfreundliches, mit unverschämten Bedingungen verknüpftes Einverständnis des Kaisers zur ersten Frau der Provinz macht – damit hatte ich nun wirklich nicht gerechnet!

Nachdem ich jetzt eines Besseren belehrt worden war, wurde mir prompt mulmig zumute. Eine Heirat in aller Öffentlichkeit? Vermählung vor einer Menschenmenge auf dem Platz der Letzten Ernte? All der Pomp und die Ehren, die normalerweise nur der Königsfamilie zuteilwerden? Vor diesem Hintergrund bin ich froh, dass ich an Wips Seite schon einige öffentliche Auftritte im kleineren Rahmen absolviert habe. So weiß ich wenigstens, dass ich das kann und mir auch nicht vollkommen fehl am Platz vorkommen werde.

Nun, da der große Tag endlich angebrochen ist, kann ich eine Spur von Lampenfieber nicht leugnen. Und wenn ich ›eine Spur‹ sage, dann untertreibe ich bewusst, um mich nicht unnötig in Panikgefühle hineinzusteigern. Beruhigend ist, dass wir den Weg zum Altar gemeinsam zurücklegen, weil das im Kinyptischen Reich so üblich ist. Ich muss also nicht alleine in der Kutsche durch die Menschenmenge fahren.

Normalerweise, nach den Sitten unseres Landes, begibt man sich getrennt zum Altar und erst unmittelbar vor der Trauung wird die Braut sittsam und rein vom männlichen Oberhaupt der Familie an ihren Ehemann übergeben. Ich finde es nur angemessen, dass wir diesen Teil weglassen, denn das mit der Übergabe habe ich im Frühling schon selbst geregelt, ganz ohne väterlichen Beistand, und so richtig sittsam und rein bin ich seitdem auch nicht mehr. Schließlich schlummere ich jede Nacht, die Yspér in seiner nagelneuen Provinz verbringt, mit dem Gesicht an seiner Brust.

Mein Brautkleid ist ihm auch mehr als vertraut, denn er hat es mir am Tag des Kronprinzenballs geschenkt und bei unseren Küssen im Schlossgarten ausführlich abgetastet. Es kam nie für mich infrage, mir ein neues Kleid schneidern zu lassen. Ich liebe dieses mehr als jedes andere und dafür lasse ich mich auch gerne von meinen Schwestern für verrückt erklären. Damit es wie ein Brautkleid aussieht, hat es der Schneider mit einem passenden Brautschleier versehen und einen Zauber angewendet, der die farbigen Partien weiß oder durchsichtig erscheinen lässt. Die zahlreichen Röcke verstopfen jetzt die Kutsche und ich darf mich davor fürchten, dass ich mich beim Aussteigen darin verheddere.

Die ganze Zeit habe ich mir gesagt: Du hast das schon einmal gemacht. Du bist mit einem Apfel in der Hand die ganzen Stufen zum Platz der Letzten Ernte hinaufgestiegen und bist weder gestolpert noch gefallen. Diesmal musst du keinen Apfel tragen und ihn auch auf keinem Kissen platzieren. Es wird ganz, ganz einfach!

Doch dabei habe ich drei Punkte außer Acht gelassen. Ich erkenne mein Versäumnis sofort, nachdem ich glücklich mit Yspérs Hilfe aus der Kutsche gestiegen bin und die erste Stufe nehmen will. Punkt eins: Die Absätze der gläsernen Schuhe sind höher als die von Pompis Stiefeletten und die Stufen, die zu einem unserer ältesten Plätze hinaufführen, sind krumm und schief. Punkt zwei: Ich trage ein bodenlanges Kleid und wenn man so richtig nervös ist, tritt man besonders gerne auf den Saum. Und Punkt drei: Um mich herum herrscht eine beklemmende Totenstille.

So viele Menschen, so viele Augen, die uns verfolgen, und alle schweigen. Mit jeder Stufe, die ich erklimme, wird mir unwohler zumute. Mit diesem Schweigen hatte ich nicht gerechnet. Natürlich, jetzt, da ich es erleiden muss, wird mir klar: Die Leute verachten uns, vor allem mich, da ich nichts Besseres zu tun habe, als den Feind zu heiraten, der uns unser Land weggenommen hat.

Was habe ich erwartet? Jubel? Begeisterung? Gelächter? Es ist still und es bleibt still. Ich wage es kaum, den Blick zu heben, da ich fürchte, auf kalte Augen zu treffen. Und weil ich sonst die nächste Stufe verfehle. Waren die Stufen im letzten Herbst auch schon so uneben und schief?

Ich hebe meine Röcke noch höher, da die Stufen gegen Ende steiler werden, und werfe in meiner Verzweiflung einen kurzen Blick zur Seite auf meinen Bräutigam. Das hätte ich nicht tun sollen. Es ist zwar aufmunternd, wie er mich anlächelt, aber bei dem Versuch zurückzulächeln bleibe ich mit der rechten Schuhspitze an einer ganz gemein vorstehenden Stufe hängen, stolpere, versuche mich noch aufzufangen, doch das Gleichgewicht ist dahin. Ich fliege mit den Händen voran die Treppe hinauf, ein Traum von einer Braut, gescheitert an den Klippen eines öffentlichen Aufstiegs. Oder einfach nur ein gefallenes Mädchen, dessen linker Schuh nun hoppeldihopp jede mühsam erkämpfte Stufe wieder nach unten kullert und ganz unten, umgekippt und in der Sonne funkelnd, liegen bleibt.

Ich raffe meine Röcke hoch und rappele mich wieder auf. Mein Bräutigam ist unterdessen schon die ganze Treppe hinuntergesprungen, hat den Schuh aufgehoben und kommt all die Stufen wieder hinauf. Danke, mein Liebster! Jetzt muss ich den Schuh wenigstens nicht selbst holen. Er lacht, was mein Herz ungemein erleichtert, und wie ich so auf dieser Treppe stehe, endlich wieder senkrecht, erringe ich auch die verloren geglaubte Würde zurück. Sollen sie doch alle unken, ich bin überzeugt von dem, was ich tue, und nur darauf kommt es an.

Es ist immer noch still. Niemand hat gegrölt oder höhnisch gelacht, aber ich kann auch nicht behaupten, dass ich rundum in freundliche Gesichter blicke. Sie sind alle sehr ernst, ein bisschen wie auf einer Beerdigung. Yspér nimmt es locker, ich denke, er kann mit Feindseligkeit besser umgehen als ich. Nun steht er vor mir und geht mit dem gläsernen Schuh in der Hand in die Knie. Wie galant!

Etwas unsicher stelle ich mich auf ein Bein – jetzt nicht noch einmal umkippen, das wäre fatal! – und schlüpfe in den feinen, gläsernen Schuh hinein, der mir wie angegossen passt. Ich weiß nicht genau, wann es passiert. Ob es schon angefangen hat, kurz nachdem Yspér in die Knie gegangen ist, oder ob es erst losbricht, als mein Fuß sicher den Weg in den zweiten Schuh gefunden hat, aber spätestens jetzt ist es unüberhörbar: Stimmen, Gemurmel, Gelächter, Zurufe, dann Klatschen und schließlich ... Jubel!

Es ist, als würde ein Unwetter losbrechen, ein Platzregen oder ein Gewitter, so laut ist es plötzlich nach der Totenstille: Nur, dass es ein schönes Unwetter ist, in dem sich die allgemeine Spannung entlädt und in Heiterkeit auflöst, in ein Donnergrollen aus Klatschen und Trampeln und übermütigem Grölen. Sie mögen uns! Warum auch immer, vermutlich, weil Yspér so demütig vor mir auf die Knie gegangen ist.

Der Vertreter des Kaisers hat sich vor einem einfachen Mädchen dieses Landes auf die Stufen geworfen – ich hätte nie gedacht, dass eine solch kleine Geste eine so große Wirkung hervorrufen kann. Was für ein Glück, dass man mich in einem Ballkleid keine Treppe hinaufspazieren lassen kann! Wie befreiend ist doch so ein Sturz. Es ist, als hätte man mir ein eisernes Korsett von der Brust gerissen. Endlich kann ich wieder frei atmen.

Die letzten Stufen sind einfach. Ich lache über mich selbst, lache Yspér an, lache dem Volk zu, das mich wohl doch noch als eine der ihren anerkennt, und erreiche endlich den Platz der Letzten Ernte, wo sich kurz darauf wieder getragener Ernst ausbreitet und wir das Frage-und-Antwortspiel des Eheschließungs-Zeremoniells in Würde und ohne größere Unfälle hinter uns bringen.

Meine weißen Tauben lassen es sich nicht nehmen, die ganze Zeit über dem Platz herumzufliegen, woraufhin mir aus lauter Sorge um die möglichen Folgen ein kleiner Fehler unterläuft: »Das Glück soll dich bekleckern!«, sage ich, statt »Das Glück soll dich bedecken.«

Aber außer Yspér, der daraufhin Mühe hat, seinen ernsten Gesichtsausdruck zu wahren, hat es wohl keiner gehört.

Der Kuss, der das Ganze abschließt, hat seinen Namen kaum verdient. Unsere Lippen berühren sich so anständig und zahm, dass es mir fast wie eine Lüge vorkommt, doch was wir damit sagen wollen, ist gesagt: Nämlich, dass wir uns lieben und uns gerade die gegenseitige Hoffnung eingestanden haben, dass das für den Rest unseres Lebens so bleibt. Was angesichts unseres zarten Alters – ich bin jetzt gerade mal achtzehn und er ist einundzwanzig – natürlich ziemlich wahnsinnig ist, aber manchmal klappt es ja und wir sind fest entschlossen.

Der Kuss ist nun also erledigt. Er ist bei einer Hochzeit das, was beim Fest der Letzten Ernte die Landung des Apfels auf dem Kissen ist: Die Menge, die vorher ganz artig unserem Eheversprechen gelauscht hat, sieht sich jetzt an keinen offiziellen Programmpunkt mehr gebunden und schreit und feiert auf der Stelle los. Sie lassen uns hochleben, immer wieder, und ich werde den Verdacht nicht los, dass »Sie leben hoch!« ein anderer Ausdruck für »Prost und weg damit!« ist, denn jedes Mal, wenn wir hochleben, werden Gläser und Humpen geleert oder Flaschen angesetzt.

Im allgemeinen Trubel gratuliert mir eine zierliche Frau mit schwarzen Augen und einem Blick, der mir in seiner Eindringlichkeit sehr bekannt vorkommt. Von irgendwoher zaubert sie ein dezent glitzerndes Diadem hervor, das sie mir ins Haar drückt und das daraufhin erstaunlich fest dort sitzt.

Ich wäre sehr überrascht gewesen, hätte mir Yspér diesen Vorgang nicht angekündigt. Die kleine Frau ist die vielleicht mächtigste Frau der Welt. Jedenfalls ist sie der einzige Mensch im ganzen Kinyptischen Reich, der dem Kaiser die Stirn zu bieten vermag und sich von ihm nichts vorschreiben lässt. Obwohl es der Kaiser nicht wollte, ist die Kaiserin zur Hochzeit ihres Sohnes angereist, wo sie sich höchst unauffällig herumtreibt und sichtlich gut amüsiert. Täuschungszauber, nicht Tarnzauber, sind die Spezialität von Yspérs Mutter. Niemand bemerkt sie, niemand beachtet sie, aber sie ist da, mittendrin.

Ich erwidere ihre Umarmung und bedanke mich tausendmal. Es bedeutet mir viel, dass sie da ist, und Yspér geht es genauso. Ihr älterer Sohn hätte sich auch gerne hier eingefunden, erklärt sie mir, doch leider sei er zurzeit zu eingespannt, um eine solche Reise zu unternehmen. Er werde es später nachholen.

Zu eingespannt. Das bedeutet, dass Yspérs Bruder Pery gerade die undankbare Aufgabe hat, ein unabhängiges Reich nach dem anderen auf möglichst nette Art und Weise zur Aufgabe zu zwingen. Woche für Woche verschwindet ein weiteres kleines Reich von der Weltkarte und ich fürchte, wenn der Herbst beginnt, werden auf dieser Welt nur noch sechs unabhängige Reiche übrig sein: Fortinbrack, Nachtlingen, Taitulpan, Gorginster, Fischlapp und Hornfall. Diese können allerdings mit Recht von sich behaupten, unabhängig zu sein. Der Kaiser könnte sie nicht unterwerfen, selbst wenn er es mit aller Macht versuchen würde.

Hatte ich mich mal bei meiner Fee darüber beschwert, dass es auf dem Ball des Prinzen nichts zu essen geben sollte? Heute habe ich das gegenteilige Problem. Ich bin schon nach dem zweiten Gang des Hochzeitsmahls kurz vor dem Platzen und mit der Adamast-Brause halte ich mich auch lieber zurück, denn ich bin solche Getränke nicht gewohnt und möchte nicht unangenehm auffallen.

Ein Jahr ist es nun her, dass der Ball im Schloss stattgefunden hat. Der Ball, an dem sich der Kronprinz eine Braut suchen wollte. Eine Braut hat er nicht gefunden, aber wir tanzen wieder zusammen, an diesem Abend. Meine Versuche, ihn für Helena oder Pompi zu begeistern, sind bislang gescheitert. Er hat gerade keine Lust, sich eine Frau fürs Leben zu suchen. Er hatte schon letztes Jahr keine Lust dazu, wie er mir beim Tanzen verrät, aber er ist gutwillig auf den Vorschlag seines Vaters eingegangen, doch wenigstens mal ein Auge auf die Vertreterinnen seines Volkes zu werfen. Die Ironie des Schicksals war, dass er dann tatsächlich auf ein Mädchen getroffen ist, das seine Begeisterung entfachen konnte. Und dass sie ihm auf seinem eigenen Ball vor der Nase weggeschnappt worden ist.

»Das ist nicht erst auf dem Ball passiert«, erkläre ich. »Er hat sich schon bei unserer ersten Begegnung auf mich gestürzt. Da allerdings in der Absicht, mich zu töten.«

»Unschädlich zu machen. Getötet hätte er dich wohl nicht, selbst wenn du ein Vampir gewesen wärst. Er neigt dazu, Monster am Leben zu lassen. So wie die Gehörnte Panzerschuppen-Dragofantin.«

»Ich habe sie mittlerweile gesehen«, erzähle ich. »Im Wald. Sie kam mir nicht sonderlich gefährlich vor, aber ihre geistige Verfassung ist eher unnormal, würde ich sagen. Aber natürlich kenne ich mich mit Dragofantinnen nicht aus.«

»Wir alle nicht. Aber solange das Ungetüm im Wald bleibt und nicht mehr herauskommt, ist es in Ordnung.«

Zu fortgeschrittener Stunde findet sich meine gute Fee bei mir ein und zeigt auf das Diadem, das mein Haar schmückt.

»Na?«, fragt sie triumphierend und hebt die Augenbrauen dabei so hoch, dass sie fast an ihren Haaransatz stoßen.

»Was – na?«

»Habe ich es nicht gesagt? Du wirst eine Krone tragen und unser Land retten!«

»Das ist keine Krone, das ist ein Diadem.«

»Das ist auch so eine Art Krone.«

»Sah die Krone in deiner Whiskey-Vision so aus?«

Die Fee antwortet nicht, aber ihr Gesichtsausdruck sagt Nein. Ihr Gesichtsausdruck sagt aber auch: Ich habe der Adamast-Brause sehr zugesprochen. Wenn sie so weitermacht, wird sie mit ihrem spitzen Hut irgendwann einen Standleuchter umwerfen und es nicht einmal merken.

»Deine Schwestern amüsieren sich gut«, stellt meine Fee fest.

»Kein Wunder«, sage ich. »Seit sich herumgesprochen hat, dass ihre Stiefschwester in die Kaiserfamilie einheiratet, sind sie die beliebtesten Mädchen der Schule.«

»Sie gehen wieder dorthin?«

»Seit drei Tagen. Sie haben ein großzügiges kaiserliches Stipendium bekommen – ich nenne es auch die *Unbegabten-Förderung*.«

Meine Fee kichert ausgelassen. Man darf ihr jetzt keine Adamast-Brause mehr geben, sonst passiert noch ein Unglück.

»Was ist mit dir?«, fragt sie. »Du solltest auch noch was lernen.«

»Weil ich unbegabt bin?«

»Weil du nicht mehr zur Schule gehst, seit du zwölf bist.«

»Jetzt fängst du auch noch damit an!«

»Wieso, wer fängt denn außer mir damit an?«

»Mein … Mann.« Ich halte inne. »Das hört sich komisch an.«

»Was sagt er denn so? Dein … Mann?«

»Dass ich meine Nase in Zukunft in Bücher statt in Kochtöpfe und Putzeimer stecken sollte.«

»Und das passt dir nicht?«

»Mal sehen. Ich möchte das in Ruhe entscheiden. Ich mag es nicht, wenn man mir unbedingt etwas schmackhaft machen will.«

»Ooooooh, ja!«, ruft meine Fee. »Das kann man wohl sagen. Ich sage nur: Einladung zum Ball!«

Mein Blick ruht auf Kanickla. Sie ist in den letzten zwei Monaten aufgeblüht, eine mollige Schönheit mit einem liebenswürdigen, wenn auch etwas einfältigen Blick. Es gibt Interessenten an diesem Abend und sie hat mehr getanzt, als es ihre Kondition verkraftet. Den letzten Tanz musste sie wegen akuter körperlicher Erschöpfung unterbrechen, doch ihr Tanzpartner ist sehr um sie bemüht. Er fächert ihr mit seinem Taschentuch Luft zu, besorgt ihr einen Stuhl und harrt an ihrer Seite aus, bis sie wieder aufstehen kann.

Etzi ist unterdessen von einer Traube von Mädchen umringt und redet die ganze Zeit mit Händen und Füßen. Sie steht im Mittelpunkt, sie ist die Schwester der Braut, sie trägt ein todschickes Kleid und sie weiß *Dinge*. Ich möchte mir gar nicht ausmalen, was sie da zum Besten gibt über mich und Yspér, der in unserem Haus ein- und ausgeht, ja, praktisch dort wohnt. Niemand kennt ihn also besser als sie – außer mir – und so erfreut sich Etzi einer höchst neugierigen Zuhörerschaft.

Neben Pompi steht ihr Vater, der berühmt-berüchtigte Schwanz vom Brauwasserkanal. Normalerweise kann es sich ein sogenanntes anständiges Mädchen nicht leisten, mit diesem Mann bei einem Gespräch gesehen zu werden. Sein Ruf eilt ihm voraus und will man sich keinem komischen Verdacht oder unangemessenem Klatsch aussetzen, macht man besser einen großen Bogen um ihn. Doch heute, nehme ich an, bin ich über jeden Verdacht erhaben und so trete ich an die beiden heran.

Wir wechseln ein paar höfliche Worte und in einem Moment, in dem mir Pompi abgelenkt genug erscheint, nehme ich mir ein Herz und flüstere: »Ich danke Ihnen. Für das, was Sie für mich und meinen Vater getan haben.«

Er ist kurz überrascht, dann verschwindet die Gemütsregung wieder hinter der zur Schau getragenen Ruppigkeit, für die er weit und breit bekannt ist.

»War das Beste so«, brummt er. »Für alle.«

Eines Tages werde ich ihn nach Janah fragen. Ob er sich an sie erinnert, wo sie herkam, warum sie bei ihm gearbeitet hat und wie alt sie eigentlich geworden ist. Ich hoffe, er wird mit mir darüber reden. Doch für heute habe ich genug gewagt.

Während der nächsten Tänze wandere ich mit Pompi am Rand der Tanzfläche entlang und wir diskutieren, ob es nun bald so weit ist: Müssen wir Helena demnächst vor sich selbst retten? Oder wird sie wie beim letzten Mal die Getränkebar erklimmen, nur um sich dann darauf sitzend gegen einen Fremden zu lehnen und einzuschlafen?

Ich übertrage die Verantwortung für Helena schließlich an Pompi, da ich zum Tanz aufgefordert werde.

»Ich habe dich schon vermisst«, sage ich zu meinem Tänzer.

»Ich dich auch«, antwortet er. »Ich bin ganz froh, dass wir nicht häufiger heiraten. Ich muss heute so viel Abstand von dir halten.«

Ich lächle ihn an – das Gleiche habe ich auch schon gedacht. Zu Hause, wenn wir miteinander alleine sind, kommen wir uns sehr viel näher.

Yspér und ich tanzen bis Mitternacht, anschließend treten wir mit allen Gästen hinaus ins Freie, denn nun zaubern Feuerwerkskünstler, die die Kaiserin aus Tolovis mitgebracht hat, leuchtende, fast lebendige Gemälde in die Luft: Flugwürmer, fliegende Schiffe, Feuerreiter auf funkelnden Rössern, ein Meer aus blauen Lichtern, Schaumkronensterne.

»Siehst du sie?«, fragt meine gute Fee.

»Wen? Was?«

»Dort hinten, unter den Bäumen!«

Ich schaue in die Richtung, in die sie zeigt, und weiß, dass dort nichts ist. Jedenfalls nichts, das man sehen könnte, es sei denn, man hat es mit der Adamast-Brause eindeutig übertrieben.

»Geister«, sagt meine gute Fee. »Sie sind alle da.«

Ich nicke.

»Ja, ganz bestimmt sind sie das.«

Meine Fee ist mit dieser Antwort zufrieden. Leicht schwankend kehrt sie ins Innere des Schlosses zurück, denn das Feuerwerk ist vorbei. Mein Blick ruht immer noch auf den Schatten unter den Bäumen. Etwas bewegt sich dort. Vielleicht sind es die Feuerwerkskünstler.

»Geistergrüße«, flüstere ich vorsichtshalber.

Geisterdank, raunt die Nacht.

ENDE

NACHWORT

Liebe Leser,
vielen Dank für euer Interesse am Aschenkindel – ich hoffe, ihr mögt diese Geschichte genauso sehr wie ich. Falls ihr mir eine riesengroße Freude machen wollt, dann schreibt in einer Rezension bei Thalia, Weltbild, Hugendubel, Amazon oder wo auch immer ihr gerne Bücher bestellt, wie euch das Buch gefallen hat. Egal, wie kurz oder lang, solche Rückmeldungen und Bewertungen sind für eine Autorin wie mich, die unabhängig arbeitet und über einen kleinen Verlag veröffentlicht, sehr wichtig. Vielen herzlichen Dank schon einmal dafür!

Vielen Dank an dieser Stelle auch an alle Mitglieder der Zeilenspringer-Gruppe auf Facebook, die mir durch ihr Votum und ihre Begründungen den Weg zum richtigen Cover gewiesen haben.

Tausend Dank aber vor allem an meine treuen Amuylett-Freunde, die seit Jahren zu mir und meinen Büchern halten. Jedes einzelne Buch, das ich schreibe, kann ich nur schreiben, weil ihr mir so aufmerksam zuhört!

Ich freue mich immer über Post, auch wenn es manchmal etwas dauert, bis ich zum Antworten komme. Bitte schickt sie an:

halosummer@aol.com

Ihr findet mich auch hier:
www.facebook.com/sumpflochsaga
http://sumpflochsaga.blogspot.de
Instagram: halo_summer_of_amuylett

Weitere Bücher aus der Welt, in der
»Aschenkindel – Das wahre Märchen« spielt:
FROSCHRÖSCHEN – Das wahre Märchen
DIE SUMPFLOCH-SAGA

Halo Summer

Froschröschen – Das wahre Märchen

ISBN: 978-3-95991-778-0, Klappenbroschur, EUR 14,90

Rosalie lebt eingesperrt und streng bewacht im Schloss ihrer Eltern, fern von jedem Stachel, der einem verfluchten Mädchen wie ihr zum Verhängnis werden könnte. Als ein Frosch in ihr einsames Gefängnis einbricht, stürzt sich Rosalie in ein Abenteuer, das Spannung verspricht. Doch was so klein, grün und harmlos beginnt, entpuppt sich schon bald als die gefährlichste prinzliche Katastrophe, die ihr hätte zustoßen können.

KAPITEL 1

Ich langweile mich zu Tode. Mittlerweile sehne ich eine Spindel herbei oder wenigstens eine Haarnadel, an der ich mich stechen kann, damit dieses eintönige Leben endlich aufhört.

»Musst du so ein trauriges Gesicht machen?«, ermahnt mich meine königliche Mutter. »Das ist schädlich für deine Schönheit.«

»Ich bin sowieso nicht schön«, sage ich. »Cousin Theobald ist der gleichen Meinung, das gibt er offen zu.«

»Was weiß denn dein Cousin schon darüber? Er hält sich selbst für unwiderstehlich, also hör gefälligst nicht auf ihn. Ich wäre in meiner Jugend froh gewesen, hätte ich so hübsche Locken gehabt wie du. Oder dieses dunkle Blau deiner Augen. Danach muss ein Prinz lange suchen.«

Meine Mutter fantasiert. Früher, als ich noch durch den Sonnenschein gelaufen bin, waren meine Locken golden. Doch seit meinem zwölften Geburtstag verlieren sie Jahr für Jahr an Farbe und Glanz. Das Blond wird immer dunkler und meine Haut immer blasser. Selbst meine Augen waren früher blauer. Wenn ich sie heute betrachte, erscheinen sie mir verdüstert. Wie ein Sommerhimmel, kurz bevor ein Gewitter aufzieht.

»Und vergiss nicht deine Grübchen! Sie sind charmant und betörend, aber du musst mehr lachen, sonst verschwinden sie.«

Das ist die größte Angst meiner Mutter: Dass sich die Spuren meiner Melancholie in mein Antlitz graben könnten, was verheerend wäre, wenn es zum Schlimmsten kommt. Denn sollte ich mich stechen und auf ewig einschlafen, kann mich nur noch meine Schönheit retten. Mein Äußeres muss den romantischen Übermut eines leichtsinnigen Prinzen herausfordern, sodass er sich Hals über Kopf in mich verliebt und mir den erlösenden Kuss gibt, ganz ohne mich zu kennen. Es ist mir ein Rätsel, wie das klappen soll.

»Ich kann nicht lachen«, sage ich. »Ich bin unglücklich.«

»Meine liebste Rosalie!«, versucht mich meine Mutter zu trösten. »Es sind doch nur noch drei Monate bis zu deinem siebzehnten Geburtstag. Wenn du den Tag überstehst, ohne dich zu verletzen, ist der Fluch gebannt. Du wirst endlich wieder frei sein! Und zur Belohnung erfüllen wir dir einen Herzenswunsch.«

»Wirklich? Dann möchte ich verreisen!«

»Ich dachte eher an einen Ball oder …«

»Nein, nein, ich will den Dschungel von Hornfall sehen oder das Eismeer von Fortinbrack.«

»Ausgeschlossen. Niemals lassen wir dich in diese barbarischen, unmenschlichen Länder reisen!«

»Und wie wäre es mit der Kaiserstadt des Kinyptischen Reiches?«

»Dort ist es auch gefährlich.«

»In Tolovis leben hunderttausend Menschen«, widerspreche ich. »So groß kann die Lebensgefahr also nicht sein. Fast alle Romane, die ich gelesen habe, spielen in der Kaiserstadt. Ich will sie endlich mit eigenen Augen sehen.«

»Du wärst nur enttäuscht. Die Wirklichkeit hält nie, was die bunten, kitschigen Romane versprechen.«

»Wem sagst du das?«, frage ich. »Keine der großartigen Prinzessinnen, über die ich gelesen habe, hatte auch nur die entfernteste Ähnlichkeit mit *mir*. Und das werden die Prinzen, die mich küssen sollen, auch bemerken.«

Sie sieht, welch vernichtende Auswirkungen unser Gespräch auf meine Grübchen hat, und versucht einzulenken.

»Ich spreche mit deinem Vater.«

»Bestimmt?«, frage ich hoffnungsvoll.

»Wenn es so weit ist.«

»Warum nicht jetzt?«

Meine Mutter zögert mit der Antwort.

»Du weißt doch«, sagt sie endlich. »Das Geld …«

Ich weiß es nur zu gut. Die teuersten Zauberer, die sich mein Vater leisten konnte, haben sämtliche Zugänge zum Schloss mit Bannsprüchen versehen. Jedes Loch, jedes Rohr, jeder Riss in der Mauer wurde magisch versiegelt. Selbst über dem kleinen Garten, in dem ich mich aufhalten darf, sind magische Netze gespannt, die verhindern sollen, dass eine Spindel vom Himmel fallen könnte. Oder ein anderer spitzer Gegenstand, an dem ich mich stechen oder schneiden könnte. Meine Räume werden vermutlich strenger bewacht als der Palast des kinyptischen Kaisers und all die Wächter, die die Wege zu meinem Gefängnis kontrollieren, kosten Geld. Viel Geld.

Ja, meine Langeweile ist teuer. Sie aufrechtzuerhalten, hat alle Reichtümer verschlungen, die wir besaßen. Mittlerweile sind die Schatzkammern leer. Am Ende werde ich meinen siebzehnten Geburtstag wach überstehen, nur um von meinem Vater zu erfahren, dass wir unser kleines Königreich verkaufen und fortan als Bettler durch die Lande ziehen müssen. Aber selbst diese Aussicht birgt eine gewisse Spannung. Mir wäre wirklich *alles* lieber, als noch länger hier eingesperrt zu sein und tagein, tagaus mit goldenen Bällen zu spielen.

»Versprich mir einfach, dass wir es irgendwann tun«, bettle ich meine Mutter an. »Dass wir uns Tolovis ansehen, meinetwegen erst in zehn Jahren, wenn alles vorbei ist und wir wieder ein bisschen Geld gespart haben. Aber ich möchte von etwas träumen können! Das wäre fantastisch für meine Grübchen.«

Echte Vorfreude umspielt meine Mundwinkel. Meine Mutter schmilzt dahin, als sie es sieht, und nickt ergeben, wenn auch zweifelnd. Und bevor sie mir mit vagen Relativierungen meinen Anflug von guter Laune kaputt machen kann, stehe ich auf, stecke meine drei goldenen Bälle in die Rocktaschen und laufe zur Tür.

»Ich bin im Garten! Am Brunnen.«

Das Jonglieren mit Bällen ist zu meiner Lieblingsbeschäftigung geworden, seit ich nicht mal mehr Bücher in die Hand nehmen darf. An Papier kann man sich nämlich schneiden und wer weiß, vielleicht legt die böse Fee, die mich verhext hat, ihren Fluch ja sehr großzügig aus? Am Ende genügt die besonders scharfe Ecke einer Buchseite, um meine Haut aufzuritzen und mich schlafen zu schicken.

Diese und andere von Verfolgungswahn nur so strotzende Ideen haben meine Eltern dazu veranlasst, mir alles wegzunehmen, was Spaß macht. Nur an den goldenen Bällen konnten sie so gar keine Spitze oder Kante entdecken, die mir gefährlich werden könnte. Zerbrechen können sie auch nicht, da sie aus purem Gold sind, was sie so ungefähr zu dem Wertvollsten macht, das uns geblieben ist. Irgendwann nehmen sie mir die auch noch weg, um den Lohn der Wachen bezahlen zu können, aber bis dahin darf ich damit spielen.

Wenn ich nicht jongliere, schleudere ich meine goldenen Bälle mit Vorliebe gegen das unsichtbare, magische Netz, das den Garten überspannt. Sobald ein Ball darauf trifft, knallt und blitzt es und farbige Funken segeln auf mich herab. Mein Vater kriegt jedes Mal einen Wutanfall, wenn er es sieht.

»Das Netz könnte kaputtgehen!«, schreit er dann. »Wir haben kein Geld für ein neues!«

Aber keine Sorge, Papa, das Netz zerreißt nicht. Ich habe schon alles probiert, es hält stand.

Der Himmel ist an diesem Frühsommertag strahlend blau und wie immer verrenke ich mir den Hals, um ihn mir anzusehen. Hohe Mauern umgeben den winzigen Garten, weswegen er selbst im Sommer ein kühler, feuchter Ort ist. Nur um die Mittagsstunde, wenn die Sonne am höchsten Punkt des Himmels steht, erreicht das Sonnenlicht den Brunnenrand, auf dem ich sitze. Bis dahin werden noch zwei Stunden vergehen.

Ich werfe den ersten Ball in die Höhe, dann den zweiten und den dritten. Da mir in den letzten Jahren nichts anderes zu tun blieb, bin ich eine Meisterin im Jonglieren geworden. Ich kann auch einen Ball auf meinem Kopf oder meiner Nasenspitze balancieren und nebenher einbeinig auf einem der faustgroßen Bälle stehen, ohne dabei ins Wanken zu geraten. Ja, ich kann eine Menge komplett unnützer Dinge.

Aus dem Brunnen dringt das übliche Glucksen empor. Aus seinen Tiefen droht mir keine Gefahr, denn natürlich wurde in ihm ein magisches Bollwerk versenkt. Die Bannsprüche bewirken, dass nur noch Wasser aufsteigen kann. Sonst kommt nichts mehr durch.

Ich weiß nicht, wie lange ich schon auf dem Brunnenrand sitze und mich auf meine Bälle konzentriere, als mich ein ungewohntes Geräusch aus meiner Versenkung reißt: Es kommt aus der Tiefe und gleicht einem lang gezogenen, gurgelnden Quaken! Meine Aufmerksamkeit ist sekundenlang gestört und infolgedessen passiert etwas Katastrophales: Der dritte goldene Ball springt aus meiner Hand, als ich ihn auffangen will, und plumpst in den Brunnen.

Gold ist schwer und der Brunnen sagenhaft tief. Die Zauberer erklärten meinem Vater damals, dass es für einen Menschen unmöglich sei, bis an seinen Grund hinabzutauchen. Es würde darum ausreichen, wenn sie eine magische Sperre mit Steinen beschwerten und diese in den Brunnen fallen ließen. Was in diesem Brunnen versinke, so behaupteten sie, bleibe da unten für immer.

Ich weiß, es ist nur ein goldener Ball und ich bin bestimmt die Letzte, die wegen der Tatsache, dass er aus Gold besteht, den Verstand verliert. Aber der Ball ist ein unverzichtbarer Teil meines liebsten Zeitvertreibs geworden! Ohne den dritten Ball sind meine beiden anderen Bälle unvollständig. *Ich* bin unvollständig. Alles, was ich bin, gerät aus dem Gleichgewicht.

Da – wieder dieses lang gezogene Quaken!

Ich lehne mich über den Brunnenrand und starre in die Schwärze hinab. Dort unten plätschert etwas, aber ich kann nichts sehen.

»Hey, du!«, grunzt eine Stimme zu mir empor, die ich beim besten Willen keinem in meiner Welt bekannten Geschöpf zuordnen kann. Nicht mal Zwerge oder Trolle reden so grob und rülpsig. Als würde jeder Laut mit einem Schwall von feuchter Luft nach draußen gequetscht werden.

»Hörst du mich?«, schreit es. Das ist zumindest die Bedeutung, die ich der Lautfolge *Hörkstumirch* zuordne. Im Grunde ist mir auch egal, was dieses Etwas ruft. Ausschlaggebend ist: Es dürfte gar nicht hier sein! Wie konnte es die magische Sperre durchdringen?

»Wer bist du?«, frage ich. »Was machst du da unten?«

»Du hast mir gerade einen goldenen Ball an den Kopf geworfen!«, ruft es kehlig.

»Das ist keine Antwort auf meine Frage!«, brülle ich in die Tiefe. »Wer bist du und was machst du da? Antworte oder ich hole die Wachen.«

»Frosch«, prustet er. »Schwimmen.«

Schwimmen. Sehr witzig. Ich richte mich wieder auf und hole tief Luft. Meine Mutter hat etwas gehört und steckt den Kopf aus dem Fenster, zwei Stockwerke über mir.

»Hast du mich gerufen, Rosalie?«

»Nein, Mama.«

»Aber es hat doch jemand gerufen? «

»Nein, ich probiere nur etwas aus. Der Brunnen hat ein tolles Echo, wusstest du das?«

»Wie schön.«

Ihr Kopf verschwindet, das Fenster geht wieder zu. Ich merke, wie erleichtert ich bin, dass sie nicht länger nachfragt. Ich habe eine Attraktion im Brunnen entdeckt und ich werde einen Teufel tun und sie den Wachen melden. Was auch immer das für ein Frosch ist – er rettet mich soeben vor dem Tod durch Langeweile!

Vorsichtig lehne ich mich über den Brunnenrand.

»Du da unten!«, rufe ich. »Wie hast du die magische Grenze passiert?«

»Redest du von diesem bösartigen verhexten Stacheldraht, der meine Haut aufgeschlitzt hat und meine Zunge so stark hat anschwellen lassen, dass ich fast daran erstickt wäre? Meinst du den, wenn du von einer *magischen Grenze* sprichst?«

Der Frosch – falls es wirklich einer ist – kann eine Menge Worte in kurzer Zeit hervorrülpsen. Das hätte ich ihm gar nicht zugetraut.

»Ich schätze, ja.«

»Ich habe mich durchgequetscht. Aber wenn meine Zunge einen bleibenden Schaden davonträgt, muss jemand dafür büßen! Ich habe in meinen ganzen Leben noch nie so genuschelt.«

»Ach, das liegt an der geschwollenen Zunge?«

»E-r-r-a-t-e-n.«

Ein Frosch. Ein Frosch, der reden kann. So etwas soll es geben. Selten, aber manchmal können Tiere sprechen und besitzen auch einen rudimentären Verstand. Aber Frösche, die sich durch magische Zäune quetschen können? Merkwürdig. Nun ja, immerhin haben Frösche keine Stacheln oder Dornen. Genauso wie goldene Bälle.

»Und was hast du jetzt vor?«, frage ich. »Kannst du glitschige Wände hochklettern oder willst du den Rest deines Lebens da unten im Brunnen verbringen?«

»Du angelst mich raus, so einfach ist das.«

»Warum sollte ich das tun? Du bist da unten viel nützlicher für mich. Niemand entdeckt dich, du kannst mir nicht gefährlich werden und ich habe etwas Abwechslung in meinem tristen Alltag.«

»Aber du hast nur zwei goldene Bälle.«

Die Erkenntnis trifft mich wie ein Schlag. Ich hatte das Unglück ganz vergessen vor lauter Frosch, aber jetzt fällt mir wieder ein, dass ich unvollständig bin. Und so unterhaltsam der Frosch auch ist – meinen lieb gewonnenen Ball kann er mir trotzdem nicht ersetzen. Woher weiß er eigentlich, dass ich drei Bälle besitze? Hat er mich ausgespäht und beim Jonglieren beobachtet?

»Wie lange paddelst du schon da unten herum und siehst mir zu?«, frage ich scharf.

»Was tut das zur Sache?«, fragt er zurück. »Hol gefälligst ein Seil und lass es zu mir in den Brunnen herab. Da ich zufälligerweise den Ball aufgefangen habe, mit dem du mich erschlagen wolltest, muss ich mich nur am Seil festklammern und dann kannst du mich und dein Spielzeug nach oben ziehen.«

»Klingt fair.«

»Außerdem wirst du mich vor allen Menschen im Schloss verstecken, heimlich füttern, verhätscheln, bei Laune halten und in deinem Bett schlafen lassen.«

»Aber sonst geht's noch?«

»War nur ein Scherz. Ich will nicht verhätschelt werden, aber der Rest …«

»Niemals.«

»Mach einen Gegenvorschlag!«

Ich überlege kurz. Dieser Frosch ist ein Glücksfall für mich. Ein nervenaufreibender vielleicht, aber dafür ein kurzweiliger. Es liegt also ganz in meinem Interesse, dass ich ihn verstecke, denn meine Eltern würden ihn sofort aus meiner Nähe entfernen, wenn sie ihn entdeckten.

»Ich hole dich raus und verstecke dich. Das muss reichen.«

»Versprochen?«

Etwas an der Dringlichkeit, mit der er seine Frage ausspricht, verunsichert mich. So als würde ich einen Handel eingehen, den ich später bereuen könnte.

»Denke schon.«

»Du denkst, dass du es mir versprichst? Oder versprichst du es wirklich?«

»Ja, ja, versprochen. Und jetzt sei still, ich hole das Seil.«

Du brauchst Lesenachschub und hast Entscheidungsschwierigkeiten, möchtest dich überraschen lassen oder wünschst Empfehlungen? Da können wir helfen!
Wir stellen für dich ganz individuell gepackte Buchpakete zusammen – unsere

Drachenpost

Du wählst, wie groß dein Paket sein soll, wir sorgen für den Rest.

Du sagst uns, welche Bücher du schon hast oder kennst und zu welchem Anlass es sein soll.
Bekommst du es zum Geburtstag #birthday
oder schenkst du es jemandem? #withlove
Belohnst du dich selber damit #mytime
oder hast du dir eine Aufmunterung verdient? #savemyday
Je mehr wir wissen, umso passender können wir dein Drachenmond-Care-Paket schnüren.
Du wirst nicht nur Bücher und Drachenmondstaubglitzer vorfinden, sondern auch Beigaben, die deine Seele streicheln. Was genau das sein wird, bleibt unser Geheimnis …

Die Wahrscheinlichkeit ist groß,
dass sich das ein oder andere signierte Exemplar in deiner Box befinden wird. :)

Wir liefern die Box in einer Umverpackung, damit der schöne Karton heil bei dir ankommt und als Geschenk nicht schon verrät, worum es sich handelt.

Lisan bringt das kleinste Drachenpaket zu dir, wobei *klein* bei Drachen ja relativ ist. € 49,90
Djiwar schleppt dir in ihren Klauen einen seitenstarken Gruß aus der Drachenhöhle bis vor die Tür. € 74,90
Xorjum hütet dein Paket wie seinen persönlichen Schatz und sorgt dafür, dass es heil bei dir ankommt – und wenn er sich den Weg freibrennt! € 99,90

Der Versand ist innerhalb Deutschlands kostenfrei. :)

Zu bestellen unter www.drachenmond.de